인플루언서의 글쓰기

인플루언서의 글쓰기

1판 1쇄 발행 2021년 1월 6일

지은이 스펜서
옮긴이 임보미

펴낸이 윤상열 | 기획편집 엄미희 김다혜 | 교정교열 김민영
디자인 엄혜리 | 마케팅 윤선미 | 경영관리 김미홍
펴낸곳 도서출판 그린북 | 출판등록 1995년 1월 4일 (제10-1086호)
주소 서울시 마포구 방울내로11길 23 두영빌딩 302호
전화 02-323-8030~1 | 팩스 02-323-8797
이메일 gbook01@naver.com | 블로그 greenbook.kr

ISBN 979-11-87499-15-2 03800

SNS 글쓰기는 문학이 아니라 심리학이다!

인플루언서의 글쓰기

스펜서Spenser 지음 | 임보미 옮김

그린페이퍼

차례

제9장 누구나 인기글을 쓸 수 있다

글을 쓰지 않았다면
10년은 더 고생했을 것이다

어느 날 친구와 산책을 하다가 오랜 습관이 있는지, 그 습관의 가치는 무엇인지 이야기를 나누었다. 사실 많은 사람들은 습관이 없다. 당신은 어떤가? 곰곰이 생각해보니 나는 SNS 계정에 글을 쓰는 습관이 있었다.

2014년 9월 홍콩에서 처음 일을 시작한 이후 지금까지 SNS 계정에 글을 썼고 세 권의 책을 냈다. 이 책을 포함해서 말이다. 이 책을 통해 지난 시간의 글쓰기가 내게 어떤 변화를 가져왔는지 공유하고 싶다.

첫째, 글쓰기는 자투리 시간을 활용하는 최선의 방식이다. 나는 대단한 취미가 없다. 일을 하지 않는 날에 운동을 하거나 친구들과 밥을 먹고 수다를 떠는 정도다. 여행을 좋아하지도 않는다. 홍콩과 중국 선전深圳에서 일했지만 마카오의 카지노도 아직 가보지 않았을 정도다. 홍콩의 란콰이퐁Lan Kwai Fong은 2년 전 손님이 와서 함께 둘러본 게 전부고, 평소에도 야간 활동을 즐기지 않는다.

　사람은 쉽게 무료함에 빠진다. 특히 자신이 이 세상에서 해야 할 일이 없다고 느낄 때면 더더욱 그렇다. 글을 쓰면 그런 무료함에서 벗어날 수 있다. 일반적인 글쓰기는 번뜩이는 영감을 바탕으로 뼈대를 구성하고 글을 완성한다. 보통 두 시간 정도 소요되는데, 우리가 일을 하고 남는 최대한의 시간일 것이다. 하지만 시간을 쪼개 가며 사는 우리가 많은 시간을 들여 한 가지 일에만 몰두하는 건 이미 사치가 되어버렸다.

　두 시간을 써서 영화를 보고 공연을 보고 SNS를 보는 것과 두 시간을 들여 글을 쓰는 것은 본질적으로 다르다. 전자는 다른 사람이 창작한 제품을 소비하는 것이지만 글쓰기는 자신의 작품을 창조하는 것이다. 당신은 창작자이자 생산자가 된다. 글쓰기는 생각과 영혼의 발현이다. 전자와는 완전히 다르다.

　소비 자체는 고품격 쾌락을 안겨주지 못하지만 창작은 가능하다. 사람의 인생은 한정되어 있고 매일매일 주어진 시간은 부족하다. 당신은 수용자가 되고 싶은가, 창조자가 되고 싶은가.

　내가 쓴 글이 인터넷에서 사랑을 받고 내가 낸 책이 서점에 꽂혀 있는 것을 볼 때면 이 세상에 나만의 작품을 남겼다는 만족감이 느낌이 든다. 30여 년을 헛살지 않았다.

　둘째, 글쓰기는 무지를 없앨 수 있다. 무지는 세속적이고 저급한 두 가지 개념을 포함한다. 나는 스스로를 세속적인 사람이라고 생각한다. 홍콩 금융 종사자들의 패션을 영원히 따라잡지 못할 것이고 고급 호텔의 매너 역시 배우기 어려울 것이다. 나는 서민으로 잘 살아왔다. 수다를 떨 때 저속한 말도 많이 쓴다. 비록 리샤오라이李笑來*만큼 직설적이지 못하고, 왕쉬王朔**만큼 부풀리지 못해도 말이다.

일상에서도 그리 고급스러운 삶을 추구하지 않았고 어떤 면에서는 오히려 피하려고 했다. 왠지 그런 삶은 대중과 민생, 그리고 세상과 멀어지는 느낌이 든다. 나는 세상이 즐거워야 사람도 즐겁고 진정으로 즐거운 인생이라고 믿어왔다. 하지만 사람들은 저급한 삶을 용납하지 않는다. 글쓰기는 그 저급함에서 벗어나게 한다. 글쓰기는 흡수가 아니라 창조다. 창조는 숨겨져 있는 함의 속으로 들어가 깊이 파고들고 멀리 나아가게 한다.

당신의 머릿속에 글을 써야겠다는 생각이 시작되는 순간, 사물을 보는 눈은 더욱 예리해지고 다른 시점으로 세상을 볼 수 있다. 당신이 보는 세상은 글쓰기의 중심이기 때문에 점의 형태에서 선의 형태가 되고 다시 그물이 되면서 마음속에 더욱 완전한 세계가 펼쳐진다. 그렇게 다른 사람이 보지 못하는 이색적인 하늘과 땅을 보게 되는 것이다.

셋째, 글쓰기는 이 시대 최고의 투자다. 과장된 말이 아니라

---

* 유명한 엔젤투자자이자, 베스트셀러 작가. 비트코인 재벌로 알려져 있다.
** 중국 작가.

내 사업적인 성공은 글쓰기가 준 선물이다. 뉴미디어 글쓰기는 사업적 가치와 함께 거대한 영향력까지 가져다주었다. 나는 홍콩에서 대학원을 졸업한 후 글로벌 분산투자 업무를 했는데 첫 번째 고객이 내 SNS 계정의 팔로워였다. 이런 독자 고객 덕분에 지금은 꽤 좋은 집에서 멋진 삶을 살고 있다. 4년 전만 해도 내가 책을 낼지도 몰랐고, 100만 팔로워가 생길지도, 또 꿈꾸던 삶을 몇 년이나 앞당기게 될지도 몰랐다. 지금 이 모든 것은 현실이 되었고 모두 글쓰기의 힘으로 이뤄진 것들이다.

인터넷 발달, 특히 무선인터넷 혁명은 개개인에게 능력과 재능을 마음껏 펼칠 수 있는 무대를 만들어줬고 개인 브랜드가 각광받는 시대를 도래시켰다. 당신에게 탁월한 관점과 전문적인 콘텐츠만 있다면 세상은 당신의 재능을 알아볼 것이다. 글쓰기는 당신의 브랜드를 만드는 최고의 방법 중 하나다.

당신은 아마도 이렇게 물을 것이다. "나는 원래 글 쓰는 습관도 없고 글을 써본 지 너무 오래되었는데 글쓰기가 가능할까요?" 내 대답은 "당연히 가능하다"다. 나 역시 서른이 다 되어서 글을 쓰기 시작했다.

그럼 또 이렇게 물어볼 것이다. "어떻게 체계적으로 글쓰기를 배울 수 있을까요?"

그 답은 바로 이 책 속에 있다.

제1장

말할 줄 아는 사람은 넘쳐도 쓸 줄 아는 사람은 드물다

직장이나 사회에서 가장 중요한 것은 표현력이다.
다가올 미래에 가장 중요한 자산은 영향력이기 때문이다.
영향력을 가진 자, 즉 인플루언서가 되기 위한 조건은 무엇일까?
하나는 말솜씨, 다른 하나는 글솜씨다.

— 더다오得到 앱의 창업자 뤄전위罗振宇

지난 몇 년간 아버지는 늘 말씀하셨다. "네가 요즘 무얼 하는지 도통 알 수가 없구나. 혹시 문제가 될 만한 일은 하지 말거라." 그럴 때마다 나는 말했다. "아버지, 제가 문제가 될 일을 할게 뭐가 있겠어요. 마약을 파는 것도 아니고요."

이전에 했던 글로벌 분산투자부터 지금의 뉴미디어까지, 내가 하는 일에 대해 아무리 말씀드려도 아버지는 어디서 돈을 벌고, 어쩌다 하루아침에 유명세를 타게 되었는지 이해하지 못하신다. 2년 전에도 어떻게 이런 비싼 집을 샀는지, 언제 정신을 차릴지 걱정뿐이셨다. 아버지는 그저 사람답게만 살라고 당부하셨다.

아버지의 마음을 이해하지 못하는 건 아니다. 할아버지만 해도 아버지가 무슨 일을 하는지 대강은 알고 계셨다. 아버지 세대가 살던 세상은 지금처럼 빠르지 않았으니까. 신기술이라는 보이지 않는 손가락이 가속 버튼을 누를 때마다 우리가 사는 세상은 2배속, 4배속, 8배속으로 점점 빨라졌다. 그러니 아버지 세대가 우리 세대의 세상을 이해하기 어려울 만도 하다.

불안한 시대의 청년 위기

아버지 세대와의 세대 차이는 그리 큰 문제가 아니다. 현 시대는 아버지 세대의 세상이 아니니까. 나를 경악하게 만드는 것은 여전히 전통산업에 종사하는 30대 전후의 사람들이다. 아직 중년에 접어들지 않은, 그야말로 사업적으로 최고의 전성기라 할 수 있는 30대들이 IT 업종과 뉴미디어에 익숙하지 않다는 것은 실로 놀라울 따름이다. 신경제New Economy, 신유통New Retail*, 지식재산권 사용료(로열티), 개인 IP 등에 대한 내용을 접해도 그들의 반응은 미적지근하기만 하다. 그나마 1선 도시** 젊은이들은 조금 낫고 2선, 3선, 4선 도시로 갈수록 신흥 업종에 대한 젊은 층의 무지는 심각해진다.

---

* 온라인 플랫폼과 오프라인 매장 물류 인프라가 신기술로 통합된 유통 비즈니스.
** 중국 각 도시의 경제적 규모GDP나 도시 전체 규모(인구수), 정치적인 능력 또는 다른 지역에 미치는 영향력을 기준으로 1~5선으로 구분하며 1선 도시가 가장 발달함.

문득 많은 이들이 아직 중년의 위기는 아니지만 청년의 위기에 빠진 건 아닐까란 생각이 들었다. 내가 말하는 청년의 위기란 연봉이 적어서 집 한 칸 마련할 수 없는 재정의 위기나 제때 승진을 못해서 느끼는 직장 내 생존 위기를 말하는 게 아니다. 사고방식의 문제인 거시적인 위기를 말하는 것이다. 우리가 어떤 사람들을 보며 거칠고 교양 없으며 심미관이 떨어진다고 평가하는 것처럼 청년의 위기란 사고방식이 투박하고 굼뜬 것을 의미한다. 청년의 위기에 빠진 사람들은 시대의 변화에 무디고, 신흥 업종이나 새로운 기술에도 별다른 관심이 없다. 그들은 과거의 제한적이고 낙후된 경험을 바탕으로 오늘을 살아가고 미래도 지금과 별반 다르지 않을 것이라고 철석같이 믿고 있다.

슈에자오펑薛兆豊 베이징대 교수는 자신의 수업을 더다오得到 앱*에 업로드했고, 이 수업은 20만여 회가 팔렸다. 1회당 199위안RMB이니 판매액은 무려 4000만 위안(약 85억 원)이 넘는다. 더다오 앱과 애플에 주는 커미션과 세금을 공제하고도 슈에 교수는 1000만 위안이 넘는 돈을 벌어들인 셈이다. 대학교수가 1년에 1000만 위안을 번다는 게 상상이나 되는가? 아무리 베이징대 교수라도 연봉 100만 위안을 넘기기 어려운 게 현실이다. 이는 단순히 비즈니스적인 가치만 산출했을 뿐 이 수업을 통해

* 중국의 유료 뉴스 구독 서비스. 유료 지식콘텐츠 산업의 모델이 되었다.

창출된 슈에 교수 개인의 영향력은 포함하지 않았다. 그것은 결코 돈으로 계산할 수 없는 어마어마한 무형의 가치다.

다른 사람들이 돈방석에 앉을 수 있었던 이유를 알면서도 안목이 없어서 기회를 놓쳤다면 우선 유감을 표하며 다음에는 기회를 잡을 수 있기를 기도해줄 수 있다. 하지만 일확천금을 번 그들을 보면서도 그저 멍한 표정으로 군침을 삼키며 "어떻게 저럴 수 있지?"라고 말한다면 나 역시 어쩔 도리가 없다.

사람들이 비트코인이 몇백 배로 폭등하는 장면에만 주목한 채 그 배후의 알고리즘이나 정부의 규제 사유에 대해선 알지 못하는 모습과 다르지 않다. 눈앞에 벌어진 전쟁을 보면서 그 이유는 물론, 전쟁에 뛰어들어야 할지, 줄행랑을 쳐야 할지도 모르는 바보처럼 말이다. 당신은 어떤가? 지금, 불안감이 엄습하는가?

요즘 온라인의 몇몇 삼류 작가들은 현대인이 불안 속에 살면서 점점 평정심을 잃어간다고 한탄한다. 그러면서 차도 말도 느리게 달리고 평생 한 사람만을 사랑하는 한적하고 평온한 과거의 삶을 동경한다. 이는 지극히 우매하고 억지스러우며 무기력한 주장일 뿐이다. 시간은 거스를 수 없으며 시대의 변화나 신기술의 등장은 본래의 방향대로 흘러왔을 뿐 인간의 의지로 바꾸거나 타협할 수 있는 게 아니다. 핵에너지나 클론 기술, 그리고 최근 떠오르는 AI(인공지능)까지 모두 숱한 논쟁과 토론을 거치며 발전하고 있다. 혼자만의 힘으로 거대한 시대의 흐름을 막고자 하는 이들은 무참히 짓밟힐 것이다. 반면 조류에 따라 기술 혁신이란 열차에 몸을 싣고 새로운 시대로 나아가는 이들은 꽤 괜찮은 삶을 살아갈 것이다.

그렇다면 상대적으로 앞선 정보와 더 많은 인프라를 갖춘 대도시(1선 도시)에 사는 젊은이들이 2선, 3선 도시의 젊은이들보다 불안한 까닭은 무엇일까? 불안의 본질은 자신이 모르는 점을 알고 그 상황을 개선하고자 하는 데 있다. 대개의 사람들은 자신이 모른다는 것조차 모른다. 이것이야말로 최악의 상황이다.

불안하다는 건 좋은 일이다. 당신이 불안하다면, 이는 시대의 변화를 느끼고 있지만 자신의 지식수준이 이 세계를 이해하기에는 부족하다는 점을 인지했음을 의미한다. 또한 당신이 현재 상황을 바꾸고 싶어 한다는 증거다. 만약 지금의 삶이 만족스럽고 자신이 외부 세계와 무관하다고 생각한다면 불안감 따윈 필요 없다. 불안감은 더 나은 자신을 바랄 때 생기는 것이니 말이다.

이런 이유로 1선 도시에 사는 사람일수록 더 불안하고 위기의식을 느낄 수밖에 없다. 누군가는 이것이 대도시의 문제라고 말할 수도 있다. 하지만 아니다. 이는 대도시가 주는 보너스다. 이로 인해 우리는─다른 도시에 사는 이들에 비해─더 영민하고 더 빠르고 더 효율적으로 더 많은 기회를 잡아 더 '멋진' 사람이 될 수 있다.

그렇다면 핵심은 무엇인가? 어떻게 해야 할까?

첫째, 우리는 영원히 '도착'할 수 없고 다만 '도착지'를 향해 부단히 나아가야 한다는 사실을 명심하자. 이 시대에 "평생 배운다"라는 말은 남보다 우월해 보이려는 공염불이 아니다. 신기술과 새로운 업종이 기존의 것들을 대체하고 그 속도는 점점 빨라지고 있다. 그만큼 돈과 시간을 투자해야만 그 흐름을 따라갈 수 있다. 끊임없이 배우는 자세야말로 사고방식의 '노인성 치매'를 막는 최고의 약이다.

둘째, 백그라운드도 인맥도, 그렇다고 출중한 외모도 없는 흙수저가 금수저로 탈바꿈할 수 있는 유일한 길은 마음가짐과 사고방식을 업그레이드시키는 것이다. 운명을 바꾸려고 애쓰기에 앞서 세상과 자신을 바라보는 눈부터 변화시켜야 한다. 새로운 기술을 받아들인다는 건 새로운 시대를 받아들인다는 것을 의미한다.

셋째, 글을 쓰자. 내 말을 믿어라. 글쓰기는 모든 것을 바꿀 수 있다.

졸업 후 2년, 글쓰기로 연봉 100만 위안을 벌다

2014년 여름 나는 4년간 몸담았던 직장을 그만두고 홍콩에서 대학원에 진학했다. 더불어 위챗 계정을 만들어 학업과 일상을 기록했다. 일주일에 두 편 정도 포스팅을 했으니 그리 부지런하지는 않았다. 그저 내 만족으로 올렸던 것이었고 1년이 지났을 무렵 만여 명 정도의 독자를 얻게 되었다.

2015년 가을 졸업을 했고 이후에는 취업을 걱정했다. 가족들은 내가 돌아와서 '9 to 5'가 가능한 일을 하길 바랐다. 밖에서 1년을 보냈으니 돌아와서 안정된 생활을 하길 원했던 것이다. 하지만 나는 '기왕 나왔으니 굳이 돌아가지 말자'라고 결심했다. 갈 때 가더라도 금의환향은 해야 하지 않겠는가.

내가 졸업했던 그해는 세계적으로 분산투자 열기가 대단했다. 중국 대륙의 큰손들이 너나없이 해외 금융 상품에 투자하고 있었다. 마치 저장浙江 사람들*의 비즈니스 후각이 발동한 모양세였다. 나는 이것이야말로 기회라 생각하고 이 업종에 뛰어들기로 결심했다. 그래서 위챗에 분산투자를 통한 재테크에 대해 포스팅을 했는데 뜻밖의 일이 벌어지고 말았다. 내 포스트를 읽은 전국 각지 독자들의 문의가 빗발쳤던 것이다. 독자들은 내 글의 전문성을 인정하면서 글로벌 분산투자 방법과 수익률을 높이는 방법에 대해 물었다.

글을 통해 어떤 인맥과 자금 없이, 단시간 내에 고객은 물론

---

* 중국의 유대인으로 불리며, "시장이 있으면 저장 상인이 있고 시장이 없으면 저장 상인이 만든다"는 말이 있을 정도다.

투자 채널까지 확보하며 승승장구할 수 있었다. 당시 가족들에게 1년 안에 50만 홍콩달러(약 7700만 원)를 벌어들인다면 홍콩에 계속 남을 것이고, 벌지 못한다면 집으로 돌아가겠다고 선언했었다. 결과적으로 약속한 시한보다 훨씬 앞당겨, 단 5개월 만에 인생 최초로 100만 위안을 손에 쥐게 되었다. 이제 가족들은 더 이상 내 성공을 걱정하지 않는다. 다만 돈을 버는 일은 끝이 없다며 건강을 염려한다.

내 성공의 종잣돈이 글쓰기로 마련되었다는 말은 과장이 아니다. 지금 나는 베이징, 상하이, 선전, 홍콩 등을 드나들며 두 개의 회사를 운영하고 있다. 내 계정은 '스펜서Spenser'라는 이름으로 3년째 운영 중인데 구독자 수가 300만에 육박하고 직장생활 관련 계정 중 꽤 높은 순위에 있다. 〈일이 없다고 창업할 생각 마라〉, 〈당신과 일등석의 거리는 단지 경제적 능력의 차이만은 아니다〉 같은 글은 조회수 1000만을 자랑한다.

직접 글을 쓰는 일 이외에 네 번의 글쓰기 수업을 개설했고 10만 명에 가까운 회원이 수업을 들었다. 내 글쓰기 수업은 인터넷에서 공유한 지식에 비용을 지불한다는 측면에서 꽤 획기적인 사건이었다. 수업을 들은 회원들은 의식적인 글쓰기를 통해 개인 브랜드를 만들고 상업적 가치를 창출했음은 물론 직장에서도 인정받는 인재가 되었다. 나 역시 직접 시도해보지 않았다면 글쓰기가 이 정도의 상업적 가치를 창출할 것이라고는 감히 상상하지도 못했을 것이다.

2017년 즈롄자오핀智聯招聘[*]에서 나와 치파슈어奇葩说[**] 팀을 상하이로 초청해 오프라인 행사를 진행했는데 관객 가운데 한 사람이 마웨이웨이马薇薇[***]에게 질문을 던졌다. "당신은 어떻게 이런 갑작스러운 성공을 거두었습니까?" 마웨이웨이는 센스 있게 답변했다. "당의 정책에 감사할 따름이죠."

그렇다. 우리는 이 시대에 감사해야 한다. 이 시대가 우리에게 기회를 준 것이니까.

뉴미디어에 푹 빠져 몇 년을 보내면서 "표현할 줄 아는 사람이야말로 이 시대 최고의 수혜자다"란 말을 하루하루 뼈저리게 느끼고 있다. 뉴미디어를 통해서 일과 인생의 역전을 이뤄냈기에 인터넷 세상에서 글쓰기가 뿜어내는 막강한 힘을 몸소 느낄 수 있었다. 경험해보지 못한 사람은 결코 이해할 수 없는 힘이다. 글을 쓰지 않는 사람은 자신이 얼마나 많은 기회를 놓치고 있는지 짐작조차 할 수 없을 것이다.

* 중국의 구인구직 플랫폼.
** 찬반토론을 하는 중국 예능 프로그램.
*** 치파슈어의 사회자.

글 쓰지 않는 자,
경쟁력이 사라지고 있다

한번은 궈커왕果壳网*의 공동 창립자와 직장에 대한 주제로 이야기를 나눈 적이 있다. "짜이항在行**에서 활동하는 전문가들은 하나같이 타이틀이 대단해요. 세계 500대 기업의 임원 아니면 스타트업 기업의 대표들이거든요." 나는 말했다. "대단한 건 대단한 것이지요. 하지만 안타깝게도 지식도 값이 매겨지는 요즘은, 기존의 '대단한 인사'들이 계속 우위를 점할 수만은 없습니다. 이유는 간단합니다. 인터넷 시대는 소위 학위만으로 경쟁하는 시대가 아니기 때문입니다. 첫째, 그들은 자신만의 플랫폼에서 자신의 가치를 축적하지 못했습니다. 둘째, 가치 있는 내용을 축적하지 못한 만큼 다른 이용자와 깊이 있는 연결고리를 만들지 못했습니다."

위챗에서 활동하는 1인 미디어가 가장 많이 활용하는 표현 방식은 글쓰기다. 어떤 사람들은 자질도, 배경도, 능력도 없지만 지속적으로 글을 쓰면서 자기의 관점과 태도를 표현하고 있다. 그러면서 아주 천천히 충성도 높은 구독자를 보유하게 되었

---

* 과학 기술 온라인 매체.
** 유료 지식공유 플랫폼.

고, 일부는 상업적인 가치 창출은 물론 개인의 브랜드 구축까지 이룰 수 있었다. 따라서 요즘 시대에서의 성공, 영향력 확대, 부의 창출은 단 한 가지 키워드, '글쓰기'를 피할 수 없다.

말을 하는 사람은 넘쳐도 쓸 줄 아는 사람은 드물다. 인터넷 세상에서 글로 자신을 표현하는 것은 직장인들의 '기본 소양'을 넘어서 '핵심 능력'이 되어버렸다. 쓸 줄 모르는 자의 경쟁력은 나날이 쇠퇴할 뿐이며 더 이상 발전할 가능성도 없을 것이다.

글 쓰지 않는 자, 직장을 떠나면 정체성도 잃는다

우리가 다니는 직장은 종종 우리의 신분을 나타낸다. "맥킨지에 다닌다", "골드먼삭스에 다닌다", "알리바바나 텐센트에 다닌다"라고 말하듯이 말이다. 과거에는 어떤 직장을 다니는지가 당신의 정체성과 능력을 말했지만 지금은 다르다. 이제는 한 직장에서의 근속 연수가 점점 짧아지고 이직률도 높아지고 있다. 직장 생활의 현실이다. 하지만 글쓰기는 다르다. 당신이 다니는 직장의 수준, 직장에 임하는 태도, 직장에서 발휘하고 있는 전문적인 능력을 끊임없이 외부에 알릴 수 있다. 대부분의 사람은 회사나 플랫폼을 떠나고 나면 직장으로 드러내던 정체성은 금세 모호해지고 앞으로의 방향도 보이지 않는다. 그 사람의 존재가 모호해지니 그가 가진 가치 역시 드러나지 않기 때문이다.

참으로 안타까운 일이 아닐 수 없다. 하지만 글쓰기(포스팅)를 한다면 당신의 커리어는 계속 쌓일 것이다.

글 쓰지 않는 자, 직장에서 아웃사이더일지 모른다

모두가 알다시피 직장 내 소셜네트워킹은 인맥을 쌓고 직장 내 자산을 쌓아 가기 위한 중요한 방법이다. 그렇다면 당신의 소셜화폐Social Currency*가 될 수 있는 것은 무엇이고, 당신의 가치를 보증할 수단은 무엇일까? 또 다른 사람과의 연결고리가 될 수 있는 것은 무엇일까? 학벌? 회사? 물론 아니다. 당신의 가치를 알리기에는 턱없이 부족하다. 이 점이 바로 링크드인linked-in**이 중국 직장 소셜네트워킹 서비스에서 큰 성공을 거둘 수 없었던 이유다. 글쓰기(포스팅)는 위챗 계정 시대의 가장 효용 있는 소셜화폐이자 당신과 다른 사람을 이어주는 가치허브다.

유감스럽게도 많은 직장인들이 한 차원 높은 인맥을 쌓지 못하고 그 사람들과 어울릴 기회를 놓치는 것은 바로 자신만의 소셜화폐가 없기 때문이다.

* SNS에 사용자가 글, 이미지, 동영상 등을 게시하거나 다양한 참여 활동을 한 데 대해 경제적으로 보상해주기 위해 사용되는 가상화폐.
** 세계 최대의 글로벌 비즈니스 인맥 사이트.

글 쓰지 않는 자, 직장 내 발언권을 잃어가고 있다

요즘 직장은 인터넷과 공통점이 있다. 방문자 수, 인싸*가 왕이라는 점이다. 이 두 가지 특징은 직장 내 개인의 브랜드와 발언권을 결정짓는 직장 생활의 최고 무기다. 어떤 측면에서는 이 두 가지가 전문성을 능가하는 힘을 발휘하기도 한다. 전문성이라는 것은 대체 가능하다. 하지만 '방문자 수'와 '인기'는 영원히 그 사람만의 몫이며 대체 불가하다. 글쓰기는 자신만의 '방문자 풀Pool'을 만들고 발언권을 확보하는 최선의 방법이다. 어느 정도 성공을 했고 연봉도 꽤 괜찮은 많은 사람들이 불안해하는 이유는 아마도 직장 내에서 탄탄한 발언권의 토대를 갖추지 못해서일 것이다.

당신이 성공하지 못하는 이유, 아싸(아웃사이더)이기 때문이다

독자들과 많은 대화를 나누다 보니 대다수 직장인들의 고민은 다음과 같다는 결론을 얻었다.

---

* 인사이더Insider라는 뜻으로, 각종 행사나 모임에 적극적으로 참여하면서 사람들과 잘 어울리는 사람을 이르는 말.

- **낮은 연봉**: 연봉은 낮은데 집, 차, 심지어 가방도 너무 비싸다. 간단히 말해서 아름다운 이상에 비해 현실은 뼈아프다.
- **직장 내 위치**: 어느 업계든 더 이상 평생직장은 없다. 어느 날 갑자기 해고당할 수도 있고 좌천될 수도 있다. 이직을 하고 싶어도 원하는 대우를 받기가 쉽지 않다.
- **저평가된 능력**: 본인은 능력도 있고 실적도 좋지만 어리숙한 상사나 사장은 그 가치를 모른다. 자신은 천리마인데 백락伯樂*을 만나지 못했다.
- **질이 낮은 인간관계**: 직장 내 인간관계는 한계가 있다. 그 관계를 넓힐 기회가 없거나 더 나은 무리에 들어갈 방도가 없다.

이처럼 돈과 능력, 인맥도 없는 상황이라면 직장 내 영향력을 끌어올릴 수 있는 가성비(가격 대비 성능) 최고의 방법은 바로 글쓰기다.

글쓰기, 직장 내 최고의 소셜화폐

누군가는 "스펜서, 당신이 홍콩에서 큰돈을 벌 수 있었던 건 해외투자 열풍이라는 조류를 잘 탔기 때문이다"라고 말한다. 물론 틀린 말이 아니다. 하지만 반대로 내세울 것 하나 없이 빈손으로 시작한 내가 다른 동료들보다 큰 성과를 거둘 수 있었던

---

* 춘추시대 진秦나라 사람으로 말을 잘 감별했다. 오늘날 인재를 잘 발견하여 등용하는 사람을 비유함.

이유를 생각할 필요가 있지 않을까?

그 이유는 제법 간단하다. 당신이 물건을 판다고 생각해보자. 매일 고객을 만난다고 해도 1년 정도가 지나야 몇천 명 정도의 사람을 만날 수 있을 것이다. 하지만 당신이 글을 쓴다면 하룻저녁에도 몇천 명이 당신의 글을 읽을 수 있다. 다시 말해 글한 편의 하룻밤이 1년 동안의 노고와 맞먹는다는 의미다. 이는 단순한 양적 경쟁이 아니라 시시각각 동료들보다 앞서 나갈 수 있다는 의미가 아니겠는가?

결국 많은 사람들이 직장에서 이렇다 할 실적을 만들지 못하는 이유는 전문성이나 노력의 문제라기보다 인맥의 문제라는 게 키포인트다. 제아무리 잘났어도 아무도 자신을 몰라준다면 무슨 소용이 있겠는가?

나는 시간이 지나면서 내가 단지 글만 쓴 게 아니라 인터넷 세상에서 획기적인 소셜네트워킹을 하고 있었음을 깨달았다. 80만에 달하는 내 구독자 수가 중요한 게 아니다. 2015년 처음 글을 쓰기 시작했던 시기에 내 계정의 방문자 수는 고작 1만 명에 불과했다.

위챗의 광고 카피는 "아무리 작은 사물이라도 그만의 브랜드는 있다"다. 자신에게 물어보자. 급속도로 발전하고 있으며 비용마저 이렇게 저렴하며 아름답기 그지없는 인터넷 소셜네트워킹 시대에, 당신의 인맥과 브랜드는 잘 관리되고 있는가.

글 쓰지 않는 자, 오랜 시간 고군분투해야 한다

내 독자이자 글쓰기 수업 2기 회원인 한 사람은 컨설팅회사에서 애널리스트로 근무하고 있다. 그는 내게 이런 말을 했다. 글을 쓰지 않았을 때는 늘 불안해서 이직을 생각을 했지만 자신을 알아보는 곳이 없다 보니 좋은 대우를 받고 이직할 수 없었다는 것이다. 그런데 글을 쓰면서 업무 지식에 대해 포스팅했고 이 내용이 알려지면서 업계 내에서 유명해졌다고 한다. 그러자 동종업계의 다른 회사 인사팀에서 스카우트 제의가 왔고 지금 회사 대표도 전과 달리 특별 대우를 해준다는 것이었다. 과거 그가 느꼈던 불안이 이제는 회사 대표에게 전가된 것이다. 그는 이렇게 말했다.

"내 운명이 내 손 안에 있다는 느낌이 정말 행복합니다."

앞으로 직장에서는 아마 두 가지 부류가 나타날 것이다. 하나는 글을 쓰는 사람들이다. 글을 쓰는 사람들은 인터넷 기술의 이점을 적극 활용해 직장과 개인의 브랜드를 높일 것이고 그들의 수입, 인맥, 영향력은 기하급수적으로 늘어날 것이다.

다른 하나는 글을 쓰지 않는 사람들이다. 모든 노력을 기울이지만 인터넷 플랫폼에서 자신을 드러내지 않고 기존의 방식을 고집하다 보니 직장 내에서 발전 속도가 더딜 수밖에 없다. 그들은 인터넷 시대가 선사하는 최대의 보너스를 놓친 셈이니 안타깝기 그지없다.

연봉은 과거를 대변하고
브랜드는 미래를 선사한다

대부분의 사람들은 최근 몇 년간 인터넷 기술혁명이 개개인에게 가져다준 도약의 기회를 지나치게 저평가한다.

오프라인에서 토론을 할 때면 적지 않은 수의 독자들이 불안을 호소한다. 입사한 지 3~5년이 흘렀고 서른을 넘겨 가정을 꾸리고 무언가 해야 할 나이가 되었지만 미래가 암담하기만 하다는 사람, 지금 하는 일에 미래가 보이지 않는데 무엇을 해야 할지 모르겠다는 사람, 또 수입이 시원치 않지만 다른 곳으로 옮긴다고 해도 달라질 것이 없어 사표를 던질 수도 없다는 사람…. 그보다 조금 더 나은 사람들은 일이나 수입은 나름 괜찮지만 권태기에 접어든 것 같고 다음 단계로 올라가기 어려워서 불안해한다. 더 많은 일을 할 수 있을 것 같은데 도무지 어디서부터 손을 대야 할지 몰라서 걱정이라고도 말한다. 그들의 마음을 십분 이해한다. 나 역시 겪었던 일이니까. 만약 서른 이후에도 직장에서 주는 월급에만 의존하고 있다면 그의 직업 계획은 실패다.

나는 줄곧 브랜드의 중요성을 강조했다. 작금의 시대에 월급은 큰 의미가 없다. 진정한 가치는 브랜드에 있다. 그럼에도 불구하고 많은 사람들이 여전히 직장에만 매달려 있다. 소위 근면 성실의 굴레 안에서 자신을 마비시키고 감동시키면서 장기적인 미래는 생각하지 못한다. 이제 브랜드를 갖추지 못한 사람은 직장 내에서 설 자리가 좁아지고 그만큼 리스크도 커질 것이다. 지금의 월급은 당신의 과거를 의미할 뿐이고 더 나은 미래를 선사하는 건 바로 브랜드이기 때문이다.

앞으로 2년 내에 글을 쓰는 직장인들은 성공가도에 들어설 것이다. 그들은 뉴미디어를 활용한 글쓰기를 통해 비즈니스 가치를 창출할 것이다. 한 편의 광고가 직장인들의 1년 치 연봉과 맞먹지 않는가. 또 글쓰기를 통해 자신의 능력을 드러낸 사람들은 자신의 브랜드 가치를 끌어올려 그 누구보다 직장 내 위치를 공고히 할 것이다.

그들에게 월수입 10만 위안은 당연한 일이고 100만 위안을 넘는 것 역시 놀랄 일이 아니다. 가장 중요한 건 더 이상 직장을 잃을까 봐 전전긍긍하지 않을 거란 사실이다. 그들은 이미 글쓰기로 브랜드 파워를 갖췄고 인재 중에서도 두각을 나타냈으며, 심지어 이 기회를 토대로 창업을 하거나 프리랜서로 탈바꿈하는 사람들도 적지 않을 것이다. 장담하건대 그들이 자신의 필드에서 주목받던 인재들은 아니었을 것이다. 그런 그들이 인터넷이 가져다준 보너스의 수혜자가 될 수 있었던 이유는 무엇일까?

나는 위챗 계정에 글을 썼다. 처음에는 글을 통해 금융 업무 외에도 문화예술에 관심이 많은 사람으로서 나만의 생각을 표현하고 싶었다. 당시에는 SNS에 쓴 글이 이런 기회를 가져다줄지 몰랐다. 또 미래의 어느 날, 당시에도 적지 않았던 내 연봉을 훨씬 뛰어넘는 수입을 가져다줄 것이라고는 상상조차 하지 못했다. 게다가 글을 쓰면서 각계각층의 주요 인사들과도 만나게 됐고 나만의 브랜드 파워를 갖추게 됐다. 이는 금전적인 가치보다 더 의미 있는 일이다.

돌이켜 생각해보면 이것이 인터넷이 개개인에게 가져다준 거대한 보너스였고 그때 나는 태풍의 입구에 당도했던 것이다. 인터넷 보너스는 최저의 비용으로 최고의 효율을 내며 당신을 낯선 사람들과 연결해줄 것이다. 지금 이 순간, 당신은 수많은 사람들과 연결될 수 있고 스스로의 가치를 결정할 수 있다.

글쓰기, 태풍의 입구에서 기울이는 노력

어느 날 친구가 요즘 가장 큰 변화는 무엇이냐고 물었다. 나는 한참을 생각한 끝에 "자유"라고 말했다. 집을 살 때를 제외하고는 물건을 살 때 더 이상 가격이 아닌 기호만 생각한다. 또 여러 요구사항에 대해 단호하게 "아니요"라고 거절하고 내가 좋아하는 일을 할 수 있다. 돈으로 다른 사람의 시간까지 살 수 있으니 내 시간은 그만큼 더 자유로워졌다. 전보다 바빠진 건 사실이지만 매 순간이 알찬 시간이다.

당당한 여성의 대명사인 왕샤오ㅌ潘*는 자신이 원하는 삶을 살고 있다는 말을 한 적이 있다. 나 역시 내 인생의 방향키를 잡은 순간 얼마나 황홀했는지 모른다.

"지금도 불안해?" 친구가 물었다. "불안하긴 하지. 하지만 예전과는 다른 불안감이야." 예전에는 더 갖고 싶어서 불안했다면 지금은 잃을까 봐 두렵다.

줄곧 관심을 가져주었던 대다수의 독자들은 내가 어떤 과정을 거쳐 지금에 이르렀는지, 또 내가 얼마나 많은 노력을 기울였는지 안다. 그들은 내가 걸어다니는 닭고기 수프**라고 놀리곤 한다. 스스로에게는 '닭피를 수혈***'하고 다른 사람에게는 독약을 먹인다는 우스갯소리도 한다. 그들은 또 다른 이들이 선형적 성장을 할 때 나는 '기하급수적'으로 발전하고 있다고 덧붙이곤 한다.

나는 노력이 한 사람의 미래에 미치는 영향은 50%가 넘지 않는다고 믿는다. 내 눈에 노력과 고생은 저렴해 보인다. 1선 도시의 직장에서 일하는 사람치고 야근도 안 하는 사람이 어디

* 천자오捵潘무 브랜드 창립자.
** 베스트 셀러 《내 영혼을 위한 닭고기 수프》에서 따온 말.
*** 인터넷 유행어로 감정이 흥분된 상태를 나타냄.

있고, 고생 한 번 안 해본 사람이 어디 있겠는가? 중요한 건 당신의 선택에 달렸다. 대세에 따를지, 정확한 트랙 위를 달릴 것인지, 최선의 노력을 기울일지 말이다. 지난 몇 년 동안 중국은 젊은이들이 발전할 수 있도록 기회의 문을 활짝 열어놓았다. 바로 인터넷 말이다.

많은 사람들이 사회의 계층화가 점점 고착화되고 평범한 사람들이 상류사회로 진입할 통로는 점점 더 좁아지고 있다고 말한다. 이런 견해에 맞장구치고 싶진 않지만 사실 건전하고 성숙한 사회에서도 갈수록 계층의 고착화가 심각해지는 건 사실이다.

홍콩에서 지낸 몇 년 동안 이곳 젊은이들에게 주어진 기회를 보았다. 물론 중국 대륙의 젊은이들만큼의 기회는 아니었다. 우선 홍콩 젊은이들은 집을 살 수 없고 수많은 업종이 기존의 방식을 고수하다 보니 새로운 기회가 창출되지 않는다. 보험 업계만 최근 몇 년 겨우 발전했을 뿐 대부분 업종은 중국 대륙 시장에 기대야만 비로소 봄을 맞을 수 있다. 홍콩의 계층 고착화는 상당히 심각한 수준이지만 사회구조만큼은 매우 성숙하다.

미국이나 유럽도 마찬가지다. 미국에 살고 있는 한 친구는 미국 땅을 처음 밟는 순간은 너무나 설렜지만 지금은 후회스럽다며 중국으로 돌아가 창업을 해야 할지 고민이라고 말했다.

"미국은 너무 심심해, 큰 농촌이야. 중국은 작은 식당이나 포장마차에서도 알리페이로 결제가 된다며? 너희가 정말 부럽다. 어떤 업종이든 기회가 널려 있잖아."

경제학자 쉬샤오녠許小年은 지금 온 천지에 투자 기회가 널려 있다고 말한 바 있다. 2017년 베이징의 한 사합원四合院*에서 리샤오라이 선생은 개인 브랜드 제고에 대한 견해를 나누면서 앞으로 몇 년간 개인 브랜드 가치는 최소 집값의 열 배 이상 증가할 것이라고 말했다.

나는 그 말을 믿는다. 나 또한 그렇게 성장하지 않았는가. 지난 반년 동안 광고 시장에서 내 계정의 가치는 다섯 배나 상승했고 거의 한두 달 간격으로 계속 오르고 있다. 많은 브랜드에서는 진즉에 당신 글 10편을 한꺼번에 샀더라면 큰돈을 벌었을 거라며 점점 비싸지는 몸값을 보니 이제 좋아하기도 힘들겠다고 말한다. 독자들의 이런 신뢰와 깊은 사랑에 감사한다. 2017년 개설한 첫 번째 글쓰기 수업은 꽤 획기적인 사건으로 주목받았고 사람들은 내가 보름 만에 일반 교사의 10년 치 수입을 올렸다고 했다.

나는 리샤오라이 선생과 우샤오보吳曉波** 선생은 학계의 전설 같은 분들이라는 이야기를 한 적이 있었다. 그런데 2016년 초 그분들과 같은 무대에 올라 대화를 나누고 사석에서 함께할

---

* 마당을 사각형으로 둘러싸고 있는 베이징의 전통 주택 양식.
** 경제학자이자 경제 전문 작가.

수 있는 기회가 주어졌다. 불과 1년여 만에 벌어진 일이었고 마치 꿈을 꾸는 기분이었다.

이것이 다름 아닌 시대의 기회이고, 평범한 우리에게 인터넷이 부여한 힘인 것이다. 한 가지 명심해야 할 것은 시작이 괜찮았다면 더 빨리 뛰어야 한다는 점이다. 인터넷 업계에서는 발전하지 않으면 바로 '죽음'의 길로 들어서기 때문이다. 요즘 나는 매일같이 되뇐다.

"내 삶에 만족하자. 만족할 줄 아는 자만이 행복할 수 있다. 다만 일에는 만족하지 말자. 만족하지 않는 자만이 살아남을 수 있다."

제2장

앉아서
글을 써보자

글쓰기란 바지를 의자에 붙이는 예술이다.

— 시인 로버트 프로스트Robert Frost

쓸 게 없을까 봐 걱정하고
끈기 있게 쓰지 못할까 봐 걱정한다.
부족함이 비웃음을 살까 봐 걱정하고
나의 글이 가치 없다는 평가를 받을까 봐 걱정한다.
아무도 내 글을 보지 않을까 봐 걱정하며
투자한 시간만큼 보상받지 못할까 봐 걱정한다.

너무도 당연한 걱정이다. 하지만 내가 이런 걱정으로 글쓰기
를 시작하지 않았다면 오늘의 이 모든 것도 없었을 것이다. 이
책을 읽고 있는 지금 이 순간 당장 펜을 들지 않는다면 당신은
영원히 글쓰기의 매력과 조우할 일은 없을 것이다.

누구나 작가가 될 잠재력이 있다

사실 나 역시 문학에 특별한 조예가 있거나 작가가 되겠단 결심으로 글쓰기를 시작한 건 아니었다. 그저 글쓰기란 일상의 경험과 문득 떠오르는 이런저런 생각과 나 자신 그리고 세상과 소통하는 창구였을 따름이었다.

그렇게 시작된 글쓰기는 내 삶을 180도 변화시켰다. 사실 전혀 예상치 못한 결과다. 몇몇의 친구들도 1인 미디어를 시작하기 전까진 늘 야근과 늦은 귀가를 반복했다. 그럼에도 불구하고 밤잠을 줄여가며 글을 썼는데, 정말 조금도 힘들지 않았다고 한다. 나 또한 그랬다. 당시의 글은 수입은커녕 읽는 사람도 몇 되지 않았다. 그저 글을 쓰는 게 좋아서, 그래서 썼다.

누군가는 글쓰기가 너무 어렵다고 한다. 하얀 원고지를 보면 머릿속이 하얘진다고들 한다. 그건 글을 통해 자신을 표현하는 데 익숙하지 않아서일 거라고 생각한다. 지금 이 순간 낯선 이와 마주 앉아 있다고 생각해보자. 3분 동안 자기소개를 하거나 대화를 나눠야 한다. 여전히 너무 어려운가? 할 말이 없는가?

작가가 꿈이 아니라면 글쓰기를 그리 어렵게 생각할 필요는 없다. 어찌 보면 평소 말하고 노래하는 것과 크게 다르지 않다.

그저 소통의 수단이고 표현하고 싶은 욕망에서 비롯된 일이 아 닌가.

인간은 본능적으로 글쓰기에 대한 욕구가 있다고 생각한다. 인류는 사회적 동물이지 않은가. 우리는 태어나면서부터 다양 한 방법으로 자신을 표현하고 우리의 감정과 욕망을 분출해왔 다. 기본적으로 읽고 쓰는 능력만 있다면 일상적인 교류는 아무 런 문제가 없다. 글쓰기에서 가장 중요한 기초는 갖춘 셈이다. 글쓰기 능력을 배양하는 것도 말하기나 노래하기와 마찬가지 다. 유창하고 자연스러워질 때까지 쉼 없이 연습하면서 한 단계 한 단계 발전하는 것이다.

글쓰기의 이런 본질을 이해했다면 누구나 작가가 될 잠재력 이 있다는 말을 이해할 것이다. 지금은 당신이 쓴 글이 마음에 들지 않을 것이다. 내용도 짧고 기교도 없으며 마음만 급하다. 어린 시절을 떠올려보자. 옹알이부터 시작해서 아빠 엄마란 단 어를 외치고, 완전한 문장을 말하고, 삐뚤빼뚤한 글씨를 쓰기 시작해서 40분 만에 글 한 편을 완성하기까지 우리는 얼마나 많은 시간을 할애했는가? 대학 논술이나 업무 자료 이외에 책 이라고는 거들떠보지도 않고, 일기는커녕 어떤 장문의 글도 써 보지 않았는데 어떻게 순식간에 창작의 샘이 용솟음치고 펜이 날개 단 듯 움직이겠는가? 인내심을 갖고 천천히 노력하다 보 면 조금씩 나아질 것이라는 믿음이 필요하다.

초보자에게 글쓰기가 어려운 것은 이제 막 입문했으면서 고수와 비교하며 조급증을 부리는 것 말고도 '천재'에 대한 잘못된 이해 탓도 있다. 이제 막 글쓰기를 시작하는 당신에게 "타고난 재능은 매우 중요하다"라는 말보다 더 슬픈 말은 없을 것이다. 자신은 한 문장도 떠오르지 않아 전전긍긍하고 있는데 주변에선 술술 써 내려가고 있다면 자신은 재능이 없다고 속단하고 천재란 배운다고 되는 게 아니란 생각에 절망하고 만다.

물론 글을 쓰기 위해 태어났다고 할 만한 천재 작가들도 있다. 일반인으로서 부럽기 짝이 없는 사람들이다. 그러나 한 가지, 천부적 재능이나 영감만으로 평생 양질의 글을 쓸 수 있는 사람은 아무도 없다. 아무리 천재적인 작가라 할지라도 오랜 세월 내내 수준 높은 필력을 유지하고 창작의 열정을 불태울 수 있는 것은 신비로운 직감뿐만 아니라 자신만의 규칙과 기교가 있기 때문이다. 일반인이 그중 한두 가지라도 배울 수 있다면 그들의 수준에는 미치지 못했도 시행착오는 줄일 수 있을 것이다.

나는 누구나 한 가지 이상의 재능을 타고난다고 생각한다. 다만 우리 몸과 마음의 어디엔가 깊숙이 숨겨져 있을 뿐이다. 우리는 그 재능을 지속적으로 발굴하고 자극해서 깨우고 발휘해야 한다.

미국 작가 도러시아 브랜디Dorothea Brande는 "어느 누구나 천부적인 재능은 빈약하고, 천재성이라 불릴 만하지 않다. 천재성이 있더라도 극한으로 발휘할 만큼 위대한 사람은 없다. 소위 '천재'란 일반인보다 천부적인 재능을 더 많이 발휘하고 그들의 삶과 예술 창작에 활용하는 사람이다"라고 말했다.

조금이나마 힘이 될 만한 말을 인용해보자면, 대부분의 사람이 기울이는 노력 정도로는 천부적인 재능을 발휘할 수 없다. 죽기 살기로 노력하지 않는다면 천부적인 재능은 영원히 우리의 몸 어딘가에서 잠자고 있을 뿐이다.

글쓰기를 시작한 지 얼마 되지 않았을 때 글이 써지지 않아 고민한 적이 있었다. 그때 한 유명 인사가 내게 말했다. "글쓰기 훈련은 무술을 익히는 과정과 같습니다. 비법은 동련삼구 하련삼복冬練三九 夏練三伏*, 즉 꾸준히 쓰는 것이지요." 나는 '오늘은 해냈다'고 생각했다.

타고난 재능에도 차이가 있을 수 있고 기회 역시 무척 중요하다. 하지만 성실하게 비옥한 토양을 가꿔두지 않으면 눈앞에 기회가 와도 놓칠 수 있다. 당신은 왕젠린王健林**이 1억 위안이라는 작은 목표를 세웠다고 비웃었겠지만 수십 년간 매일 새벽 5시에 일어난다면 기울인 노력에 비해 그가 가진 재산은 결코 많은 게 아니란 사실을 깨달을 것이다.

---

* 가장 추울 때와 가장 더울 때 단련하라.
** 중국 완다그룹 회장.

글쓰기는 가성비 최고의 시간 투자

안타깝게도 어떤 사람들은 글쓰기의 본질을 이해하지 못한 채 마음의 소리는 등한시하고 겉으로 드러나는 화려함에만 치중한다. 아니면 SNS가 가져다줄 보너스는 이미 끝났는데 이제 시작해서 무슨 쓸모가 있겠냐는 볼멘소리만 한다. 이런 말은 2015년부터 들려왔고, 지금까지도 계속된다.

한 친구는 2017년 2월부터 글을 쓰기 시작했다. 1년이 지나자 SNS 팔로워 수가 20만을 넘어섰다. 잊힌 지 오래였던 계정들이 재운영되기도 하고, 초창기 인기 계정도 안정적인 운영을 계속한다. 2018년 들어 유명 기업이나 1인 미디어는 우수한 콘텐츠 제작자들을 고액의 연봉으로 스카우트하고 있다. 양질의 콘텐츠는 시대를 가리지 않는다. 나무 심기에 최적의 시기 중 하나는 과거이고, 나머지 하나는 현재다.

쓸 게 없다고 투덜거리는 사람들은 정말 소재가 없는 게 아니다. 더 좋은 글을 쓰고 싶고 구독자 수 10만 이상의 글을 쓰고 싶은 것뿐이다. 목표가 있다는 건 좋지만 어느 정도 합리적이어야 한다. 그러니 우선 꾸준히 글을 쓰면서 목표를 구독자 수 천, 2천, 5천, 만으로 차차 올려보자. 그리고 '10만 이상'을 만드는 것이다.

인터넷에 글을 쓰든 기존의 방식으로 글을 쓰든 '글쓰기 자체가 글쓴이에 대한 최고의 피드백'이라는 말에 공감한다. 열의를 갖고 글을 쓴다면 자신과 심도 있는 대화를 하는 기분일 것이다. 그러고 나면 결코 멈출 수 없는 자신을 발견할 것이다. 글을 쓰는 것은 가성비 최고의 시간 투자법이다. 나는 2년 동안 꾸준히 글을 쓰면서 세 가지가 업그레이드되었다.

세상을 더 민감하게 바라본다

글을 쓰기 시작한 이후로 나는 일상에서 관찰력을 키우기 위해 노력했다. 글을 쓰려면 소재가 필요하기 때문에 다른 사람들과 대화를 나누다가도 "잠시만, 아주 훌륭한 말이야. 좋은 소재가 될 수 있겠어. 메모 좀 할게"라고 말한다. 그러면 상대방은 말문이 막히기도 한다. 1인 미디어를 하고 있는 사람들은 자주 이렇게 말하곤 한다. 그들의 공통된 특징인 것 같다.

영감은 일상의 예리한 관찰력에서 나온다. 때로는 훌륭한 글귀나 스토리가 마음속에 파도를 만들며 흩어져 있던 소재와 생각을 연결시키면서 실타래처럼 엮이곤 한다. 글을 쓰면서 나는 일상을 좀 더 자세히 들여다보고 언제 어디서든 메모를 하는 습관이 생겼다.

깊이 있는 사고

누군가 논리 없는 말들을 늘어놓는다면 듣는 이의 입장에선 상당히 피곤한 일일 것이다. 글도 다르지 않다. 논리 없이 써 내려간 글을 인내심을 갖고 끝까지 읽기란 결코 쉽지 않다. 글 자체가 얼마나 교양 있는지의 여부를 떠나서 논리는 필수 요소다. 논리는 글의 구조를 말한다. 집을 지을 때 철근과 시멘트가 필요하듯 필요한 만큼 들어가지 않으면 날림공사가 돼버리는 것과 같은 이치다.

글쓰기는 논리가 점진적으로 발전해나가야 한다. 그러기 위해선 글쓴이의 이해가 선행되어야 한다. 논리적이지 않은 사람이라면 긴 글을 쓸 때 구조조차 잡기 어렵다. 꾸준히 쓰다 보면 논리적인 사고능력도 함께 향상될 것이다.

깊이 있는 인식

글을 쓰려면 일상을 깊이 있게 인식해야 한다. 일상을 가치 있는 글로 표현하고 싶다면 일상적인 사물의 면면에 색다르고 깊이 있는 고민이 필요하다. 그런 인식을 바탕으로 글을 써야만 개성 있는 가치를 드러낼 수 있다. 이것이 소위 통찰력, '인사이트Insight'다.

내가 쓴 〈당신과 일등석의 거리는 단지 경제적 능력의 차이만은 아니다〉라는 글은 조회수 1000만을 넘겼다. 이 글의 소재는 대단할 것 없는 생활 속 풍경 가운데 하나였다. 소득은 과거에 비해 훨씬 나아졌는데 나는 여전히 이코노미석을 타고 있었다. 대부분의 사람이 무심코 넘겨버렸을, 당연하다고 생각할 수 있는 일이었다. 그런데 나는 좀 더 깊은 고민을 해보고 싶었다. 왜 과거에 비해 훨씬 부유해졌음에도 여전히 이코노미를 타는지? 과연 이 심리가 무엇인지 궁금했다. 생각이 정리되자 단숨에 써내려갔다.

본질적으로 글쓰기는 사유의 훈련이다. 글쓰기 능력이 바로 사유 능력이란 의미다. 필력이 대단한 사람이라면 문제를 관찰하고 해결하는 능력이 수준급일 수밖에 없다.

글쓰기를 단순히 취미로만 생각해서는 안 된다. 이름을 남길 만한 대단한 글을 쓰지 못하더라도 글을 쓰면서 문제를 더 깊이 들여다볼 수 있고 뜻이 맞는 이들과 어울리면서 앞으로 프리랜서를 하건 창업을 하건 무엇을 하건 도움이 되는 인맥과 자산을 쌓을 수 있다. 글쓰기는 수많은 보통 사람도 할 수 있는 것이다.

'반인성'적인 글쓰기 훈련

오래전 영어를 가르치면서 아주 보편적인 진리를 발견했다.

'학생을 공부시키는 최고의 방법은 다름 아닌 학생에게 선생 역할을 시키는 것'이다. 오늘 배운 내용을 다음 날 다른 사람에게 가르치면, 그 내용을 충분히 이해할 수 있다. 아웃풋이 바로 최고의 인풋이니까.

많은 사람들이 나에게 뉴미디어를 잘 활용하는 대단한 콘텐츠 제작자라고 말하며 어디서 배우고 경험을 쌓았느냐고 묻는다. 나는 SNS 계정에 글을 쓰면서 생각의 깊이를 더했고, 사물에 대한 관찰력도 예리해졌지만 과거에는 무선인터넷이나 뉴미디어와는 별개의 인생이었다. 그럼 어떻게 이런 변화가 일어났을까? 지난 2~3년 동안 SNS 계정에 300편 이상의 글을 포스팅한 사람이라면 중국 내에서 비교적 앞선 뉴미디어인이 되었을 것이다. 이게 내 대답이다. 왜냐고? 배운 것은 인풋이고 글쓰기는 아웃풋이지 않은가.

많은 사람들이 주말이 되면 소파에 앉아 커피를 마시며 독서를 하는 한가로운 시간을 보낸다. 이런 독서는 '반인성'적인 학습으로 보인다. 자신의 소중한 휴식시간마저 독서에 열중하고 있으니 그럴 만도 하다.

하지만 이것은 진정한 '반인성'이란 말의 뜻을 모르고 하는 말이다. 누군가 잘 정리를 해준 것을 받아먹을 뿐이니 편안하기 그지없는데 왜 반인성적이란 말인가? 진정한 반인성이란 천성을 극복하고자 하는 것이 아니라 천성을 극복해서 어떤 특정한 목적을 달성하는 것까지를 말한다.

대다수의 사람들은 본 것을 내 것으로 만들 능력이 없다. 다른 사람의 인식과 나의 이해 사이에는 '이행履行'이라는 골이 존재한다. 이행은 어쩌면 추상적이다. 우리가 고민할 수도 없는 것이다. 하지만 이행의 결과는 구체적으로 드러난다. 그래서 진정 믿을 만한 학습 방법이 바로 아웃풋인 것이다. 아웃풋을 하려면 우선 생각을 해야 하고, 앞서 나가야 한다. 이것이야말로 반인성적인 목적이다.

컴퓨터 앞에 한 시간을 꼬박 앉아 있지만 아무런 아이디어가 떠오르지 않는다면 고통스럽기 그지없다. 그럴 때면 스스로를 다독인다. 작가라고 언제나 번뜩이는 아이디어가 있어서 글을 쓰는 건 아니라고. 방법이 없다. 좀 더 깊이 생각해보고 꾸역꾸역 끄적이는 수밖에. 그 고통은 참으로 지독하다. 그런데 다 쓰고 나면 놀라운 경험을 하게 된다. 당신이 쓴 글의 깊이가 생각한 그 이상을 넘어섰을 테니까. 이것이야말로 반인성적인 힘이고, 이행의 힘이다. 움직이지 않으면 미래는 없다. 나는 줄곧 한 가지 글쓰기 훈련을 해왔다. 일상의 깊은 고민을 습관으로 만든 것이다. 이렇게 하면 눈에 보일 만큼 빠른 속도로 발전하고 있는 자신을 발견할 수 있다.

아이디어보다
성실함이 중요하다

사람들은 쓰고 싶은 소재는 많은데 인터넷을 뒤져보면 이미 다른 사람이 썼고 관점이나 시각이 색다를 게 없고, 다른 사람보다 잘 쓰지 못할 바에야 차라리 안 쓰는 게 낫지 않느냐고 말한다. 글을 쓰는 데 신선한 아이디어가 필요한 건 맞다. 하지만 곰곰이 생각해보면 일상 속에는 사람들이 일반적으로 관심 갖는 분야나 화제 역시 많다. 인터넷에 시시각각 쏟아지는 글은 부지기수다. 전업 작가라고 해서 매번 남들과는 차별화된 무언가를 내놓는다는 건 여간 힘든 일이 아닐 수 없다. 그런데 이제 막 글쓰기를 시작한 사람이 '남을 뛰어넘겠다'라는 목표를 세운다면 스스로에게 부담감만 가중시키는 결과를 가져와 시작하기도 전에 끝나버릴 수도 있다.

나는 글을 쓸 때 아이디어보다 더 중요한 게 성실함이라고 믿는다. 익숙하고, 믿을 만하고, 흥미 있는 분야에서 시작해야 열정과 끈기를 가지고 자신을 분석하고 세상을 파악하며 질의에 응답할 수 있다. 그리고 독자들이 무엇을 보고 싶어 하는지, 시장이 무엇을 필요로 하는지를 고민해보자. 이렇게 글을 쓰면 단기간에 많은 구독자 수를 확보할 수 있다. 그런데 지속적으로 아웃풋을 하면서 그 열기를 유지하기는 쉬운 일이 아니다. 트렌드와 독자의 입맛은 계속 변화하기 때문이다. 만약 자신을 제대로 파악하지 못한 채 오랜 기간 고집만 밀고 나간다면 고통만 더해지고, 독자도 진실성에 의구심을 품기 시작할 것이다.

아무리 천재 작가라 할지라도 독자 한 명 한 명의 입맛을 맞출 수는 없는 노릇이다. 글을 쓸 때 우리는 독자의 느낌과 당시의 이슈를 고려하겠지만 가장 중요한 건 자신의 입맛에 맞아야만 진정한 열의와 신뢰를 담은 글을 써낼 수 있다는 것이다. 이렇게 탈고를 하고 나면 '천 개의 눈 속에 천 명의 햄릿'이 있듯 수많은 독자들의 까다로운 지적과 질의에 직면하더라도 스스로에 대한 믿음으로 길을 잃는 일은 없을 것이다.

진실성은 글 쓰는 사람의 가장 중요한 자질로 거짓으로 치켜세우거나 과장하지 않는 것을 의미한다. 일상에 무덤덤한 사람의 아이디어란 까닭 없이 나오는 신음과도 같다. 억지로 만들어낸 결과물이며 진부함을 깨지 못한다. 어떤 이의 글은 조잡하기 그지없지만 이목을 끌기 위해 '깊이 있는 좋은 글'이란 마크를 붙이기도 한다. 더 심한 경우는 원작을 잘 알지도 못하면서 '나라이주이拿來主義*'라는 미명하에 조금의 죄책감도 없이 다른 사람의 아이디어를 그대로 모방하며 쉬운 길을 가려는 이도 있다.

* 과거의 문화유산을 그대로 받아들이지 않고 선택적으로 수용, 계승하는 방식. 본래 루쉰魯迅의 말이다.

지난 몇 해 동안 글을 쓰면서 독자들의 너그러운 마음을 느꼈다. 진심만 담겨 있다면 다소 서툴러도, 포스팅이 꾸준하지 않아도 그들은 차분히 기다려준다. 그런데 재능도 없는 사람이 진정성마저도 외면한 채 틀에 박힌 글이나 허울뿐인 과장된 글만 올린다면 독자는 금세 등을 돌릴 것이다. 잔꾀와 눈속임으로 얻은 관심은 모래 위에 지은 집과 같아서 세찬 바람 한 번이면 와르르 무너진다.

진정성은 모든 아이디어와 스타일의 기본이다. 작가 도러시아 브랜디는 소설 창작에 대해 이렇게 말했다.

어떤 장면도 진부하지 않다. 다만 무미건조하고, 상상력이 미흡하고, 어휘력이 떨어질 뿐이다. 당신에게 주어진 통찰력과 명철한 견해를 바탕으로 맑은 정신과 진정성을 발휘해 글을 쓴다면 당신의 글은 결코 진부할 수 없다.

사람들의 일상은 크게 다르지 않다. 다만 사람은 저마다의 경험과 스토리를 바탕으로 같은 일상도 다르게 관찰하고 인지한다. 한 주제에 대한 가치는 작가가 그 속에서 무엇을 발견하고, 또 발견의 깊이가 어느 정도인지에 달려 있다. 동일한 주제라 할지라도 작가마다의 연륜과 생각의 깊이, 표현 방식의 차이가 작품 속에 그대로 반영된다. 그렇게 그 작가만의 스타일이 완성된다.

따라서 처음 글을 쓴다면 꼭 참신한 소재에 목숨 걸 필요는 없다. 일단 다른 것을 배제하고 정말 말하고 싶은 게 있는지부터 자문해보자. 목에 가시가 걸린 듯 뱉을 수도 삼킬 수도 없는 느낌을 기록해보자. 자신이 만족할 만큼 정확하고 유창하면서도 분명하게 써 내려가자. 그럼 글 한 편의 탄탄한 토대가 마련된 것이다. 개성이 부족하다면 이후에 수정해도 충분하다. 하지만 솔직하지 못하다면 그 글은 영혼이 없는 글이다. 글솜씨가 좋더라도 빛 좋은 개살구에 불과할 뿐이다.

영혼은 땀이다

영감은 타고난 것이며 절대 노력으로는 얻을 수 없을 것 같지만 사실은 해박한 지식의 결과물이다. 어떤 문제에 대해 한참을 고민을 하다가 잠시 잊은 줄 알았지만 나도 모르게 잠재의식 속에서 답을 찾은 경험이 있는가? 일단 어떤 특정한 환경이나 조건에 처하면 영감은 하늘에서 툭하고 떨어진다. 조금도 힘들이지 않은 그 순간 문제가 스르르 풀려버린다.

글쓰기는 마음속 영혼에 대한 탐색전이다. 영감을 얻으려면 과거의 경험과 지금의 자극이 모두 갖춰져야 한다. 글을 쓰는 사람에게 '영감을 기다리는 것'보다 더욱 중요한 건 충실한 일상을 보내며 풍부한 학식과 다양한 경험을 쌓는 것이다. 이해하는 바가 많고 생각이 깊어질수록, 더불어 삶의 경험이 쌓일수록 영감은 수원水源에서 물이 쏟아지듯 콸콸 솟구친다.

미국의 작가이자 글쓰기 붐을 일으킨 나탈리 골드버그Natalie Goldberg는 이 과정을 '퇴비'라고 말했다.

> 내 몸은 쓰레기더미다. 경험을 모아 마음속 쓰레기통에 버린 달걀껍질, 배추, 커피찌꺼기, 갈비는 부패되고 분해된 후 질소와 에너지, 그리고 비옥한 토양을 만들어낸다. 우리의 시와 이야기는 이 비옥한 토양 위에 꽃피운 결과다.

자, 일상에서 어떻게 소재를 모으고 영감을 얻어야 할까?

열린 마음

일상에서는 매 순간 많은 일이 벌어진다. 직장에서의 새로운 일들, 식탁에서의 흥미로운 대화들, 친구들끼리 거리낌 없이 내뱉는 말들…. 개중에는 좋은 것도, 나쁜 것도 있다. 이 모든 것은 글쓰기의 자양분이 될 '비료'들이다. 가령 출근길에 새치기를 하고도 당당한 누군가를 보고 저녁 퇴근길에는 애완견이 본 대소변을 못 본 척하는 뻔뻔한 주인을 발견했다고 가정해보자.

집에 돌아온 당신은 〈꼴불견〉이라는 제목의 글을 쓰면서 이런 소소한 일상을 담아낼지도 모른다.

아일랜드 작가 제임스 조이스 James Joyce 는 "소위 상상력이란 기억이다"라고 말했다. 소재는 창작의 기초이자, 기억의 통로다. 눈에 보이는 사물 이외에도 청각이나 촉각을 자극할 수 있는 디테일이 묘사되어 있다면 오랜 시간이 지나 그 기억을 떠올릴 때 본래의 장면뿐 아니라 그 순간의 감정마저도 진실하고 생동감 있게 되살아난다.

다량의 인풋 Input

글을 쓰는 사람이라면 끊임없이 새로운 것을 만들어내는 능력이 필요하다. 왜냐면 사람들은 새로운 개념과 이념, 새로운 시각처럼 새로운 것에 흥미를 갖기 때문이다. 독자의 시선을 모으기 위해서는 우선 독자보다 정보에 민감해야 한다. 이것이 바로 다독을 해야 하는 이유다.

그렇다면 무엇을 읽고, 어떻게 읽어야 할까? 만약 일반적인 글을 쓰고자 한다면 고전이나 쉽게 읽히는 책을 선택하길 권한다. 표현하는 스타일은 '섭취'한 내용과 밀접한 연관성이 있다. 만약 복잡하고 난해한 책만 온종일 붙잡고 있다면 글도 그렇게 변하게 될 것이다. 전문성이 높은 글을 쓰고 싶다면 일단 독서 습관부터 길러야 한다. 기계적으로 받아들이기만 하는 것보다 자신의 리듬과 방식에 맞는 흥미로운 책을 찾아 읽으면 다소 속도가 더디더라도 중도에 포기하거나 자신을 부정하고 인생에 의구심을 갖는 일은 없을 것이다.

누군가는 독서를 많이 해도 그만큼 잊어버리는데 무슨 소용이 있겠냐고 할지도 모르겠다. 이런 의문을 해소하기 위해서 독서를 '감상형'과 '공리형'으로 구분할 필요가 있다. 일부 사람들은 책을 볼 때 메모나 마인드맵을 그리는 걸 선호하지 않는다. 또한 읽고 난 후에도 다른 사람에게 이야기를 하거나 서평, 독후감을 쓰는 것 역시 원하지 않는다. 이는 전형적인 '감상형' 독서다. 책의 내용을 알고 흥미를 느끼는 데만 만족하는 경우다.

효과적인 독서는 약간의 '공리형' 마인드가 필요하다. 왜 이 책을 읽으려고 하는가? 어떤 이점이 있고 어떤 어려움을 해소해주는가? 작가의 견해에 동의하는가, 그 이유는 무엇인가? 책속에서 얻은 깨달음은 생활에 어떻게 활용되는가? 이와 같은 문제의식을 가지고 책을 읽으며 생각하고 또 아웃풋을 한다면 책 속의 내용과 이미 축적해 놓은 경험치가 조화를 이루며 당신만의 창고에 고스란히 저장된다.

특히 글을 쓰는 사람이라면 독서를 그저 여가를 보내는 용도로 여겨선 안 된다. 작가의 생각과 문체에 감탄하는 것을 너머 평론가의 입장에서 좀 더 면밀히 들여다보고 파헤쳐봐야 한다. 그러면서 글의 스타일과 구조를 배우고 소재 구성과 전개의 템포,

감정 변화의 처리 방식을 파악해야 한다. 그것이 '무엇'이고 '왜' 인지를 안다면 앞으로의 글쓰기에 많은 도움이 될 것이다.

나는 모든 책을 두 번 이상 읽는다. 처음에는 평가하지 않고 속독하며 대략적인 내용과 문장의 스타일을 파악한다. 그러고 나서 책을 한쪽에 미뤄두고 마음속으로 전체적인 인상을 떠올려본다. 좋았는가? 신뢰가 가는가? 인상적인 구절이나 관점이 있었는가?

두 번째는 속도를 늦춰서 문제 리스트를 생각하며—적으면 더 좋다—천천히, 꼼꼼히 읽는다. 다시 봤을 때 처음의 느낌이 맞았는지, 그 이유는 무엇인지 살펴보고 주목해야 할 새로운 문제나 단락이 있는지도 본다. 작가만의 색깔이 뚜렷하게 드러난 부분이 있다면 표시를 하고 어떻게 표현했는지를 여러 번 생각해본다. 만약 썩 잘 쓴 단락이 아니라면 어떤 부분이 적절하지 않았는지를 한 번 더 살펴 내 글에서 유사한 실수가 생기지 않도록 한다.

경전이나 읽고 난 후 감동적이었던 책들은 천천히 음미하면서 서너 차례 더 읽는다. 어떤 경우는 좋아하는 부분만 콕 집어 읽거나 처음부터 끝까지 다시 읽기도 한다. 좋은 책의 매력은 읽을 때마다 새로운 느낌을 준다는 것이다. 음미할수록 더 깊은 향기가 우러나며 작가의 지혜와 재능에 그저 탄복할 따름이다.

많은 직장인들은 책을 읽을 시간이 부족하다. 오늘날 지식 서비스가 다양해진 것은 참으로 감사한 일이다. 비록 그 질적 수준에 대한 지적이 끊이지 않지만 어느 정도의 판단력만 있다면 자신에게 쓸모 있는 책을 고르는 일은 그리 어려운 일이 아니다.

더다오 앱의 '매일 듣는 책'은 책의 내용을 요약해서 제공하기 때문에 새로운 개념과 지식을 얻는 데 효과적이다. 나 역시 이 콘텐츠를 통해 글쓰기의 영감을 얻고 있다. 스승은 문 앞까지만 이끌어 줄 뿐, 수행은 제자의 몫이다. 지식 유료화 콘텐츠 시장이 열기를 띠는 만큼 대충의 내용만 알고 넘어갈지, 더 깊은 연구가 필요할지는 당신의 판단에 달렸다.

독서를 하며 기록하는 습관도 중요하다. 책을 읽으면서 좋은 제목이나 명언 혹은 당신의 마음을 울리는 구절이 있다면 꼭 기록하자. 휴대폰 메모장도 좋다. 기억할 수 있는 것이라면 무엇이든 상관없다. "아무리 좋은 기억도 낡은 펜만 못하다"라는 말이 있다. 평소에 소재를 쌓아두고 당신만의 생각 리스트를 기록해야만 영감에 기댄 글쓰기가 가능해진다. 당신의 마음을 흔들 수 있어야만 다른 사람의 마음을 얻을 수 있다는 점을 명심하자.

맹렬한 연습

위챗 모멘트*나 웨이보**에 올리는 단 몇 마디도 쉽게 생각해

---

* 위챗에서 제공하는 게시물 공유 서비스. 인스타그램이나 카카오스토리와 유사하다.
** 중국 소셜 네트워킹 서비스로 트위터와 비슷하다.

선 안 된다. 한마디, 한마디를 글쓰기의 연습이라 여기고 개인의 브랜드를 만드는 과정이라고 생각해야 한다.

공개적으로 무언가를 발표하는 것은 테스트의 기회다. 포스팅 전에 진지하게 고민하고, 감정이든 간단한 메시지든 혹은 그냥 하는 말이든 평론이든, 한마디, 한마디 신중을 기해야 한다. 이렇게 짧게 쓰는 글은 피드백도 빠르다. 단 몇 마디의 짧은 평가나 100자 이내의 이야기에도 많은 사람들이 '좋아요'를 누르고 퍼갈 수 있다. 간절한 마음을 담아 정성껏 쓴 긴 글보다 경험을 쌓기 위해 올린 짧은 글이 더 많은 공감을 얻고 널리 공유될 수도 있다.

펜을 들지 않겠다는 세 가지 심리

"오늘은 어제 당신이 말한 내일이었다"는 나이키의 유명한 광고 카피다. 글쓰기의 가장 중요한 한 가지는 '당장 써야 한다'는 것이다. 과연 쓸 수 있을지 자신이 없더라도 우선 펜을 들어야 한다. 이리저리 생각하며 하늘에서 영감을 내려주길 바라는 것보다 스스로를 책상 앞에—필요하다면 밧줄로 의자에 묶어두더라도—끌어다 앉혀 놓고 빈 문서를 열자. 심호흡을 한 후

키보드를 두드려보자. 행동에 옮기면 자신도 뭐든 쓸 수 있다는 걸 알게 될 것이다. 글쓰기의 최대의 적은 단 하나, 바로 자신이다. 펜을 들지 못하는 건 아래의 세 가지 심리 탓이다.

내 부족한 글은 가치도 없고 남의 시간만 뺏을 뿐이다

인간은 원래 우월함을 드러내기 좋아하고 간단한 글에서도 자신의 해박한 지식을 뽐내길 좋아한다. 그래서 글을 쓰면 더 많은 사람이 봐주고 '좋아요'를 눌러주길 바라면서도 다른 한편으로는 내 부족한 글이 비웃음을 사지는 않을까 조마조마하다.

한 친구는 2년 전 SNS에 쓴 내 글이 억지스럽고 유치하다고 생각했는데 2년이 지난 지금 이렇게 인정받고 영향력이 커진 걸 보니, 당시의 글도 짜임새 좋고, 나름 안목이 있었다고 말했다. 정말 내가 더 부끄러울 지경이었다.

내가 무슨 말을 하려는지 눈치챘는가? 그때는 바보 같았고 지금은 대단하다지만 그 둘은 동일인이다. 굳이 가치에 대해 따지자면 자신만의 생각을 바탕으로 한 글이라면 충분히 가치 있는 글이라고 생각한다. 당신이 마주한 문제를 다른 사람도 마주하겠지만 사람마다 생각이 다른 만큼 당신의 생각은 다른 사람에게는 없는 생각이다. 그러니 또 다른 시각을 보여줄 수 있는 가치 있는 글이다. 태양 아래 새롭기만 한 일은 없고, 진리라면 세상 사람 모두 이미 알고 있다. 그러므로 새로운 관점이나 경험에 진정성을 담아 표현한다면 그것이야말로 독특한 가치인 것이다.

글이 유치해서 읽을 수 없고 자신도 없다

장담하건대 당신의 글은 영원히 유치할 것이다. 나는 종종 일 년 전이나 반년 전쯤 쓴 글을 읽곤 한다. 유치하기 짝이 없다. 다시 쓸 수 있다면 더없이 훌륭하게 쓸 수 있을 것만 같다.

처음 뉴욕에 갔을 때 〈뉴욕드림〉이란 글을 포스팅하면서 말 미에 이렇게 적었다.

> 지금의 나는 이 세상을 다 둘러보았고, 이제 누군가와 백발이 될 때까지 한 도시에서 정착해 살다가 생을 마감하고 싶은 생각 뿐이다. 세월은 조용히 흐르고 세상은 편안하다.

다시 보니 우습기 짝이 없고 억지스럽다. 세상을 보지 못한 사람은 단 한 번의 해외여행으로 전 세계를 다 누빈 줄 아는가 보다. 솔직히 말해서 과거의 글을 보면 한 편의 흑역사를 보는 듯하다. 하지만 이전에 그런 미숙한 생각을 하지 않았다면 지금 의 성숙한 생각이 가능했을까? 내년이나 내후년쯤 지금의 글을 본다면 그때도 어김없이 유치하다고 느낄 것이다. 그런 이유로 아예 펜을 놓아버린다면 어떤 문제점이 있는지도 모를뿐더러

지난 글과 비교하며 멋쩍게 웃어볼 기회조차 없을 것이다.

대학 시절 신둥팡新東方이란 학원에서 영어를 배운 적이 있었다. 선생님은 학생들에게 큰 소리로 영어를 읽으라며 말했다. "여러분은 큰 소리로 읽어야 합니다. 시끄러워서 고통스러운 건 여러분이 아니니까요." 이름이 알려지기 전에는 어느 누구도 당신이 쓴 글에 관심이 없다. 그러니 더 대담해져라. 볼 사람도 많지 않은데 당당하고 시원시원하게 쓰지 않을 이유가 어디 있겠는가?

작가 펑탕馮唐은 다음과 같이 말했다. "서두르지 말고, 두려워하지 말고, 뻔뻔해져라." 글을 쓸 때는 영감에 대한 기대, 글의 수준, 결과에 대한 예상 따윈 모두 잊어버리고 '세상에서 가장 썩은 쓰레기 같은 글을 쓴다'는 생각으로 스스로에게 자유를 줘야 한다. 의자에 앉을 때마다 최고의 명작을 쓰겠다고 마음먹는다면 어마어마한 실망만 남을 것이고 실망에 대한 두려움은 펜을 들 용기까지 없애고 만다.

유치하지 않았다면 성숙해질 수 없다. 아무리 훌륭한 작가일지라도 깨지고 부서지는 고통을 모르지 않는다. 많이 쓸수록 생각은 점점 더 단단해지고 손끝에서 나온 글은 깊이를 더할 것이다.

글을 쓸 때마다 마음속 '심판자'의 목소리가 들린다

펜을 들기 어렵게 만드는 요소 가운데 하나가 의식과 무의식

간의 갈등이다. 사람들이 글을 쓸 때면 머릿속에 두 꼬마가 등장한다. 하나는 감성과 열정, 그리고 자신감으로 무장한 꼬마로 "너무 훌륭한 생각이야, 난 역시 천재야"라고 말한다. 반면 다른 한 꼬마는 이성적이고 냉정하며 까다로워서 "틀린 데는 없어? 잘 쓴 구석이 없잖아!"라고 소리친다. 나는 전자를 '창조자'라고 부르고 후자는 '심판자'라고 부른다. '창조자'는 영감을 얻고 상상의 나래를 펼치며 모종의 감정이나 생각에 사로잡혀 얼른 써내려가야 한다고 생각할 때 나타난다. 그러다 문득 한 통의 전화를 받거나 몇 단락을 쓰고 난 후 어딘가 어색해서 멈추는 순간 까탈스러운 '심판자'가 고개를 내민다.

생각을 정리하기 위해 방금 전 쓴 구절이나 문단을 읽다 보면 글이나 관점이 지극히 평범하고 근본적으로 자신이 생각했던 내용과 다른 것을 발견한다. 더 논리정연하고 특색 있는 글을 쓰고 싶은 당신은 결국 초보자들이 쉽게 하는 우를 범하고 만다. 바로 중도에 멈춘 채 수정 작업에 돌입하는 것이다. 30분, 심지어 한 시간 동안 단락 간의 논리 관계를 다지고 적절한 어휘가 사용되었는지 확인하며 단어 바꾸기와 수정하기를 반복한다. 그러면서 더 많은 문제를 발견하고 점점 더 불만스러워진다. 결국 이번 글쓰기는 두 가지 결과를 낳는다.

하나는 시작도 하기 전부터 너무 낙관했음을 깨닫는다. 이 주제는 쓸 만한 게 없다거나 혹은 지금의 실력으로는 만족할 만한 글을 쓸 수 없다고 판단한다. 다른 하나는 만족스럽게 수정을 하고 계속해서 쓰고자 한다. 하지만 당신의 열정과 정력은 이미 소진된 상태다. 지금은 머리가 멍해서 아무것도 할 수가 없다. 더 큰 문제는 출근 시간─또는 회의, 아이 데리러 가기, 잠자리에 들기─이 다 돼서 더 이상 시간이 없다는 것이다.

글쓰기는 '창조자(무의식)'와 '심판자(의식)'의 합작품이다. 무의식은 어떠한 구속도 없이 자유롭게 당신을 감동시키거나 전율을 느끼게 해줄 만한 소재여야만 잠재의식이라는 깊은 우물에서 서서히 떠오를 것이다. 의식의 역할은 지금 활용할 소재를 판별해서 고르고 구상하고 배치의 과정을 거쳐 잘 버무리는 것이다.

훌륭한 글쓴이는 무의식과 의식의 등장 순서를 잘 배치하여 '창조자'가 마음껏 역할을 발휘해야 할 때는 비평이나 꼬투리를 잡으려고 발버둥치는 '심판자'를 잠시 진정시킬 줄 알아야 한다. 그리고 다음 순서에서 '심판자'의 판단을 수용하고 신뢰하여 스스로의 아이디어를 지나치게 과대평가하지 않도록 한다. 이처럼 자신의 생각을 끊임없이 훈련시켜서 두 가지 의식 간의 조화를 이뤄야 좋은 작품이 탄생된다. 이를 바탕으로 도러시아 브랜디는 '천재 작가'에 대해 다음과 같은 정의를 내렸다.

천재는 운 좋게 천부적인 재능을 타고났거나 무의식을 완전히 이성에 복종하도록 만들 수 있는 독특한 교육을 받은 사람이다.

이에 대해 이해했는지와 상관없이 (…) 한 명의 작가를 만드는 과정은 초보자가 훈련을 통해 천부적인 작가의 타고난 능력을 습득하는 과정이다.

이런 견해는 보통 사람에게 힘이 된다. 글쓰기를 기술이라고 본다면 당신이 할 수 있는 것은 부단한 연습을 통해 글쓰기에 대한 열등감과 자부심을 함께 녹여내고 천재 작가가 가진 천성적인 재능에 버금가도록 노력하는 것이다.

자기 회의도 일종의 괴롭힘이란 사실을 알아야 한다. 한 베스트셀러 작가는 글쓰기 시작 단계부터 지나친 기대를 갖는 것은 금물이라고 말했다. 운동선수가 경기 시작 전에 워밍업을 하듯이 "글을 쓰기 시작한 20~30분가량은 손가락이 자유롭게 움직이고, 어떤 방해나 평가에서도 자유로울 수 있어야 한다"는 것이다. 처음 쓴 300~500자를 단순히 몸풀기용이라고 생각한다면 스트레스를 받을 이유가 없다.

그럼 '심판자'는 언제 등장하는 게 좋을까? 그날의 글쓰기를 마무리했다면 우선 파일을 닫고 짧게는 몇 시간에서, 길게는 하루 이틀 정도 시간이 흐른 후에 다시 볼 것을 제안한다. 당장 수정하지 않고 시간을 두는 이유는 글쓰기에 대한 열정과 두뇌회전이 한창 무르익었을 때는 문제를 발견하기가 어렵기 때문이다. 잘 쓰지 못했다면 다시 보는 건 더 고통스러울 뿐이다.

완충이 될 만큼의 시간을 갖는다면 어느 정도 거리를 유지할 수 있고 좀 더 객관적인 시각으로 자신의 글을 살펴볼 수 있으며, '미련' 또한 더 쉽게 버릴 수 있다. 어쩌면 생각하지 못했던 신선한 소재와 생각을 포함시킬 수 있을지도 모른다.

쓰지 못하는 자들을 위한 네 가지 솔루션

미국의 작가 조셉 코나드 Joseph Conard 는 "글을 쓰는 데는 두 가지 어려움이 있다. 하나는 글쓰기를 시작하는 것이고, 다른 하나는 멈추는 것이다"라는 말을 남겼다. 대부분의 사람들은 펜을 끈기 있게 들고 있기가 쉽지 않다. 아마 자기 통제가 불가능하고 완벽주의 성향을 가지고 있으며 피드백과 지지를 얻지 못했기 때문이 아닐까 싶다.

우선 첫 번째 원인인 자기 통제가 불가능한 부분부터 살펴보자. 인간은 어떤 물리적 활동보다 두뇌를 활용할 때 많은 에너지를 소모한다. 그래서 에너지 소모를 줄이기 위해 생각을 거부하거나 줄이는 방법으로 진화해왔다. 글쓰기 같은 두뇌 활동은 반反인성적이고, 반反본능적인 활동인 것이다.

그렇다면 어떻게 해야 할까? 당연히 그에 맞는 솔루션이 있다. 본능을 억제하기 위해서는 강력한 의지가 필요하다. 방해 요소가 많은 환경이라면 본능을 억제하고 글을 완성하기 위해 많은 어려움이 따른다. 따라서 글쓰기에 적합한 공간을 만들어야 한다. 방해를 최소화한 환경에서 온 마음을 기울여 임무를 수행해야 한다. 나는 글을 쓰기 전에 이어폰을 끼고 직원들에게 앞으로 세 시간 동안은 아주 중요한 일이 아니라면 방해하지 말아달라고 부탁한다. 가장 중요한 것은 휴대폰을 비행모드로 설정한 후 스스로 격리된 공간으로 들어가는 것이다. 이러한 일련의 행동은 글쓰기에 돌입하는 의식과도 같다.

우리가 본능을 이기고 가까스로 글쓰기를 시작하려고 하면 두 번째 문제에 봉착한다. 바로 완벽주의 성향이다. 완벽주의가 듣기에는 상당히 아름다운 말 같지만 많은 초보자들에게는 큰 함정이 아닐 수 없다. 완벽주의는 두 가지로 구분할 수 있는데 한 가지는 행동의 완벽주의다. 사실 이는 꽤 좋은 자질이다. 당신을 꾸준히 움직이게 만들고, 완벽에 가까운 결과를 만들어 내도록 한다. 하지만 완벽주의의 또 다른 부류는 생각의 완벽주의다. 자신의 머릿속에서 떠오르는 완벽한 화면에만 주목한 채 완벽한 결과에 대한 환상만 그린다. 어떤 일에 늘 지나친 기대를 하고, 실제 결과와 간극을 보면서 좌절감을 맛본다. 그리고 점점 외면하려고 한다. 결국은 스스로를 '행동적인 측면의 난쟁이'로 만들어버린다.

글쓰기는 결코 쉬운 일이 아니다. 그렇다고 해서 너무 심오하기만 한 일도 아니고, 잘 쓰고 못 쓰고의 기준이 확실한 것도 아니다. '완벽'보다 중요한 것은 '완성'이라는 점을 간과해선 안 된다. 완벽주의를 해결할 수 있는 가장 효과적인 방법은 글쓰기를 임무라고 생각하는 마음가짐이다. 자신에게 글쓰기란 임무를 부여하고 임무에 대한 '엄중성'을 더해야 한다. 가령 15분 지각할 때마다 50위안의 벌금을 내야 한다면 여전히 많은 사람들이 지각을 대수롭지 않게 여길 것이다. 하지만 1000위안의 벌금을 물리면 어떨까? 천지가 개벽하는 무서운 자연재해라 할지라도 정시 출근에 대한 의지를 꺾을 수 없을 것이다. 글쓰기도 마찬가지다. 내일 탈고를 하지 못하면 당신이 해고될 수도 있다? 과연 지금 펜을 놓을 수 있겠는가?

많은 사람들이 글을 쓸 시간이 없다고 말한다. 틀렸다. 우리에겐 쓸 시간이 없지 않다. 단지 뒷전으로 미뤄두었을 뿐이다. 스스로에게 긴박하고 엄중성을 띤 글쓰기 임무를 부여해보자. 오늘 글을 다 쓰지 못하면 밥을 못 먹는다든지, 저녁에 글을 쓰지 않으면 잠을 잘 수 없다든지. 완벽주의의 마음가짐을 임무를 완수하겠다는 마음가짐으로 변화시킨다면 결과는 말하지 않아도 예상 가능할 것이다.

글을 쓸 수 없게 만드는 세 번째 원인에 대해 살펴보자. 피드백과 지지의 부족이다. 대부분의 사람들은 글쓰기를 시작할 때

만큼은 열의에 찬 나머지, 숨도 쉬지 않고 10편도 넘게 쓴다. 그러다가 점점 흥미를 잃고 결국 어쩌다 글을 쓰지 않게 되었는지 이유조차 모른 채 펜을 놓아버린다. 왜일까? 피드백이 없기 때문이다. 아무도 자신의 글을 보지 않는다고 생각하기 때문이다. 가방끈이 긴 사람은 많지만 밀도 있게 배운 사람은 그리 많지 않다. 결과적으로 효율이 매우 낮다. 글쓰기도 마찬가지다. 쓰고 싶으면 쓰고, 쓰기 싫으면 그만두다 보니 긍정적인 자극이 적다. 더구나 제때 피드백이 없으니 효율은 제로에 가깝다. 인간은 피드백이라는 자극이 필요한 동물이다. 이 문제의 해답은 피드백이 오도록 만드는 것이다.

글쓰기처럼 오랜 기간 꾸준히 해야 할 일이 있다면 프로세스바를 만드는 것도 좋은 방법이다. 예컨대 SNS 계정에 글을 쓴다면 프로세스바에 다음과 같은 목표를 세운다. 다른 사람의 게시물 공유를 제외하고 내 글의 조회수 1000회, 댓글 50개, 10개 이상의 파워블로그에 인용, 팔로워 수 1만 명 돌파와 같이 구체적인 상황에 따라 자신에게 맞는 프로세스바를 만들 수 있을 것이다. 프로세스바는 단기적인 목표이자, 피드백이며 성취감까지 안겨줄 수 있다. 이런 성취감이야말로 끈기 있게 글을 쓰도록 만드는 최고의 동력이다.

일본 작가 무라카미 하루키는《직업으로서의 소설가》에서 글을 쓰면서 얻은 많은 깨달음을 독자들과 공유했다. 그는 소설을 쓰는 것을 '고독한 일'이라고 했다. 하루키는 "수시로 나 홀로 깊은 우물 바닥에 앉아 있다고 느낀다. (…) 결과물로 탄생한 작품은 독자들에게 호평―물론 운이 좋았을 경우―을 받지만 원고를 쓰는 과정에 관심을 가지는 사람은 없다. 이는 작가가 홀로 짊어질 수밖에 없는 무거운 짐이다"라고 말했다. 고독함을 이겨내기 위해 하루키는 매일 조깅을 했고 자신만의 글쓰기 원칙을 지켰다.

> 장편소설을 쓰기 시작하면 매일같이 원고지 10페이지씩을 쓴다. 매 페이지는 400자다. 설사 더 쓰고 싶은 마음이 들더라도 평소와 같이 10페이지만 쓰고 펜을 내려놓는다. 오늘은 도저히 펜을 들 수 없더라도 딱 10페이지만 쓰고자 마음을 다잡는다. 오랜 시간 일을 하다 보면 규칙은 상당히 큰 의미를 갖는다. 잘 써지는 날이라고 여러 장을 더 쓰고 잘되지 않는다고 접다 보면 규칙적인 리듬을 찾을 수 없다.

일반 사람이 전업 작가처럼 매일같이 네다섯 시간씩, 4000~5000자를 쓰는 규칙을 갖고 있다면 상당한 의미가 있다. 매일 평소보다 한 시간 일찍 일어나거나 한 시간 늦게 잠들면서 고정된 시간에 글을 쓰는 것은 두 가지 이점이 있다. 첫째, 글쓰기에 대한 거부감을 극복할 수 있고, 둘째, 규칙적으로 글을 쓰는 습관을 기를 수 있다. 초보자에게 글쓰기에 대한 거부감은 정도만 다를 뿐 없을 수 없다. 거부감이 있으니 쓰든 안 쓰든 또 완성을 하든 안 하든 괜찮다고 여기고, 몸이 아프거나 마음이 안 좋으면 포기하고 만다. 글쓰기가 하나의 습관이 되어서 매일같이 출근하고, 밥을 먹듯 하지 않으면 무언가 이상하듯 편치 않아야만 어려움을 이겨낼 수 있다.

시간대를 선택해서 계획을 세워보자. 매일 점심을 먹고 난 후 1시에서 1시 30분 사이가 괜찮다면 특별한 일도 없고 영감이 떠오르지 않아도 노트북을 안고 회사 근처 카페ー혹은 사무실도 괜찮다, 시끄럽지만 않다면ー로 가자. 30분이면 족히 쓸 수 있다. 멈추지 말자. 무엇을 써도 좋고, 솜씨가 나빠도 상관없다ー포스팅하지 않는 한 아무도 모른다. 핵심은 정해진 시간 동안, 정해진 양을 쓰면서 편안한 마음으로 자유를 만끽하는 생각의 방랑자가 되는 것이다.

'글쓰기 미루기병' 환자라면 두 가지 원칙을 고수해야 한다. 첫째, 얼마만큼의 고통이 밀려오든 일단 쓰고 나서 얘기하자. 주변의 많은 일들이 당신이 완성해주기만을 기다리고 있다. 시간이 되어 컴퓨터 앞에 앉으면 걱정과 조급함을 느끼면서도 우선 글을 쓰게 될 것이다. 글쓰기를 우선순위로 두고 결코 흔들려선 안 된다. 흔들리면 글쓰기는 더 아득히 멀어지기만 할 뿐이다. 다른 하나는 무엇을 썼든 다시 한 번 살펴보자. 글머리를 어떻게 시작해야 할지 오랜 시간 고민하는 이유는 수많은 얘깃거리 가운데 무엇을 선택해야 할지 몰라 갈팡질팡하기 때문이다. 글을 쓰기 전이라면 당신은 이렇게 생각할 것이다. '이렇게 엉망으로 쓸 순 없어. 결국은 다 삭제해야 할 거야.' 하지만 일단 최선을 다해 쓰고 나면 대부분은 나름 괜찮은 글이 나오기 마련이다.

둘째, 매일 이른 아침 일어나서 글을 써보자. 이 시간에는 영감이 더 잘 떠오른다. 밤새 휴식을 취하고 막 깨어난 아침은 에너지가 충만하고 무의식의 세계도 가장 활발한 시간대다. 어느 누구와도 연결되지 않은 만큼 독립적이며 자신과 대면하기에도 좋은 시간이다. 누군가는 일찍 일어나서 커피를 한잔 마시며 신문을 보거나 책을 읽으며 마음을 가다듬은 후 글쓰기를 시작한다. 하지만 이런 방식을 추천하진 않는다. 당신이 프리랜서가 아니라면 출근 전 이 황금 같은 시간을 철저하게 활용해야 한다. 한 사람의 두뇌 용량에는 한계가 있고, 무의식은 상당히 민감해서 다소 까다로운 환경에서 발산된다. 밤새 숙면으로 갖가지 잡념들을 떨쳐낸 '백지' 상태에서 쓰는 게 최선이다.

물론 사람마다 펜을 들기 전에 차를 우린다든지, 향초를 피운다든지, 음악을 튼다든지 등의 자신만의 습관이 있을 것이다. 글쓰기를 위한 의식이 있다는 건 괜찮다. 하지만 글 쓰는 데 몰입하는 시간을 잘 관리하고 환경의 영향을 없애야 한다는 걸 잊어선 안 된다. 이처럼 매일 30분만 집중해서 글을 쓴다면 당신의 글은 점점 더 길어지고, 필력 또한 일취월장할 것이다.

고품격 아웃풋을 위한 다섯 가지 키워드

칼럼니스트나 미디어 업계 종사자와 달리 나는 금융업계 종사자였던 탓에 글쓰기 경험이 전무했다. 그런 내가 한 계단씩 밟으며 지금에 이르는 동안 깨닫게 된 '글쓰기의 선순환을 위해서 절대 놓쳐선 안 될 다섯 가지 키워드'를 소개하려 한다.

끝까지 가기

끝까지 가기란 쉼 없는 아웃풋을 해야 한다는 의미다. 보기에는 그리 어려울 것 같지 않지만 90%가 이 관문 앞에서 무릎 꿇고 만다. 글쓰기를 막 시작했을 시기에는 설레는 마음으로 매일매일 글을 써 내려간다. 하지만 조금 바빠지거나, 잘 써지지 않으면 이내 포기하고 싶은 마음이 치밀어 오른다. 많은 사람들이 3일은 고기를 잡고 2일은 그물을 말리듯, 하다가 말다를 반복하다가 결국은 포기의 수순을 밟게 된다.

필사적인 노력은 고난을 극복하는 과정이다. 앞서 얘기한 대로 글쓰기를 오락이나 취미 생활로 여긴다면 이처럼 필사적인 노력을 기울일 수가 없다. 책임감을 가지고 12시가 되면 클라이언트에게 제출해야 할 기획안이라고 생각한다면 글쓰기를 지속할 가능성은 훨씬 커진다. 글을 보는 사람보다 쓰는 사람이 더 많다고 하지만 진정성을 가지고 글을 쓰는 사람은 흔치 않다. 정말로 끈기 있게 쓴다면 경쟁자들은 하나둘 줄어들고 당신의 가치는 점점 상승할 것이다.

가던 길을 포기하지 말자. 풍경을 벗 삼아 가다 보면 기회가 보이기 마련이다. 어떻게 하냐고? 눈앞의 한발을 잘 내딛자. 많으면 많은 대로, 적으면 적은 대로 쓰고 또 쓰다 보면 문단이 되고 문단이 이뤄지면 마음속에 깨닫는 바가 생길 것이다. 어느새 글쓰기가 습관이 된다.

용기 있게 쓰기

'끝까지'가 견지해 나간다는 것이라면, '용감하게'는 두려워하지 않는 것이다. 비록 우리 문화가 중용中庸의 도道를 강조하지만 시대는 변했고, 모험 없는 인생은 더 이상 가치가 없으며, 고생을 모르는 자라면 감히 성공을 말할 수 없다. 수많은 인터넷 스타들이 있지만 사람들은 파피장papi醬*을 기억할 뿐이고 세

---

* 중국의 인기 크리에이터.

상의 수많은 글 가운데 인기글은 몇 편 되지 않는다.

글을 쓸 때는 용기가 매우 중요하다. 만약 다른 사람에게 잘 보이기 위해 고민 끝에 글을 썼는데도 공감받지 못한다면 계속 글쓰기가 쉽지 않을 것이다. 모두가 노력을 기울이겠지만 더 용기를 낸다면 조금은 우위에 설 수 있을 것이다. 내려놓을 줄 알아야만 더 많은 관심과 지지를 얻을 수 있다. 어떤 이는 이런 글을 남겼다. 누군가에게 원망의 소리를 들어보지 않은 사람이라면 그 사람은 아주 평범한 사람이라고. 동의하는 바다. 실패를 두려워하지 말고, 다른 사람이 당신을 어떻게 평가할지를 겁내지 말아야 한다. 예를 들어 내가 쓴 글 중에 〈일이 없다고 창업할 생각 마라〉는 비상식적인 내용을 담고 있지만 그 속에 내 가치관도 담겨 있다. 많은 사람들이 동의하지 않더라도 나와 같은 생각을 가진 사람들은 나를 통해 목소리를 내고 있는 것이나 마찬가지다.

글을 쓰는 사람은 아주 많다. 잘 쓰는 사람도 적지 않다. 그런데 독자들은 그 많은 글을 읽고 나서 누가 썼는지 잘 기억하지 못한다. 독자들에게 기억되려면 분명한 입장을 관철하고 그 속에 자신의 스타일을 담아야 한다. 특히 1인 미디어에 쓰는 글이라면 더더욱 자신의 입장과 관점을 분명히 밝혀야 한다. 1인 미디어는 영예나 위대함, 더불어 정확성을 추구하지 않는다. 누구나 다 아는 말은 필요 없다. 그런 말은 이미 누군가 했을 테니 당신은 하지 말자. 읽고도 기억할 수 없는 말이지만 가랑비에 옷 젖 듯 영향을 줄 수 있을 거란 꿈 따윈 꾸지도 말자. 한마디도 기억하지 못하는데 누구에게 영향력을 발휘할 수 있겠는가.

어떤 측면에서 보면 '끝까지'와 '용기 있다'는 결이 같다. 끝까지는 계속해서 아웃풋을 내고 그 양을 늘려서 최대치를 이루는 것이고, 용기 있게 글을 써서 많은 공감을 얻고 인기글이 될 확률을 높이는 것이다. 이 두 가지가 갖춰져야만 글의 무게와 인기를 동시에 얻을 수 있다.

집중하기

무엇보다 중요한 것은 시간을 들여 완성하는 것이다. 세상만사 처음부터 쉬운 일은 없다. 한 가지 일에 열정이 끓어오른다면 온 마음을 다하는 동시에 집중해야 한다. 내 경우 글쓰기 효율이 가장 좋은 시간은 퇴근 후도, 심야도, 그렇다고 주말도 아닌, 비행기를 탔을 때다. 비행기를 타면 홍콩에서 상해까지 두 시간, 홍콩에서 베이징까지 세 시간 반 정도다. 나는 비행시간이 조금도 지루하지 않다. 소음저감 이어폰을 끼고 음악을 들으며 컴퓨터를 켜고 글쓰기를 시작한다. 비행기에서는 인터넷을 이용할 수 없으니 다른 누군가를 찾을 수도, 또 누군가가 나를 찾을 수도 없다. 온 정신을 글쓰기에 집중시킬 수 있는 조건인 셈이다. 또한 어쨌건 자리에 앉아 있어야 한다. 화장실을 가는 시간을 제외하고는 어디도 갈 수 없다. 이런 상황이니 비행시간 내내 어떤 방해도 받지 않는다. 글을 쓰려면 몸과 마음을 오롯이 집중할 수 있는 시간이 필요하다. 한 가지 일에만 몰두할 때 집중력이 생기고, 그 효과는 배가된다.

요즘 사람들은 멀티태스킹을 통해서 효율을 높이고자 한다. 아주 소소하고, 단순한 일이라면 멀티태스킹이 가능하다. 조깅을 하며 음악프로그램을 보듯이 말이다. 하지만 글을 쓸 때만큼은 멀티태스킹을 하지 말자. 멀티태스킹을 내재적으로 스위치하는 데 시간을 소모한다. 글쓰기는 생각이 응집되는 상태가 되어야만 한다. 응집되는 상태는 2~3분 만에 가능한 것이 아니다. 응집한다고 바로 응집되는 것이 아니다. 한 번 응집된 상태가 무너지고 나면 다시 그런 환경을 조성해야 하는데 그 과정에서 효율이 상당히 떨어진다.

리샤오라이 선생은 내가 본 사람 중 집중력이 가장 좋은 분이다. 리 선생과 베이징 사무실에서 몇 차례 만난 적이 있는데 그와 대화를 나누면서 두 가지를 발견했다. 하나는 쓸데없는 말은 거의 없이 핵심만 말한다는 점이고 다른 하나는 대화가 끝나고 나면 글을 쓰거나 사무를 처리하러 방으로 들어가 거의 다시 나오는 일이 없다는 점이다.

집중력은 의지를 의미한다. 성공한 사람과 일반 사람의 차이는 성공한 사람이 일반 사람보다 강한 의지를 가지고 있다는 점이다. 만약 당신이 무언가를 하고자 한다면 온 마음을 다해야 한다. 너무 빨리 물러서는 것은 모든 실패의 근원이니 말이다.

야심 갖기

홍콩에서 대학원을 다니던 시절부터 SNS 계정에 포스팅을 시작했다. 처음 시작했을 때는 다소 심란했고, 생각이 떠오르면 업데이트를 하고, 별다른 생각이 없으면 업데이트를 하지 않았다. 조회수 '10만+'의 몇몇 글로 많은 독자들의 인정을 받았을 때는 자신감을 얻었고 한편으로는 야심을 가지고 더 큰 꿈을 꿔야겠다고 결심했다.

돌이켜 보면 야심은 글을 쓰는 과정에서 분수령이 되었던 것 같다. 내 계정이 점점 알려지기 시작할 무렵이 조금씩 욕심을 내기 시작한 시점이었다. 본래는 일주일에 한 번 꼴로 업데이트 하고 어떤 때는 한 편조차 올리지 않을 때도 있었다. 하지만 작은 욕심이 생기기 시작하면서 일주일에 세 차례씩 업데이트를 했다. 글을 쓸 수 없을 때는 스스로를 응원했다. '안 돼! 너는 꿈이 있잖아!' 그러고는 다시 열정을 가득 담아 키보드를 두드렸다. 계정이 상업화가 되면서 불미스러운 일도 있었다. 생각이 떠오르지 않을 땐 스스로에게 닭고기 수프를 주며 모든 건 더 나은 미래를 위해서고 결국 지나갈 것이라고 응원했다. 이것은 나름 효과가 있었다.

야심은 인생의 곡절에서 분수령이 되곤 한다. 야심을 크게 가지면 그걸 견뎌내는 힘이 된다. 야심이 위로 향하면서 위기를 넘어서고 그 계기로 우리는 더 큰 꿈을 꿀 수 있다. 아래를 향하면 그저 마지노선만 지킬 뿐 아무것도 할 수 없다. 야심은 상당히 중요하다. 야심이 있는 사람은 한 마리의 독수리처럼 자신의 깃털을 소중히 아낀다.

요즘 SNS 계정을 보면 대단한 사람들이 매우 많다. 또 반년 만에 100만이 넘는 팔로워를 보유한 인플루언서도 있다. 하지만 많은 것들이 빨리 왔다가 빨리 사라진다. 당신에게 야심이 없다면 쉽게 한편으로 치우쳐버릴 수도 있다. 시야도 점점 협소해진다. 야심이 있는 사람은 자신이 무엇을 할지를 알고 첫걸음이 조금 늦었더라도 결국 더 안정적인 걸음으로 더 멀리 나아갈 것이다.

파트너를 구할 때를 생각해보자. 나는 상대방의 가치관이 나와 맞는지에 방점을 둔다. 나는 앞으로도 개인 브랜드와 가치를 돈보다 중요시 여길 것이다. 종종 누군가를 보며 멀리 보지 못한다고 말하곤 한다. 이것은 야심이 없기 때문에 나타나는 한계인 것이다.

많은 동료들과 비교해본다면 아직은 내로라할 만한 성적은 아니지만 지금의 내 일과 생활에 만족하고 있다. 금전적인 부분에서 나름의 자유를 얻었고, 뜻이 맞는 여러 친구들이 곁에 있다. 만약 야심이 없었다면 오늘을 즐길 수 없었을 것이다. 야심이 있기 때문에 즐기면서 빠져들었고 앞으로도 더 많은 사람과 함께 즐기고 싶다.

호기심

누군가 말했다. "호기심은 근육과도 같아서 쓰면 쓸수록 단단해진다." 나는 글쓰기 선순환의 핵심은 호기심이라고 생각한다. 호기심이 없는 사람은 꾸준히 글을 쓸 수 없다. 그런 사람의 눈에는 어떤 것도 보이지 않기 때문이다. 호기심은 글쓴이가 갖춰야 할 중요한 자질 가운데 하나다. 생활 속에서 작은 것을 궁금해하고 다른 사람에게 질문을 던질 때 새로운 생각이 뿜어져 나온다.

모든 사람들에게는 호기심이 있다. 단지 많고 적음의 문제일 뿐이다. 호기심도 키울 수 있다. 억지로라도 밖으로 나가서 외부 세계를 관찰하고, 생활 속 소소한 일에 관심을 가지면 글쓰기가 점점 수월해지고 재미도 붙일 수 있을 것이다. 깊이 있는 글을 쓸 때도 이런 열정과 재미가 더해진다.

호기심이라는 작은 기법을 여는 것은 바로 끊임없는 질문이다. 하나로는 부족하니 적어도 세 개는 물어보자. 누군가 "최근 쓸 돈이 없네요"라고 말했다고 가정해보자. 호기심이 있는 사람은 질문을 할 것이다. "왜 돈이 없나요?" "적게 벌어서요." 그런데 궁극의 호기심을 가진 사람을 또 다시 물을 것이다. "얼마를 버시는데요?" 그렇게 한참 질문을 쏟아냈던 사람은 그 사람에 관한 글을 쓸 수 있을 테고 더러는 인기 있는 글이 될 수 있을 것이다. 웃자고 한 소리지만 어느 정도는 사실이다. 다시 생각해보니 내 글 중 많은 사랑을 받은 글은 나의 호기심과 무관하지 않았고 대부분 생활 속의 어려움이나 의문에서 비롯된 것들이었다.

호기심 덕분에 우리는 많은 생각들을 떠올릴 수 있다. 그렇기에 이 호기심의 성과를 보관할 소재 창고가 필요하다. 무엇을 생각하든, 보든, 또 배우든 작은 수첩에 분야별로 기록해보자. 시간이 지나 영감의 우물이 다 말라버렸을 때 소재 창고가 제 몫을 톡톡히 할 것이다. 창고를 열어보고 뒤집어보며 마치 보물을 찾듯 영감을 찾는 것이다. 어떤 소재의 글이 있었는지, 조금씩 적다 보면 영감이 떠오른다. 작년에 눈코 뜰 새 없이 바쁜 탓에 글을 쓸 수 없었던 적이 있었다. 그래서 소재 창고를 살펴보다 사고방식과 연관된 몇 가지 소재를 발견했다. 그리고 알바생의 생각과 관련된 글 〈성실함이라는 함정에서 벗어나 깊이 있는 성찰 능력을 얻다〉라는 제목의 글을 썼다. 이 글 역시 조회수 '10만+'를 달성했다.

나는 진심으로 호기심에 감사한다. 더 많은 소재를 가져다주고 더 많은 사람을 일깨울 수 있는 글을 쓰도록 해주었다. 또한 생활 속 흥미로운 부분들을 발견하고, 좀 더 깊이 이해하고 바라볼 수 있다는 것을 알게 해주었다. 가슴을 열고 나의 생활을 끌어안을 수 있게 해주었다.

누구든 호기심을 가진 사람과 가까이 하면 좋다. 그들은 재미있고 색다른 시각으로 일상의 풍경을 바라보게 해줄 것이다. 만약 세계에 호기심을 가진 사람이 없었다면 야생마와 초원의 이야기도 들을 수 없었을 것이고, 창업을 생각하지도 않는 사람이 어떤지에 대해 알지도 못했을 것이다.

일부 사람들은 꾸준히 글을 쓰는 건 어렵고, 고통스러운 일이라고 생각한다. 하지만 글쓰기는 아주 즐거운 과정이다. 버티면서 쓸 때도 있고, 필사적일 때─그때는 죽기 살기였을지도 모르지만─도 있지만 결국 글을 쓴다는 건 내가 사랑하는 일이다. 다른 사람들과 생각을 공유할 수 있다는 것은 정말 행운이라고 생각한다. 당신도 글쓰기 과정을 버텨내기라고 말하기보다 사랑하는 일이라고 말하기를 바란다.

제3장

글쓰기,
시선 강탈 전쟁

지극히 평범하고 여유롭고 평온하기만 한 작가는 따분함만 선사한다.
우리에겐 용기 있게 생각을 말하고
어떤 속박에도 자유로운 영혼이 필요하다.
인생을 보는 혜안과 모두를 숨죽이게 하는 필력으로
행복을 선사해줄 예술가를 원한다.

— 미국의 시나리오 작가 로버트 맥키Robert McKee

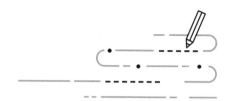

　　노벨경제학상을 수상한 허버트 사이먼Herbert Simon은 작금의 경제 흐름에 대해 "정보가 발달하면서 이미 그 가치는 상실되었다. 지금 무엇보다 중요한 것은 시선을 사로잡는 힘이다"라고 말했다. 이 시대는 시선 강탈 전쟁의 시대이고 글쓰기는 가장 큰 전장戰場이다. 일부 사람들의 글은 훌륭하지만 앞서 말한 내용의 핵심을 간과한 나머지 큰 파급력을 발휘하지 못했다.

　　이에 나 역시 최근 몇 년 동안의 1인 미디어 포스팅 경험을 토대로 '주목받는 글쓰기'라는 방법론을 도출해낼 수 있었다. SNS 계정이 있거나 1인 미디어 활동을 하고 있다면 이 방법론은 더 많은 관심을 끌고 팔로워를 확보하는 데 일조할 것이다. 글솜씨는 있지만 콘텐츠의 확산 효과가 부족했다면 이 방법론을 활용해보자. 기존의 글솜씨에 더 큰 무기를 더해줄 수 있을 것이다.

주목받는 글쓰기
: 널리 전파하기 위한 공개적인 표현

글쓰기의 상황과 유형은 다양하다. 크게 두 가지 정도로 나눌 수 있는데 하나는 대상에 따라서, 다른 하나는 목적에 따라서다. 대상에 따른 글쓰기를 좀 더 세분화하면 세 가지로 구분할 수 있다. 하나는 일기나 메모같이 자신이 보려고 쓰는 것이다. 다른 하나는 특정 대상을 상대로 한 보고서나 기획안, 편지 등이고, 마지막은 특정 대상 없이 인터넷에 자신의 견해나 경험담, 느낀 점 등을 공개적으로 표현하는 것이다. 목적에 따른 글쓰기는 두 가지로 나눌 수 있는데 하나는 글쓰기의 동기가 자신을 드러내는 데 있는 것이다. 신기한 일이 있을 때 SNS에 글을 올리거나 형편없는 영화를 보고 평론을 통해 날카롭게 지적하는 것이 여기에 속한다. 다른 하나는 다른 사람에게 영향을 주기 위한 글이다. 예를 들어 면접 기회를 얻거나 클라이언트에게 자신의 기획안을 설득시키기 위한 글이다.

내가 말하는 '주목받는 글쓰기'는 불특정한 대상에게 영향을 주기 위한 글쓰기를 지칭하며 핵심 포인트는 두 가지, '불특정한 대상'과 '영향을 미치는 것'이다. 전통적으로 주목받는 글은 주로 비즈니스나 직장에서 나온다. 광고 기획, 사내 발표, 신문 기사, 유행하는 문학 창작 등이 그 예다. 이런 글의 공통점은 최대한 많은 독자를 확보하고 최대한 많은 사람들에게 영향을 끼치는 것이다. 전문가나 학자의 입장에서 대중에게 연구 성과를 알리고 자신의 관점을 더 많은 사람에게 어필하기 위해서라도 주목받는 글쓰기 기술이 필요하다. 그렇지 않으면 연구의 성과물은 소리 소문 없이 사라질지도 모른다. 조금만 관심을 기울이면 이미 뉴미디어와 1인 미디어가 다양한 분야에서 활용되고 있으며 주목받는 글을 쓰는 사람들이 성공가도를 달리고 있다는 사실을 발견할 수 있다. 이 역시 '주목받는 글쓰기'를 체계적으로 살펴봐야 하는 이유다.

주목받는 글쓰기는 단 한 가지 유형만이 아니라 여러 상황에 적용 가능한 심리 기술이다. 이 방법으로 당신의 글은 더 많은 독자의 시선을 사로잡고 더 널리 전파할 수 있으며 나아가 더욱 효과적으로 영향력을 발휘할 수 있을 것이다. '주목받는 글쓰기'를 독자적인 개념으로 제시하고자 하는 또 다른 이유는 우리가 사는 이 시대의 글 읽기 환경에 큰 변화가 일어났기 때문이다. 자투리 시간 동안 휴대폰 화면을 통해 읽는 방식은 이미 주류가 되어버렸다.

이는 무엇을 의미할까? 첫째, 독자는 언제 어디서든 콘텐츠 생산자에게 자신의 시선을 '인계'할 수 있다. 콘텐츠 생산자의 입장에서는 굉장한 기회가 아닐 수 없다. 이 기회는 당신을 포함한 모든 사람에게 열려 있다. 둘째, 지금은 혼자 글을 쓰고, 직접 전파할 수 있는 시대다. 그러니 시선 강탈 전쟁은 더욱 치열해질 것이다. 읽는 시간이 쪼개지면서 독자의 인내심은 점점 줄어들고 우후죽순 생겨나는 콘텐츠들의 경쟁으로 독자의 흥분은 고조되었다. 이 역시 '주목받는 글쓰기'가 매우 중요한 능력이 될 수밖에 없는 이유다.

지난 몇 년 동안 주목받는 글쓰기에 능한 사람들이 성공을 거뒀고, 글쓰기는 개인 브랜드를 만들고 인플루언서가 되는 최고의 방법이 되었다. "견고했던 것들이 모두 사라지고, 개인의 브랜드만 떠오르는 시대다"라는 말이 있다. 인터넷은 당신과 세상을 가장 짧은 경로로 연결해주고 마음껏 영향력을 펼칠 수 있도록 무한한 공간을 제공해주었다. 인터넷이 막대한 가능성을 부여했다면 주목받는 글쓰기는 그 가능성을 현실로 만들어줄 핵심 열쇠다.

상황 인식
: 디지털 읽기 시대의 도전

20세기 유명한 미디어 이론가인 마샬 맥루한 Marshall McLuhan 은 "미디어는 곧 메시지다"라고 말했다. 미디어의 형태가 바로 메시지고, 전달하는 내용보다 더 본질적이고, 더 중요한 정보라는 것이다. 미디어의 존재는 인류가 세상을 인식하고 느끼는 방법을 변화시켰고 나아가 세상에 영향을 미치는 하나의 방식이 되었다.

디지털 기술을 기반으로 하고 네트워크를 매개체로 한 뉴미디어가 약진하면서 미디어의 변화는 "사람들이 읽는 방식과 환경이 변화되었다"라는 중요한 메시지를 던졌다. 우리는 디지털 구독 시대로 접어들었다. 글 읽기 습관과 표현 방식마저도 달라졌다. 과거에는 글을 읽을 때 한 글자, 한 글자 읽었다면 웨이보 시대에는 한 줄, 한 줄 읽는다. 그리고 위챗이 나타나면서 그 단위는 페이지로 바뀌었다.

디지털 읽기의 특징은 무엇일까? 빠른 속도, 높은 빈도, 분할화다. 기존의 독서 환경을 생각해보자. 따스한 오후 커피향 가득한 카페의 소파에 앉아 조용히 책을 봤다. 지금의 독서 환경을 떠올려보자. 종이책을 가지고 다닐 때와 달리 출퇴근 시간이나 누군가를 기다릴 때 언제 어디서든 스마트폰을 꺼내고 웹페이지를 들여다보거나 전자책을 읽는다. 스마트폰은 이동도서관이 되었다. 목욕을 하고 편안한 옷으로 갈아입은 뒤 바르게 앉아 사람들에게 "방해하지마. 이제 SNS에 올라온 글을 읽을 테니까"라고 말하는가? 바쁜 생활 속에서도 매일매일 일정한 시간에 포스팅하고 빠르게 업데이트되는 콘텐츠들을 여유롭게 음미하는가? 그럴 리 없다. 우리는 이제 책조차도 자세히 들여다보지 않는다. 하물며 SNS는 오죽하겠는가. 일찍 일어나 변기에 앉아 있는 몇 분 동안 SNS에 올라온 글을 보고 붐비는 출퇴근 시간 동안 SNS에 올라온 글을 읽는다. 저녁 약속에 먼저 도착하면 SNS를 들여다보고 하루를 마무리하고 피곤한 몸을 침대에 뉘인 채로 SNS 계정을 훑어본다.

이제 알아차렸는가? 우리는 바쁜 일상 속 틈새 시간을 활용해 SNS를 읽고 있는 것이다. 기존의 글쓰기는 느린 템포의, 복선이 깔린 예술영화라면 뉴미디어 글쓰기는 2~3분마다 나오는 자극 포인트에 시선을 빼앗겨 몰입하게 만드는 상업영화다. 그런 만큼 곳곳에 포진된 자극이 중요해졌다. 연속된 두 페이지를 읽고도 더 보고 싶은 욕망을 끌어내지 못했다면 독자는 더 이상 읽지 않는다.

정보를 전달하는 미디어와 읽기 환경은 완전히 변했다. 독자들의 마인드도 함께 변했다. 이는 시대가 가져온 글쓰기에 대한 도전이다. 글쓰기 방식은 읽기 환경이 결정한다. 이제 주목받는 글쓰기는 상업영화처럼 빠른 템포여야 한다. 예술영화처럼 더뎌선 안 된다. 현재의 생활리듬은 빨라졌고, 시간은 너무 부족하다. 주목받는 글쓰기는 돌아갈 것 없이 바로 답을 안겨준다.

어떤 방식이 더 좋다고 단정 지을 순 없지만 우리에게 필요한 건 시대의 변화에 순응하는 자세다. 휴대폰으로 읽을 수 있도록 표현하는 법을 배워야 한다. 그래야만 독자와 연결고리를 찾을 수 없는 글을 쓰는 우를 범하지 않는다.

고객 중심 마인드
: 영향력을 발휘하기 위한 전제

주목받는 글쓰기의 기본이자, 가장 중요한 건 고객 중심적 사고다. 우리가 물건을 만들어 팔기 위해선 고객의 생각을 이해하고 니즈를 파악해야 한다. 글쓰기에는 그런 마인드가 필요하지 않다고 생각한다면 오산이다. 나는 자기중심적이며 독자를 배제하는 글쓰기 방식을 고쳐주고자 한다. 글쓰기 역시 고객 중심일 필요가 있다. 주목받는 글쓰기의 기초가 바로 그것이다.

당신은 아마도 이렇게 물을 것이다. 고객이 중심인지 아닌지가 무슨 차이가 있느냐고 말이다. 가령 창업을 하려는 지금 이 순간 중국 최고의 투자자인 쉬샤오핑徐小平*의 위챗을 받았다. 이제 쉬샤오핑 선생에게 투자를 간절히 바란다는 메시지를 보낼 것이다. 당신의 메시지는 어떤 내용인가.

당신의 첫 번째 반응은 아마 긴 글로 고생스러웠던 창업 과

---

* 투자회사 젠펀드의 창립자.

정을 소개하고 쉬 선생을 향한 진심을 덧붙일 것이다. 하지만 이런 내용이 매일같이 격무에 시달리는 쉬 선생의 관심을 끌기는 어려울 것이다. 이런 글은 차고 넘치기 때문이다. 그같은 상황에서도 투자를 받는 데 성공한 사람이 있다. 바로 미야바오베이蜜芽宝贝의 창립자인 리우난刘楠이다. 리우난 역시 창업 초창기에 많은 어려움을 겪었고 막막하기만 했던 시절도 있었다. 그래서 쉬샤오핑 선생에게 메시지를 보냈다. 그 메시지는 쉬 선생의 관심을 끄는 데 성공했을 뿐 아니라 투자를 얻는 데도 큰 역할을 했다. 리우난은 어떤 메시지를 보냈던 걸까?

쉬 선생님. 저는 베이징대를 졸업했습니다. 지금은 타오바오에 가게를 열려고 합니다. 현재 매출액은 이미 3000만 위안에 달했습니다. 하지만 저는 기쁘지 않습니다. 선생님께서는 청년 심리지도사 일을 하신다고 들었습니다. 저는 마음속 상처를 안고 있는 청년입니다. 시간이 되신다면 저도 상담을 받을 수 있을까요?

귀여운 쉬 선생은 메시지를 받은 후에 정말로 전화를 걸어 상담을 해주었고, 투자금도 전달했다. 쉬 선생은 여러 자리에서 이 메시지를 자주 인용하곤 한다. 쉬 선생은 투자계의 거물이다. 매일같이 창업을 꿈꾸는 사람들로부터 많은 메시지를 받는다. 그런데 왜 리우난의 메시지에 마음이 흔들린 것일까? 가장 직접적인 원인은 리우난이 고객 중심적 사고를 했기 때문이라고 생각한다. 이 메시지의 구체적인 내용을 살펴보면 쉬 선생을 고객으로 보고 고객 중심으로 문제에 접근했다는 사실을 알 수 있다.

이 메시지는 몇십 자에 불과하지만 쉬 선생의 호기심을 건드리기에 충분했다. 첫째, "나는 베이징대 졸업생입니다. 지금은 타오바오에 가게를 열려고 합니다." 둘째, 이것은 일반적인 타오바오 마켓이 아니다. "매출액은 이미 3000만 위안에 달합니다." 셋째, 비록 매출액이 3000만 위안에 달하지만 "저는 기쁘지 않습니다." 짧은 글 속에 세 번이나 이슈를 바꾼 것이 강렬한 인상을 남긴 된 것이다.

만약 리우난이 이렇게 썼으면 어땠을까?

쉬 선생님. 저는 전업주부를 하다가 타오바오에 마켓을 열었습니다. 창업이 너무 힘들어서 저는 기쁘지 않습니다. 선생님께서 청년 심리지도를 하신다는 이야기를 들었습니다. 저도 상담해 주실 수 있을까요?

쉬 선생은 마음속으로 이렇게 말했을 것이다. '세상에 안 힘든 창업자가 어디 있을까?' 그리고 이어지는 이야기는 없었을 것이다. 어떤가? 일기를 쓰는 일 말고 우리가 쓰는 글 대부분은 다른 사람에게 보이기 위한 것이고, 그중 대다수가 다른 사람에게 영향을 미치기 위해서다. 예컨대 기획안이라면 고객을 설득시켜 제안을 받아들이도록 해야 한다. 글을 통해 당신의 의견을 전하고, 인정을 받아야 하는 것이다. 그러므로 성공적으로 영향력을 발휘하기 위해서는 독자를 이해해야 한다. 바로 당신의 '고객' 말이다.

여기까지 이해했다면 다음과 같은 질문을 던질 것이다. "쉬 선생 같은 특정 독자라면 이해하는 데 어려움이 없겠지만 우리가 쓰는 글 대부분은 불특정 다수를 대상으로 하는데 어떻게 해야 하나요?" 이것이 바로 주목받는 글쓰기의 기본이다. 고객 중심으로 생각하려면 두 가지 측면, 독자의 글 읽기 동기와 환경을 만족시켜야 한다. 펜을 들기 전에 이 두 가지를 어떻게 구상할지 꼼꼼히 생각해야 한다.

결론부터 말하자면 고객의 니즈를 만족시킬 수 있는 예민함을 길러야 한다. 바로 감정이입 능력을 제고하는 것이다. 감정이입이란 두 가지를 포함하는데 하나는 인지적인 감정이입이고, 다른 하나는 감정적인 이입이다. 인지적인 감정이입은 상상력과 지능이 필요하며 다른 사람의 시각에서 상황을 파악한다. 감정적인 이입은 다른 사람의 감정을 느끼는 일종의 감정 체험이다. 이 두 가지 감정이입은 상당히 중요하다.

독자들의 니즈 파악하기

사람마다 읽는 취향은 각양각색이다. 그럼에도 불구하고 공통점이 있다면 보편적이고 인성적인 특성을 벗어나지 않는다는 점이다. 이런 공통점을 잘 파악한다면 다양한 독자들의 마음을 읽는 데 도움이 된다. 사람은 사회적 동물이기에 정보를 수집하고 처리할 때 호기심과 자기표현의 욕구를 만족시키고자 한다.

우선 호기심부터 살펴보자. 당신은 많은 사람들이 아침부터 저녁까지 고개를 숙인 채 휴대폰을 만지고 있는 모습을 보았을 것이다. 많은 사람들이 휴대폰에 빠져 있다는 것은 휴대폰이 그들의 호기심을 지속적으로 자극하고, 만족시킨다는 것이다. 호기심에 대한 독자들의 욕구를 이해했다면 이제 당신의 글 속에 호기심을 만들어내야 한다.

사람들은 어떤 콘텐츠에 흥분할까? 아마 그들이 높이 평가하는 견해나 그들과 밀접하게 관련된 이슈일 것이다. 이것이 내가 말하고자 하는 두 번째, 자기표현에 대한 욕구를 만족시키는 것이다. 자기표현은 자아실현의 방식 중 하나다. 독자들도 자신을 표현하고 싶어 하는 건 매한가지다. 그러므로 글을 통해 독자들이 자신을 표현할 수 있도록 도와야 한다.

인간의 공통적인 약점은 자신에게 지나치게 집중하는 반면 타인에게는 지나치게 무관심하다는 점이다. 그래서 많은 사람들이 글을 쓰면서 스스로의 최면에 빠지고 자신의 소회에만 집중한 채 독자를 외면해버리는 경우가 있다.

더다오 칼럼 〈5분 경영학〉의 리우룬 선생은 "표현에 대한 욕구가 강한 사람은 글을 잘 쓰지 못한다. 글쓰기의 본질은 논리를 표현하는 게 아니라 논리를 경청하는 것이기 때문이다"라고 말한 바 있다. 논리를 경청한다는 건 독자들이 말하고자 하는 게 무언지 생각하고, 그들을 대신해 표현한다는 의미다. 자아도취에서 빠져나와야만 자신의 생각을 글로 쓰고 독자가 스스로를 표현할 수 있도록 도울 수 있다. 그러기 위해선 독자의 주된 관심사를 파악해야 한다. 다시 말하자면 인간의 본성에서, 혹은 일상에서 겪을 수 있는 공통된 주제를 찾아야 한다.

글을 쓰며 관찰해본 결과, 많은 사람들이 직업을 고를 때 직면하는 공통적인 문제가 있었다. 조직을 떠나고 싶고, 더 이상 공무원을 하고 싶지 않지만 어느 누구도 그런 마음을 지지해주지 않는다는 것이었다. 다른 사람들에게 자신의 속마음을 전하고 싶은 마음이 굴뚝같지만 말주변이 없어서 쉽지 않다는 뜻이다. 공교롭게도 유사한 경험을 해본 나는 조직을 떠난다는 이 주제를 선택했고 이성적이고 객관적으로 조직에서 벗어났을 때의 장점과 조직 밖에서 무엇을 얻을 수 있을지에 대해 면밀히 분석했다. 글을 통해 많은 사람들이 가슴 속에 담고 있었던 말을 끄집어냈고, 그들과 하나가 될 수 있었다. 이것이 독자들을 대신해 표현했던 나의 글쓰기 경험이다.

독자를 대신해 표현하는 또 다른 방식이 있다. 독자가 이입할 수 있는 이미지를 만들고 자신의 경험담을 곁들여 독자들의 공감을 얻는 방법이다. 주인공이 누구든, 독자가 가장 관심을 갖는 것은 주인공의 상황이 아니라 당신이 쓴 내용이 자신과 어떤 관계가 있느냐라는 사실을 반드시 기억하길 바란다. 호기심을 만드는 방법이나 독자가 자신을 표현할 수 있도록 하는 방법은 뒤에서 다시 설명하겠다.

읽는 환경을 이해하기

독자가 글을 읽는 동기가 호기심과 자기표현만이라고만 이해했다면 그걸로는 부족하다. 그와 더불어 독자가 읽는 환경도 이해할 필요가 있다. 앞서 말했듯이 사람들의 글 읽기 습관에는 큰 변화가 일어났다. 조각조각 쪼개진 시간에 휴대폰을 이용해 읽는 방식이 주류가 되었다. 이와 같은 환경 탓에 몰입 시간은 줄어들고, 인내심도 희박해지고 있다.

독자가 당신의 글을 처음부터 끝까지 흥미롭게 읽고, 깨달음을 얻고, 공유하겠단 결심까지 하기는 결코 쉬운 일이 아니다. 지금의 환경이 어떻게 독자들의 시선을 사로잡을 것인가라는 어려운 숙제를 안겼다고 말하는 이유다.

구체적인 방법은 무엇일까? 나는 두 가지 원칙을 알고 있다.

첫째는 표현을 억제해야 한다. 장황한 문장은 금물이다. 독자의 인내심을 건드리는 것도, 지루한 전개도 금물이다. 세 단락, 혹은 휴대폰 화면 두 페이지가 넘어가도록 독자가 무슨 내용인지 파악할 수 없다면 그 글은 실패다. 표현을 억제한다는 의미는 한편으로는 적절한 어휘를 선택해야 한다는 의미다. 정확하고 알맞으며 독자의 마음에 꽂힐 만한 어휘로 표현하는 법을 배워야 한다. 다른 한편으로는 빈틈없는 짜임새가 필요하다. 하나의 사건은 하나의 의미를 가져야지 절대 넘치거나 늘어져선 안 된다. 간결하고 과감하며 통쾌함까지 선사해야 한다. SNS의 글자 수는 대개 1800~2500자 정도라 상대적으로 편한 편이다. 지나치게 짧으면 내용이 빈약하고, 지나치게 길면 읽기 피곤하다. 물론 전설적으로 좋은 글이라면 문제될 게 없다. 또한 다큐멘터리식의 특별 기고라면 글이 길더라도 다채로운 내용을 담고 수준 높은 필력으로 전달한다면 독자들은 완독할 것이다.

둘째, 자극적인 포인트를 적극 활용하자. 비교적 긴 글을 쓸 때는 시시때때로 자극적인 포인트를 삽입하여 독자들의 흥미를 자극하며 읽기의 피로도를 낮춰야 한다. 모바일 기반의 전자 매체는 대체로 두 페이지마다 한 번 꼴로 자극적인 포인트가 등장한다. 나는 이를 도트매트릭스식 자극이라고 부른다. 전형적인 자극 방법을 정리하면 하나는 스토리를 활용한 자극이고, 다른 하나는 주옥같은 문구를 통한 자극이다. 스토리 자극은 줄

거리를 풀어가면서 실현한다. 일반적으로 스토리의 전환점에서 나타나며 궁금증을 제시하기 위해 자극점을 스토리의 서두에 배치할 수도 있다. 주옥같은 문구는 엄선한 문구이다. 이런 명 언들은 독자에게 강렬한 충격을 선사한다. 독자가 글의 전반적 인 내용은 잊어도 끝까지 기억하는 게 있다면 바로 이렇게 추 린 문구들이다.

제품 중심 마인드
: 사상의 주입부터 행동의 변화까지

훌륭한 글은 쓰는 게 아니라, 제품처럼 만들어내는 것이다. 좋은 글이 바로 좋은 제품이다. 주목받는 글쓰기는 콤비네이션 블로Combination Blow다. 제품 중심의 마인드를 갖추고 있다면 글 을 잘 쓰는 건 시작에 불과하다.

제품 중심 마인드란 무슨 의미일까? 다음의 예를 보자. 많 은 사람들은 지식이 있다. 맞는 말이다. 하지만 이 지식을 상품 화해서 대중과 시장에 내놓는 사람은 극소수다. 지식 제품이란 시도는 지식의 종합 능력만이 아니라 다른 능력까지 검증하게 된다. 예를 들어 이 지식 상품에 대한 시장의 수요는 파악했는 지, 상품의 구조는 어떤지, 홍보 기획안은 어떻게 썼는지, 교환은 어떻게 할 건지, 영상이 적합할지, 음성이 적합할지 등과 같은 기술적인 부분들은 상품의 세부적인 사항이다. 어떤 사람의 강좌는 불티나게 팔리고 어떤 사람의 강좌는 반응이 없는 데는 분명한 이유가 있다.

뉴미디어 확산에 능한 사람이라면 그 사람 자체가 상품이 된다. 당신은 자신의 포지션을 어떻게 설정했는가? 당신은 어떤 간판을 달고 싶고, 자신의 비즈니스 판도와 인맥을 어떻게 관리하고 싶은가? 자신의 위치를 어디까지 끌어올리고 어떤 식으로 돈을 벌고 싶은가 등을 고민해야 한다.

사람은 누구나 자신이란 상품의 담당자이다. 그렇지 않은가? 성숙한 직장인이라면 상품 중심의 마인드로 자기가 근무하는 직장의 이미지를 상품화해서 자신을 만든다.

- 당신은 누구인가. 당신은 무슨 문제를 해결할 수 있는가. 이것은 상품의 수요 중심의 생각이다.
- 만약 지금 하는 일이 맞지 않다면 어떻게 하겠는가? 새로운 직위에 도전하거나 생각을 바꾼다. 이것은 상품의 시행착오적 생각이다.
- 당신이 하는 말을 아무도 듣지 않는다면 어떻게 하겠는가? 스토리텔링을 해라! 이 역시 상품 중심의 생각이다.

글 한 편만 쓰는 것이라면 좋은 주제와 적절한 배열, 그리고 글솜씨만 있다면 충분하다. 하지만 글을 상품이라고 생각하면 글은 한 부분일 뿐이고 기획, 개발, 포장, 시장에 내놓기까지의 여러 단계가 필요하다. 따라서 펜을 들기 전에 쓰고자 하는 글이 자신의 브랜드에 유리한지, 무엇을 어떻게 쓸지, 어떻게 홍보할지 등에 대해 완벽한 계획을 세워야 한다. 글을 다 쓰고 포스팅을 한다고 모두 인기 있는 것은 아니기에 시장의 반응과 독자들의 피드백을 관심 있게 살펴보고 개선을 준비해야 한다. 당신은 글을 쓴 게 아니라 제품을 만들었기 때문이다.

전문성 높이기

전문적인 글을 쓰는 것은 전문성을 높이는 좋은 방법이다. 또한 전문 지식을 체계적으로 아웃풋할 수 있는 효과적인 채널이기도 해서 사람들은 한눈에 작가가 상당한 실력자임을 알아챌 수 있다.

전문적인 글을 쓰는 건 매우 간단하다. 한 번 쓴다면 두 권 정도의 책을 여러 번 보거나 한 가지 주제에 대해 여러 권 읽으면 충분히 가능하다. 그러나 지속적으로 쓰기는 어렵다. 하루아침에 될 일이 아니라는 얘기다. 축적해 놓은 것이 없다면 몇 편을 쓰고 난 뒤 텅 비어버리게 될 테니 말이다. 양질의 글을 여러 편 쓸 수 있어야 진정한 실력자다. 같은 분야에서 입소문이 나고, 영향력이 확산되고, 직장에서도 실력을 인정받고 싶다면 부지런히 소재를 모아야 전문 지식을 지속적으로 아웃풋할 수 있다.

글쓰기는 단순 작업이 아니다. 스스로 잘 알고 있다고 여겼던 일도 글로 옮기려면 막막해지기 마련이다. 전문 지식을 연재하는 것은 당신의 지식수준을 가늠할 수 있는 도구가 될 테니 잘 활용해보길 바란다. 글로 하는 아웃풋은 더 많은 인풋을 가능하게 만드는 힘이 있다. 글을 쓰다 보면 부족한 부분을 알게 되고 보완하기 위해 끊임없이 인풋을 하게 된다. 그런 과정을 거치며 더 빨리 성장할 수 있다.

독자적인 시각으로 차별화하자

어떤 사람들의 글을 보면 내용도, 문체도 이렇다 할 특색이 없고 관점 역시 부화뇌동이다. 이런 글이라면 독자들에게 환영받기 어렵다. 대개 비슷한 물건을 여러 개 사지 않듯이 글도 마찬가지다. 독자들은 다양한 목소리를 원한다. 다른 글과 동질화되는 생각의 프레임을 깨고 독자적인 시각으로 차별화된 글을 써야 한다. 당신의 작품에 부여된 상품으로서의 속성은 매우 중요하지 않은가.

그렇다고 덮어놓고 독자들의 입맛만 맞추려 해서도 안 된다. 모두에게 사랑받을 순 없다. 또 시장의 니즈만 따라서도 안 된다. 결국 당신만의 색깔을 잃어버리게 된다. 색깔이 없다는 건 개성이 사라지고 핵심 경쟁력까지 잃게 된다는 의미다.

모든 사람은 이 세상에서 유일무이한 존재다. 우리는 저마다의 성장 환경을 거쳐 저마다의 개성을 가진 사람으로 자랐다. 저마다의 개성 덕분에 세상은 더 다채롭고 풍부한 색을 낼 수 있는 것이다. 자신의 독특함을 지키는 것이 차별화를 위한 핵심이다.

소셜 중심의 사고
: 왼손으로 글을 쓰고, 오른손으로 알려라

지난 몇 년간 뉴미디어를 활용하면서, 인터넷이 글쓰기 능력의 최대치를 발휘할 수 있는 상당히 중요한 토대인데도 많은 사람들이 간과하는 것을 하나 깨달았다. 그것은 다름 아닌 확산력이다.

'뉴미디어 글쓰기'는 단어만 보면 '뉴미디어'와 '글쓰기'가 결합된 말이다. 글쓰기만 이해하는 것으론 부족하다. 뉴미디어가 가진 확산의 규칙까지 파악해야만 시대가 안겨준 보너스의 달콤함을 맛볼 수 있다. 나는 미래사회에선 소셜네트워크의 확산력을 이해하는 사람이 유리한 고지를 점령할 것이고, 소셜네트워크에서의 확산력이 그 사람의 핵심 경쟁력이 될 것이라고 믿는다.

왜냐고? 딱 두 가지만 기억하길 바란다. 미래의 모든 비즈니스는 인터넷으로 연결된다는 점, 소셜네트워크가 비즈니스의 토대가 된다는 점이다. 결국 미래의 모든 비즈니스는 소셜화된다는 의미다. 따라서 인터넷을 통한 소셜네트워크의 확산력을 이해한 사람만이 새로운 비즈니스 세계로 나갈 열쇠를 쥐고 막대한 부의 가치를 창출할 수 있을 것이다.

미래에는 소셜커머스가 비즈니스 세계를 장악할 것을 어떻게 알 수 있을까? 자, 간단히 알리페이와 위챗페이를 비교해보자. 위챗페이가 막 출시되었을 때 알리페이는 온라인 결제의 절반을 차지하고 있었다. 그럼, 위챗페이는 어떻게 비약적인 성공을 거두며 알리페이의 점유율을 따라잡고, 다시 짧은 기간 동안 알리페이를 앞지르며 격차를 벌릴 수 있었던 것일까?

중국 사람들에게 위챗페이와 알리페이 중에 어떤 것을 더 자주 사용하는지, 위챗페이를 이용하면 어떤 혜택이 있는지 질문을 던져보자. 그럼 위챗페이가 왜 이렇게 빨리 승기를 잡을 수 있었는지 알 수 있을 것이다. 위챗페이는 소셜의 특성을 지녔지만 알리페이는 소셜의 속성 없이 거래만 가능하다. 알리페이가 소셜에 대한 욕심을 버리지 않는 이유가 바로 이 때문이지만 여전히 실행에 옮기지는 못하는 듯하다.

미래 전자상거래의 방향은 소셜커머스다. 무슨 옷을 사고, 어떤 식당에서 밥을 먹을지를 정할 때 더 이상 골목골목을 헤매

지 않고 소셜에서 추천을 받는다. 소셜의 입구를 차지하는 자가
바로 주도권 대결의 승자인 셈이다. 이제는 사람이 미래 비즈니
스 소셜의 입구가 되고 있다. 이것이 우리가 개인 브랜드를 만
들고 뉴미디어의 확산력을 알아야 하는 이유다.

인터넷 소셜의 본질은 뉴미디어를 통한 확산이다. 그럼에도
불구하고 현재 뉴미디어의 확산력을 제대로 이해하고 있는 사
람은 드물다. 확산 과정에서 중요한 역할을 하는 고객 중심의
사고는 다음과 같다. 나는 집 근처 쇼핑몰에 가서 밥을 먹으면
서 참지 못하고 이런저런 말을 하고 만다.

"분명히 쓰촨이나 후난 요리인데 안 어울리는 영어 이름을
쓰는 이유가 뭐지?" "이 집 간판은 너무 작아서 보이지도 않아."
"왜 일본어로 식당 이름을 지은 거야? 그럼 고객들이 기억할 수
있겠어?"

어떤 사람이 내게 SNS 계정을 만들었다고 기쁜 목소리로 말
한다. "스펜서, 나도 이제 SNS를 시작할 준비가 됐어. 뉴미디어
로 내 브랜드를 만들 거야." 그의 SNS를 들여다본 지 몇 분도
지나지 않아 나는 닭살이 돋는다.

- 이 SNS 이름은 기억하기 어렵다.

- 왜 프로필에 개인의 약력을 적어두지 않았을까?

- 왜 글 아래 광고가 없는가?

- 자아도취형 글이다. 스스로야 만족스럽겠지만 독자와는 무슨 상관?
- 결제 경로는 왜 이렇게 복잡할까? 단계를 거칠 때마다 절반의 고객이 사라질 것이다!

그가 올린 SNS의 글은 고객 중심의 사고가 부족해서 신뢰조차 할 수 없을 지경이다. 뤄융하오罗永浩*는 늘 말한다. "완벽주의자의 눈에 지금이 어떤 세상이겠는가? 뉴미디어인들의 눈에는, 고객을 존중하지 않고 인성에 대한 통찰력이 없거나 심미관이 떨어지면 상품을 설계할 수 없는 세상이다."

그렇다면 뉴미디어의 확산력을 제대로 이해하는 사람들은 어떤 사람들이며 그 기준은 무엇인가? 내 경험으로는 고객 중심의 마인드와 상품 중심 마인드 외에도 인간의 본성과 심미관에 대해 고민해본 사람이라고 생각한다.

진정한 확산력을 아는 사람은 인성에 대해 깊이 이해한 사람이다. 왜 당신이 쓴 글을 아무도 읽지 않을까? 다른 사람들이 쓴 글은 어떻게 조회수 '10만+'를 달성할 수 있었을까? 당신은 사람들 마음속 깊은 곳의 염원을 건드렸는가? 대중의 마음을 읽는 혜안을 가졌는가? 꼭꼭 숨겨둔 통점痛点을 찾아냈는가?

당신이 얼마나 많은 사람을 이해하느냐에 따라 당신의 팔로

---

* 스마트폰 제조사 스마티잔Smartisan의 창립자.

위 수가 결정된다. 사람을 이해하고 싶다면 경력만으로는 부족하다. 깊은 고민이 동반되어야 한다. 아름다움을 관찰하지 못하는 사람은 점점 더 경쟁력을 잃게 될 것이다. 그런 능력은 당신의 손이 닿은 작은 부분에서부터 드러난다. 기능면에선 동일해도 선호하는 제품이 다른 이유는 사람마다 심미관이 다르기 때문이다.

주목받는 글을 쓰려면 펜을 들고 동시에 확산력의 관점에서 생각하는 훈련을 게을리해선 안 된다. 글쓰기를 이해하고, 인터넷 확산의 본질을 이해해야 한다. 그래야만 앞으로 지속될 무선 인터넷의 물결 속에서 신세계로 가는 열쇠를 찾을 수 있다.

기대 관리
: 글쓰기의 필연과 우연

마지막으로 마음가짐에 대해 이야기해보자. 우리가 열심히 글쓰기를 공부하는 까닭은 많은 사람들이 내 글을 읽길 소망하고 나아가 인기글이 되었으면 하는 바람 때문이다. 하지만 글이 주목받는 데는 필연도 있지만 우연도 무시할 수 없다.

우선 필연에 대해 얘기해보자. 확률적으로 말하자면 끊임없이 축적하고 찾아가는 과정의 끝에는 결실이 있기 마련이다. 가능성을 키우려면 부단히 쓰고, 시행착오를 겪어야 폭발을 위한 도화선에 닿을 수 있다. 하지만 모두가 똑같진 않다. 어떤 사람은 10편을 쓰고 인기글에 이름을 올리고, 어떤 사람은 100편을 쓰고 나서야 비로소 인기를 누리기도 한다. 이는 지극히 정상적인 일이다.

모든 사람의 시작과 쌓아놓은 내용은 다르다. 빙산의 일각만 보면 그 아랫부분은 알 수가 없다. 그래서 기대 관리가 필요하다. 많이 쓰다 보면 언젠가는 대단한 글을 쓸 수 있을 거란 착각도, 기대를 조금만 낮추면 환희의 날을 앞당길 수 있다는 생각도 금물이다.

이제 우연에 대해 말해보자. 한 작가는 고객 기대치가 100만에 달하는 플랫폼에 글을 발표했고 가볍게 조회수 '10만+'를 달성했다. 작가는 득의양양해졌다. 뜻밖에도 이 성적은 플랫폼의 이용자 수 덕분이었다. 또 어떤 작가는 두 편의 인기글을 쓰고는 SNS 계정의 팔로워 수가 급증했지만 원고 쓰랴, 수업하랴 바쁜 나머지 오랜 시간 양질의 글을 업데이트하지 못했고 팔로워 수는 급증했던 속도로 급감했다.

시장에는 별 사람이 다 있다. 집단의 판단은 때론 맹목적이기도 하다. 귀스타브 르 봉 Gustave Le Bon * 의 《군중심리 The Crowd: A Study

* 프랑스 사회심리학자.

of the Popular Mind》를 읽은 사람이라면 이해할 것이다. 특히 지금은 지식콘텐츠의 유료화 물결이 거세게 일면서 축적한 지식의 양과 상관없이 누구나 시장에 등장할 수 있고, 심지어 시장을 교란시킬 수도 있다. 글쓰기는 요행 심리가 허락되지 않는다. 고객도 바보가 아니다. 한 번, 두 번 속다 보면 더 이상은 속지 않는다. 시장은 혼란스럽고 고객이 방향성을 잃었다면 우리는 다만 옳은 방향으로 이끌어가는 수밖에 없다. 절대 잘못된 길에서 물고 늘어져선 안 된다.

시종일관 인기글을 쓸 생각만 한다면 수준이 떨어질 수밖에 없다. 인기글이란 결과이지 원인이 아니다. 우선 글을 잘 쓴 뒤 고객들의 마음을 얻어 인기글이 되어야 한다. 처음의 결심은 앞으로 얼마나 멀리 나아갈지를 결정한다. 만약 당신이 인기글을 쓸 생각만 한다면 당신의 수준은 여기까지밖에 안 되는 것이다. 게다가 인기글을 쓰는 걸 목표로 한 사람들 대부분 인기글을 쓰지 못한다. "높은 것을 취하고자 하면 중간 것이라도 얻을 수 있고, 중간 것을 얻고자 하면, 그 아래 것이라도 얻지만, 아래 것을 얻고자 한다면 얻어지는 바가 없다取乎其上, 得乎其中; 取乎其中, 得乎其下; 取乎其下, 則無所得矣"라는 구절의 의미는 모두 알고 있을 것이다. 《논어論語》에도, 《손자병법孫子兵法》에도, 당태종이 쓴 《제범帝範》에도 나오는 말이다. 인기글을 목표로 쓸 수는 있지만 그것에만 매달려선 안 된다.

글쓰기를 좋아하고 오랜 시간 글을 쓸 마음이라면 더 큰 식견과 안목을 갖고 부단히 노력해야 한다. 마음가짐과 의지를 갖췄다면 다음 장에서는 제목, 구조, 문체, 논리의 관점에서 주목받는 글쓰기 방법에 대해 알아보도록 하겠다.

제4장

매력적인
글쓰기

글쓰기의 어려움은 그물 형태의 생각을
나무 형상의 구조를 이용하여 선형적linear 문장으로 표현하는 데 있다.

— 심리학자 스티븐 핑커Steven Pinker

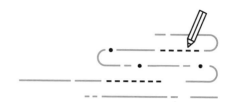

전국시대, 초나라 문장가인 송옥宋玉은《등도자호색부登徒子好色賦》에서 미인에 대해 다음과 같이 형용했다.

천하에서 초나라 미인을 따를 자가 없고, 초나라의 미인 중에선 내 고향의 미인을 따를 수 없으며 고향의 미인 가운데 이웃 동가네 처자를 능가할 수 없다. 동가네 처자의 키는 조금 더하면 너무 크고, 조금 줄이면 너무 작다. 분을 좀 더 바르면 너무 하얗고 입술을 바르면 너무 붉다. 눈썹은 물총새의 날개와 같고 피부는 눈처럼 하얗다. 허리는 줄기처럼 가냘프고 치아는 고르고 깔끔하다. 아름다운 모습으로 싱긋 웃으면 초나라 공자들이 마음을 빼앗기고 만다.

아름다운 여인은 이와 같고, 아름다운 글도 이와 같다. '더하면 지나치게 길고, 줄이면 지나치게 짧다. 분을 칠하면 너무 하얗고, 입술을 바르면 너무 붉은' 정도에 달해야만 훌륭하다고할 수 있다. 절세가인은 깊은 규방에서 자라 아무도 그녀의 아름다움을 알 수 없었지만 콘텐츠가 넘쳐나는 무선인터넷 시대에는 제목이 매력적이지 않다면 시선을 사로잡을 수 없다.

한눈에 사로잡는 제목

이런 광경을 상상해보자. 당신은 지금 소란스럽고 사람들이붐비는 곳에 있다. 당신의 생각을 이곳에 있는 사람들에게 말하고 싶다. 어떻게 해야 사람들이 당신의 목소리에 귀 기울일까?답은 큰 소리로 외칠 첫마디에 달려 있다. 그 첫마디로 사람들의 이목을 집중시켜야 한다.

우리가 사는 시대는 모두 저마다의 목소리를 내고 그로 인해곳곳에 정보가 넘친다. 그 속에서 사람들을 주목시키는 첫마디인 제목은 얼마나 많은 사람들이 당신의 글을 볼지를 결정한다.따라서 좋은 글쓰기는 좋은 제목에서 시작된다고 해도 과언이아니다.

그럼 좋은 제목이란 무엇일까? 우선 성공적인 제목부터 살펴보자. 나는 많은 제목을 분석해서 성공적인 제목의 특징을 네 가지로 분류할 수 있었다. 대부분의 성공적인 제목은 이 네 가지 유형 가운데 적어도 한 가지 이상에 부합한다.

공감

전형적인 예를 들면 〈높은 집값이 80년대생들의 모든 걸 무너뜨렸다〉는 널리 공감을 얻은 제목이었다. 또 이런 분출식 표현은 턱없이 높은 집값에 허탈해진 80년대생의 감정을 자극했다. 뒤에 어떤 내용이 따라오든 사람들은 이 제목에 '꽂혀' 이미 감정을 이입했을 것이다.

공감을 일으키는 제목은 대개 특정 집단의 통점이거나 변화에 대한 열망을 반영한다. 사람들은 제목을 보고 클릭하고, 내용을 보고 공유한다. 하지만 내가 강조하고 싶은 건 어떤 제목은 공유 여부에도 영향을 미칠 수 있다는 점이다. 나 역시 위챗 모멘트에 올라온 글을 보다가 내용은 보기도 전에 제목에 끌려 '공유하기'를 누르기도 한다.

가령 〈세상에서 가장 바보 같은 짓은 청년들에게 도리를 가르치려는 것이다〉라는 제목의 글이 있었다. 나 역시 상사로서 한 방 먹은 느낌이었다. '가르치려는'이란 말이 정말이지 내 마음의 소리 같았다. 매일같이 직원들을 다그치지만 직원들은 듣는 둥 마는 둥이다. 단언컨대 관리자나 사업체를 운영하는 사람이라면 분명 공감할 제목이었다. 역시나 내 모멘트에 등록되어 있는 친구들 가운데 기업 관리자 혹은 임원 들은 대부분 이 글을 공유했다.

궁금증

궁금증을 자아내는 제목은 어렵지 않다. 호기심을 자극해 글 속에서 답을 찾도록 만드는 것이다. 예를 들어 〈탈선하지 않는 사람들은 어떤 사람들일까〉, 〈멋진 남자 단 3분 만에 유혹하기〉, 〈이혼했다. 그런데 기쁘다〉 이런 제목은 독자들의 호기심을 자극하고, 궁금증을 자아낸다. 궁금증 만들기는 가장 흔히 볼 수 있는 방법이다.

논란

논란을 부르는 제목이란 제목 자체부터 논쟁, 질의, 편 가르기를 조장한다. 나는 조직을 떠나는 내용과 관련된 글을 쓴 적이 있다. 주제와 관점을 선택한 후 독자들의 시선을 사로잡을 수 있는 제목을 고민했다. 원래 생각했던 제목은 〈조직을 떠난 후 3년〉이나 〈조직을 떠난 사람, 지금은 어떻게 살고 있는가?〉였다. 좀 더 과장된 제목은 〈조직을 떠난 후 3년, 내 수입은 100배 늘어났다〉였다. 이런 제목은 호기심을 불러일으키기에는 충분하지만 화제성이 떨어진다.

그럼 어떻게 해야 할까? 결국 나는 〈조직을 떠난 지인은 조금도 후회하지 않는다〉라고 결정했다. 이 제목을 본 독자들의 마음속에는 두 가지 물결이 일렁일 것이다. 하나는 호기심이다. '그 지인은 어떤 사람인데 조직을 떠난 걸까?', '왜 후회하지 않는 거지?' 이런 궁금증과 의문이 증폭될 것이다. 하지만 중요한 것은 두 번째 물결이다. 그들은 이렇게 생각할 것이다. '정말?' '조직을 떠나서 후회를 안 한다고?' '그럴 리가?' '믿을 수 없어.' 이처럼 이 제목은 화제성까지 담았다. 독자들이 호기심과 의문을 품고 믿을 수 없다는 마음으로 글을 열어보도록 만든 것이다.

1000만 팔로워를 자랑하는 '우주 최강 미녀 주부' 미멍咪蒙은 〈내가 실습생들의 휴학을 지지하는 이유〉란 제목의 글을 쓴 적이 있다. 내용을 둘러싸고 논란의 여지가 있었던 것은 사실이지만 확산의 관점에서 본다면 입장이 명확하고, 궁금증과 화제성까지 두루 갖춘 제목이었다. 이런 제목을 본 독자들은 인내심을 시험할 새도 없이 클릭하고, 비판하며 편을 가르고, 모멘트에 공유하고 만다.

주목받는 글쓰기에서 삼류 제목은 무반응 제목이라고 불린다. 독자가 제목을 보고 '아, 그렇군' 하고는 더 이상 아무런 리액션도 하지 않는 경우다. 이류 제목은 독자의 호기심만 자극했을 뿐이다. 진정한 일류 제목은 호기심을 불러일으킬 뿐만 아니라 사회적으로 화제가 된다.

생각의 전환

당신 글의 제목은 영예롭고 위대하고 정확하며 모든 사람들이 알 만한 개념인가? 그렇다면 그것은 무반응 제목이며 실패한 제목인 셈이다. 만약 당신 글의 제목이 대다수 사람들의 생각을 180도 변화시킬 수 있다면 절반은 성공한 셈이다.

가령 '논리 중심'으로 쓴 글 가운데 〈상사 관리 방법에 관한 리스트〉라는 제목의 글이 있다. 이 제목을 본 대다수는 당연히 상사가 부하직원을 관리해야 하는 것 아닌가란 의문을 품으면서 참지 못하고 클릭할 것이다. 또 〈바보 같은 짓 마라, 넉넉하고 여유로운 삶을 살 수 없다〉, 〈당신과 일등석의 거리는 단지 경제적 능력의 차이만은 아니다〉, 〈일이 없다고 창업할 생각 마라〉 등의 글 역시 생각의 전환을 요하는 제목들이다.

여기까지 제목의 네 유형에 대해 살펴봤다. 이 유형 사이에 공통점이 있다는 사실을 발견했는가? 언급된 제목은 대부분의 사람들에게 익숙하고, 관심 있는 내용들이다. 즉, 글의 주제가 무엇이든 독자들이 이 글이 나와 연관이 있다고 여기도록 해야 한다.

좋은 제목의 특징에 대한 분석이 끝났다면 이제 좋은 제목을 쓰는 방법을 알아보자. 첫째, 관찰하고 분석하자. 민감하고 예리한 통찰력이 필요하다. 여느 사람들처럼 클릭하고 읽고, 공유하고 평가하는 데 바쁠 때가 아니다. 제삼자의 시각으로 어떤 부분에서 공감했는지, 마음속 어딘가를 건드렸는지에 대해 고민해봐야 한다. 바로 '전지적 시점에서의 고민'이다. 둘째, 모방하고 인용하자. 좋은 제목의 특징을 추려서 한 개 혹은 여러 개의 제목을 생각해보자. 셋째, 시장의 반응을 살피자. 좋은 제목을 고르고 골라 포스팅했다면 시장의 반응을 살펴보자. 가장 직접적인 참고 대상은 조회수다. 시장은 가장 객관적인 평가를 하고, 당신의 주관적인 생각은 변할 것이다. 객관적인 평가와 주관적인 생각에 따라 제목을 고쳐보자. 이런 경험이 쌓이면 당신만의 노하우가 생긴다.

그럼 연습을 해보자. 직장인들은 집 한 칸 마련하기도 벅찬 쥐꼬리만 한 월급을 받지만 감히 그만두지도 못한다. 그마저도 없으면 굶어죽을까 무섭기 때문이다. 직장인들에게 월급은 족쇄 아닌 족쇄다. 만약 이런 내용으로 글을 쓴다면 어떤 제목이 좋을까?

불합격 제목

월급은 이미 계륵이 되어버렸다

자기 발전이 월급보다 중요하다

: 쓸모없는 말이고, 지나치게 무미건조하다.

70점짜리 제목

월급은 생활의 기반이었지만 지금은 계륵이다

: 모순적 대비, 여전히 평범하다.

80점짜리 제목

월급이란 직장생활 최대의 함정이다

: 입장이 뚜렷하고, 태도와 감정이 들어가 있다.

90점짜리 제목

고정적인 월급이 당신을 무너뜨리고 있다

: 통점을 찌르고, 걱정과 두려움을 자극하며 공감을 불러일으킨다.

100점짜리 제목

: 최고의 제목은 없다. 더 나을 수만 있을 뿐이다.

한 번 더 강조하지만 훌륭한 제목과 그렇지 않은 제목은 사람들이 글을 읽느냐 마느냐, 또 얼마나 많은 사람들이 읽느냐를 결정한다. 물론 좋은 제목만으로는 부족하다. 진정성 있는 제목이라면 독자의 신뢰를 얻을 수 있다. 지금의 제목으로 많은 독자의 시선을 사로잡았다면 다음 문제는 독자가 흥미를 잃지 않고 완독하는 것이다. 독자들이 끝까지 읽으려면 문장은 어떻게 구성해야 할까?

문장 구성하기

　세계적으로 유명한 인지과학자이자 하버드대 심리학 교수인 스티븐 핑커의 글쓰기 본질에 대한 묘사는 많은 사람들이 인용해왔다. 핑커 교수의 말에 따르면 글쓰기의 어려움은 그물 형태의 생각을 나무 형상의 구조를 이용하여 선형적 문장으로 표현하는 데 있다고 했다. 다시 말해 글쓰기는 머릿속의 비선형적인 생각을 독자에게 선형적으로 전달하는 과정이라는 것이다. 글 읽기는 매우 많은 에너지를 요구한다. 앞서 말했듯 모바일 글 읽기 환경에서는 집중력이 흐트러지기 쉬워 자주 인내심의 한계에 직면한다. 그러니 글을 쓰는 사람은 전개 과정을 보다 치밀하게 설계해야 한다. 글의 전개를 구상하는 과정을 통해 글쓰기 기교를 다듬을 수도 있다.

　독자들은 정보를 받아들일 때 몰입을 한다. 이런 몰입의 과정을 놀이공원에서 미끄럼틀을 타고 내려오는 과정이라고 상상해보자. 우선 충분히 높고 긴 미끄럼대가 필요하다. 그리고 미끄럼대와 손잡이에 충분한 윤활제가 발려 있어야 한다. 그래야만 멈추고 싶어도 멈추지 않고 미끄러질 테니 말이다.

그럼 어떻게 해야 할까? 여기서는 스토리텔링, 궁금증 유발, 대입, 반전, 이 네 가지 팁을 공유하고자 한다.

설교가 아닌 스토리텔링

어떤 이론에 의문을 제기하는 사람은 많아도 스토리에 트집을 잡는 사람은 드물다. 누군가는 스토리가 아이만의 전유물이라고 생각하는데 그건 잘못된 생각이다. 어른도 아이와 마찬가지로 스토리에 민감하게 반응한다. 스토리를 좋아하는 건 인간의 본성이다. 그렇지 않다면 그리스신화나 이솝우화가 몇천 년 동안 전해지며 사랑받을 수 있었을까?

스토리텔링은 그리 어렵지 않다. 아래 네 가지만 주의한다면 말이다.

첫째, 어떻게 시작하는가. 가장 효과적인 방법은 시간과 장소, 인물을 구체적으로 소개하는 것이다. 단순해 보이지만 보기만큼 간단하지는 않다. 하지만 효과만큼은 탁월하다. 어린 시절 우리가 들었던 이야기들은 대개 "옛날 옛적에, 산이 하나 있었는데 그 산에는 xxx가 살고 있었대"로 시작된다. 이 짧은 몇 마디에 아이는 이야기 속으로 빨려 들어간다. 어른도 마찬가지다. 시간, 장소, 인물에 대해 직접 알려주는 것은 스토리에 대한 기대심리에 부합한다. 지난 몇천 년 동안 이렇게 스토리를 시작했기 때문이다.

둘째, 누구의 이야기인가. 자신의 이야기인가 다른 사람의 이야기인가? 나는 본인의 이야기나 아는 사람의 이야기를 추천한다. 전혀 관계없는 사람의 이야기보다 훨씬 효과적이기 때문이다. 미명의 글은 대부분 "내 사촌오빠는", "내 친구는", "내 실습생은"이란 말로 서두를 연다. 때론 남편 이야기도 서슴지 않는다.

셋째, 줄거리는 스토리의 주체다. 전개 과정의 묘사는 간략해도 디테일과 인물에 대한 묘사는 섬세하게 덧붙여져야 한다. 그래야만 생동감 있는 스토리가 된다. 이 스토리를 살펴보자. "과거 한 소녀가 길에서 성냥을 팔고 있었다. 이후 그 소녀는 얼어 죽었다." 그렇다. 《성냥팔이 소녀》 이야기다. 작가가 저렇게만 썼다면 지금의 《성냥팔이 소녀》란 작품은 탄생하지 않았을 것이다. 작가가 줄거리를 만들고 세심하게 디테일을 묘사한 결과 다음과 같은 스토리가 탄생한다.

"크리스마스 저녁, 한 여자아이가 길에서 성냥을 팔고 있었다. 아이는 난로 옆에서 김이 모락모락 나는 닭고기를 먹는 한 가족을 창문 너머로 바라보았다. 아이는 춥고 배고픔에 지친 나머지 깜박 잠이 들고 말았다. 꿈에서 아이는 할머니를 만났다. 이튿날 아침에서야 발견된 아이는 옅은 미소를 띤 채 죽어 있었다."

어떤가? 풍부하고 다채로운 디테일과 줄거리가 더해지니 생동감 있는 스토리가 되지 않았는가?

넷째, 스토리에 주옥같은 문구를 더하자. 이는 매우 유용한 방법이다. 이솝우화를 보면 모든 이야기 마지막엔 삶의 이치에 대한 내용이 빠지지 않는다. 훌륭한 스토리가 깊은 인상을 남길 수 있는 것은 스토리 자체도 훌륭하지만 깊은 깨달음을 주기 때문이기도 하다. 독자를 대신해 적절한 때 '고견'을 제시하면서 스토리 말미에 삶의 이치에 대해 몇 마디 덧붙인다면 더 깊은 인상을 남길 수 있을 것이다. 여기서 고견이란 명언 같은 자극을 뜻한다.

실제로 널리 전해지는 글을 보면 구조가 복잡하지 않다. 대부분이 스토리를 들려주며 그 속에서 이치를 찾고 다시 이야기를 더하며 깨달음을 준다. 기교를 갖춘 작가라면 글 속에 삶의 이치를 깊이 담아낼 수 있을 것이다.

궁금증 유발하기, 궁금증의 상대론이란?

나는 〈나는 체면이 서는 수고로움을 선호한다〉라는 글의 첫머리에 이렇게 적었다. "지난 토요일 밥값으로 5만 위안(한화 약 850만 원)을 썼다." 이게 바로 궁금증의 씨앗이다. 이어서 이 식사 이야기를 위해 많은 양을 할애한다. 독자들이 끝까지 읽을까 우려하지 않아도 좋다. 독자들은 어떻게 한 끼 식사에 5만 위안을 쓸 수 있는지 몹시 궁금할 테니 말이다.

여기까지 읽은 당신은 이런 질문을 던질 것이다. "스펜서, 나는 한 끼에 5만 위안을 써본 적이 없습니다. 그렇게 특별한 경험이 없어도 궁금증을 유발할 수 있을까요?" 걱정할 필요 없다. 궁금증이란 충분히 만들어낼 수 있다. 보기에 아주 평범하기 그지없는 일도 궁금증을 유발할 요소가 될 수 있다.

그래서 나의 방법을 공유하고자 한다. 바로 '궁금증의 상대론'이다. 무슨 뜻이냐고? 알고 보면 아주 심플하다. 당신은 내가 한 끼에 5만 위안짜리를 먹었다는 걸 읽었다. 5만 위안은 분명히 아주 큰 금액이다. 그렇지 않은가. 만약 한 끼에 500위안(한화 약 8만 5000원)짜리를 먹었다고 말한다면 그리 비싸다고 생각하지 않을 수도 있다. 하지만 올해 당신이 먹은 식사 중 가장 비싼 한 끼였을 수도 있다. 그렇다면 이렇게 말머리를 시작해보자. "지난 토요일 올해 가장 비싼 한 끼를 먹었다." 어떤가? 500위안에 맞먹는 궁금증을 유발하지 않았는가? 이제 좀 알 것 같은가? 일상에서 주목할 만한 일이 없었다고 할지라도 어떻게 표현하는가가 핵심이다. 깊이 고민하고 약간의 기술만 더한다면 궁금증을 만들어내는 건 식은 죽 먹기다.

영화나 드라마 곳곳에 포진해 있는 궁금증은 어떻게 만들어지는지 고민해보았는가? 조금만 생각해보면 커트와 편집 기술 덕이라는 사실을 금세 알아차릴 수 있을 것이다. 글쓰기도 마찬가지다. 글쓰기 재료들을 취사선택하고 배치 순서를 달리한다면 어떤 일이든 궁금증을 유발할 만한 소재로 거듭날 수 있다.

이입을 통한 익숙함 만들기

이입하기의 다른 표현은 익숙하게 만드는 것이다. 독자에게 익숙한 환경을 묘사해서 그들이 느낄 마음을 표현하는 것이다. 사람은 본래 익숙하거나 자신과 관련 있는 것에 관심 갖기 마련이다. 심리학에서는 이런 심리를 '칵테일파티 효과Cocktail Party Effect'라고 한다. 온갖 소리가 난무한 칵테일파티에서 현장의 소음과 상관없이 누군가 자기 이름을 부르면 알아들을 수 있다는 것이다. 사람은 익숙한 것에는 민감하게 반응한다. 그래서 글의 주제와 상관없이 독자에게 익숙할 만한 문제를 제기한다면 독자들은 자신과 연관된 글이라고 생각하며 관심을 갖는다.

나는 1단계, 독자에게 익숙한 문제를 제시해 관심을 끌고, 2단계, 독자가 원하는 방향으로 문제가 일어난 이유를 설명해 신뢰를 얻는다. 마지막 3단계, '개인적인 생각'을 곁들여 관점과 대책을 내놓는다. 내가 글을 쓸 때 자주 활용하는 이 구조는 앞 단계에 복선을 깔아둔 덕분에 비교적 독자의 공감을 쉽게 얻어낼 수 있다.

역방향 복선과 반전에 대한 기대

반전은 독자의 예상을 뒤엎는 예상 밖의 전개를 통해 재미를 배가시킨다. 짜릿한 반전이 있는 짧은 글은 재미있다. "예를 하나 들어보겠다. 예시는 없다." 이런 게 바로 반전의 효과다. 이어서 예시가 나올 줄 알았는데 예시가 없는 것이다. 얼마나 뜻밖인가.

평소 반전 효과를 보기 위해 내가 쓰는 방법을 소개한다. 만약 당신의 남편이 로맨티스트이고, 당신에게 낭만적인 일화를 선사했다는 글을 쓰고 싶다면 그 앞에 역방향 복선을 깔아두길 제안한다. 예를 들어 남편은 낭만이라고는 눈곱만큼도 모르고, 말주변도 없는 사람이라고 세부적인 묘사를 한다. 그리고 마지막에 낭만 넘쳤던 남편의 일화를 전한다면 독자들은 "아니, 이런 로맨티스트였구나!"라고 느낄 것이다. 이게 바로 반전이다.

만약 반전의 효과를 더 극대화하고 싶다면 복선을 더 길게 깔고 낙차를 더 크게 해야 한다. 이 사람이 얼마나 좋은지 쓰고 싶다면 이 사람이 얼마나 나쁜지부터 설명해야 한다. 또 누군가 비열하다는 걸 강조하고 싶다면 그가 했던 고상한 행동부터 언급하기를 제안한다.

효과적으로
문학적 재능을 끌어올리기

문학적 재능이라고 하면 경서經書를 많이 읽고 풍부한 어휘를 적시적소에 자유롭게 구사할 수 있는 천부적인 능력이라고 생각한다. 물론 틀린 말은 아니다. 그렇지만 경서를 많이 읽고 풍부한 어휘량을 갖고 있기란 대가도 가까스로 다다를 수 있는 경지다. 일반 사람들에게 그렇게나 높은 잣대를 들이댈 필요는 없다.

그럼 문학적 재능이란 무엇일까? 문학적 재능에 대해 뚜렷한 정의는 없다. 하지만 문학적인 재능이 돋보이는 글은 언어로 구현해내는 심미적인 즐거움이 있는 글을 말한다. 이런 심미적인 즐거움은 화면감과 음률감으로 구분할 수 있는데 이 두 가지는 각각 '시각'과 '청각'이라는 인간이 원시적으로 정보를 받아들이는 방식에 대응된다.

우리는 감각기관을 통해 직접 얻은 정보를 형상화 정보라고 부르고, 뇌에서 가공을 거쳐 얻은 결과가 필요한 정보는 추상화 정보라고 부른다. 형상화 정보는 추상화 정보에 비해 더 쉽게 받아들여진다. 《홍루몽》을 책보다 드라마로 보는 사람이 월등히 많은 이유다. 앞서 말한 대로 독서란 많은 에너지를 필요로 하는 활동이다. 통속적인 글을 쓰는 경우라면 훌륭한 작가들은 글을 이해하기 위한 독자들의 노고를 줄여야 한다. 그래서 주목받는 글쓰기의 고수가 되고자 한다면 독자들에게 보다 쉬운 정보를 제공하기 위해 힘써야 한다.

그럼 어떻게 해야 할까? 세 가지를 기억하자. 첫째, 단순하고

쉬운 어휘를 사용하자. 둘째, 머릿속으로 그림이 그려지는 글을
쓰자. 셋째, 추상적인 표현 대신 구체적인 표현을 쓰자.

테크닉 1: 단순하고 쉬운 어휘를 쓰자

문어체가 일상적으로 쓰는 어휘보다 고급스럽다고 생각하는
사람들이 많다. 꼭 그렇지는 않다. 앞서 말한 바와 같이 글쓰기
란 그물처럼 퍼져 있는 생각을 선형적 형태로 나타내는 과정이
다. 이 과정은 결코 쉽지 않다. 어려운 어법과 복잡한 구조의 문
어체 글은 작가가 전문성이나 권위를 드러내기 위함이거나 머
릿속의 생각들을 간단하고 명확하게 정리하는 노력을 기울이
지 않은 경우일 수도 있다.

간단하게 쓰려면 한 가지만 하면 된다. 수정이다. 훌륭한 글
은 수정을 통해 완성된다는 말을 들어보았을 것이다. 수정 단
계에서 몇 가지 어법 구조만 중점적으로 고치면 된다. 첫째, 지
나치게 긴 종속절. 둘째, 다단계 논리(예를 들면 이중부정 같은 표
현). 셋째, 연쇄적인 형용사. 이 세 가지가 포함된 글을 읽으려
면 문장의 구조를 파악하느라 본의 아니게 읽는 속도가 더뎌지
고, 인내심의 한계를 경험하게 된다.

지나치게 긴 종속절은 몇 개의 짧은 구로 나누면 된다. 다단
계 논리는 단층구조의 논리로 바꾸면 되고 연쇄적인 형용사는
되도록 쓰지 않되, 형용사를 쓰지 않아서 의미가 달라진다면 구

절의 기본 구조부터 손봐야 한다. 짧은 구절의 장점을 한 가지 더 꼽자면 리듬감과 음률감을 살릴 수 있다는 점이다. 평소 우리의 말하기 습관을 생각해보자. 한 번에 열 마디 이상을 뱉지 않는다. 쉼표를 충분히 활용한다면 명쾌한 리듬감을 더할 수 있다는 사실을 잊지 말자.

테크닉 2: 독자의 마음에 그림을 그려라

사람의 뇌는 시각화된 것은 쉽게 기억하는 반면 추상적인 개념은 쉽게 기억하지 못한다. 선명한 기억을 남기고 싶다면 독자의 마음에 그림을 그려야 하는 이유가 바로 여기에 있다.

세 가지 팁을 주자면 첫째, 동사와 명사를 많이 쓰되 형용사는 줄이자. 둘째, 디테일을 살려야 한다. 셋째, 비유법을 활용해야 한다. 우선 동사와 명사를 활용하는 방법에 대해 알아보자. 인류의 언어 발달 과정 중에서 무엇이 먼저 등장했을? 형용사일까 아니면 명사와 동사일까? 나는 명사와 동사가 먼저라고 생각한다. 동사와 명사는 구체적인 사물을 묘사하는 데 사용되는 반면 형용사는 추상적인 느낌이나 복잡한 심리, 혹은 사물의 상태 등을 묘사한다. 그러므로 독자 입장에서 이해하기에 더 고차원적인 품사는 형용사일 수밖에 없다. 주목받는 글의 조건 중 하나는 독자가 글을 이해하는 데 에너지가 적게 드는 글이다. 따라서 동사와 명사를 잘 활용해야 한다. 이제 막 시작한 초보 작가는 형용사의 애매모호한 화려함에 빠지기 쉽지만 나름 연륜 있는 작가는 형용사의 사용 빈도를 줄이고 명사와 동사를 더 많이 활용한다.

여행 광고문에서 동사와 명사를 어떻게 활용해 입체감 있는 글을 썼는지 살펴보자.

당신이 프리젠테이션을 할 때 알래스카의 대구가 수면 위로 뛰어오른다. 보고서를 볼 때 메이리 설산의 들창코원숭이가 나무 위로 올라간다. 붐비는 지하철을 탈 때 티베트의 매는 상공을 선회한다. 회의에서 논쟁을 벌일 때 네팔의 배낭여행객들은 모닥불 옆에 앉아 건배를 한다.

위의 글은 명사와 동사를 중복해서 사용하고 별다른 형용사 없이 독자의 마음에 그림을 그려냈다.

이제 디테일에 대해 얘기해보자. 섬세한 묘사는 좋은 재질의 연료와 같이 글에 질감을 더해준다. 또 섬세한 묘사는 연상 작용을 이끌어 독자는 스스로를 대입시키고 마치 글 속에 있는 듯한 느낌을 받는다. 작가 왕정치汪曾祺가 쓴 미식에 관한 글을 보자. 가오유高郵의 오리알이 다른 지역의 오리알보다 훨씬 더 맛있다는 걸 강조하기 위해 쓴 글이다.

가오유 오리알은 보드랍고 기름기가 많다. 단백하고 부드러워서 다른 지역의 오리알처럼 마르거나 부스러지지 않고 씹을 때 석회질 맛이 나지 않는다. 특히 기름기는 다른 지역의 오리알이 따라올 수 없는 수준이다. (…) 일반적으로 비어 있는 곳을 톡톡 쳐서 젓가락으로 파먹는다. 젓가락으로 윗부분을 누르면, 아─ 붉은 기름이 흘러나온다.

마치 가오유 오리알이 눈앞에 있는 것 같아 군침이 돌지 않는가?

나는 예전에 우샤오보 선생의 마른 몸을 묘사한 적이 있다.

1미터 83센티미터의 그는 말라서 다리가 더 길어 보인다. 그가 입어서 그런지 위에 입은 옅은 색의 탐 브라운 셔츠가 헐렁해 보인다.

나는 우 선생이 말랐다고 강조하지 않았다. 그저 그의 옷차림을 묘사해 독자들이 그가 말랐다는 것을 느낄 수 있게 했다.

이제 비유법의 활용에 대해 알아보자. 만약 누군가 힘든 시기를 겪으며 더욱 강해졌다는 것을 묘사하고 싶다고 치자. 그럼 일반 사람들은 이렇게 말할 것이다. "그는 힘든 시간을 겪은 후 더욱 강해졌다." '더욱'이란 말로 강조한 것이다. 물론 문제는 없지만 상당히 초보 수준의 글임은 분명하다. 또 어떤 사람들은 더 복잡한 미사여구를 덧붙여 이렇게 표현할 것이다. "끝없는 고통과 단련을 겪으며 그는 강철 같은 자질을 길렀다." '강철', '고통', '단련' 같은 구체적인 개념을 활용했지만 고수라고 보기엔 무리가 있다. 비유법을 활용할 때는 진부하고 상투적인 논조를 배제하자. 진부하고 상투적인 논조는 이미 너무 많이 활용되어서 독자들이 '무감각'해질 지경에 이르렀기 때문이다.

테크닉 3: 추상적인 개념의 구체화

우리가 조금 전 말한 비유는 구체적인 형상을 추상적인 느낌으로 표현하는 것이다. 추상적인 개념을 말할 때 가장 좋은 방법은 구체적인 사물로 복원시키는 것이다. 소설가 그레이엄 그린Graham Greene의 묘비에는 다음과 같이 적혀 있다.

> 내가 가장 좋아하는 것은 사물의 위험한 경계, 성실한 좀도둑, 마음이 여린 자객과 하늘의 뜻에 의구심을 품은 무신론자다.

이 말은 좋은 스토리라면 극 속에 갈등이 가득해야 한다는 것을 보여준다. 이 이치는 아주 간단하고 평범해 보이지만 널리 인용되고 있다. 왜냐고? 이 말 자체가 감동을 주기 때문이다. '극 속의 갈등'이라는 이 추상적인 개념이 구체적인 예로 생동감 있게 표현되었다. 또한 '위험', '경계', '좀도둑', '여린 마음', '자객' 같은 유형의 단어들은 감각기관과 심리에 자극을 주어서 표현을 극대화한다. 따라서 글을 쓸 때는 그 자체로 감각기관과 심리에 자극을 끌어낼 수 있는 어휘들을 활용하여 독자들의 머릿속에 추상적인 개념을 '새겨' 넣을 수 있어야 한다.

문학적 재능을 향상시키는 과정 역시 언어를 단련하는 과정으로, 문장을 반복해서 다듬는 과정을 빠뜨릴 수 없다. 중국 당대 시인인 가도賈島는 "두 구를 쓰는 데 삼년이 걸렸네. 읊으려니 눈물이 흐르는구나"라고 말했다. 이야말로 최고의 묘사다.

보통 사람이 글을 쓸 때 '최고의 글이 나올 때까지 포기하지 않을' 만큼의 높은 잣대를 들이댈 필요는 없다. 하지만 평소 꾸준히 연습하며 다른 이의 글 속에 담긴 다양하고 다채로운 글귀를 기억하고 고민해본다면 언젠가는 그 좋은 의미와 기교를 활용할 수 있을 것이다. 글을 다 썼다면 여러 차례 고치고 다시 살피는 바보 같은 노력을 기울여야만 천천히 발전해나갈 수 있다.

더 나은 글로 다듬기

우리도 때론 영감이란 걸 얻는다. 영감이 오면 말로 표현할 수 없는 기쁨에 도취된 채 글을 마무리한다. 하지만 하루이틀 지나 다시 열어보면 평범하기 그지없다. 어휘도, 짜임새도 그저 그렇다. 글을 써 놓고 스스로 만족스러웠던 이유를 찾을 수가 없다. 우리는 이런 이유로 종종 좌절하곤 한다. 퓰리처상을 수상한 미국의 한 기자는 다음과 같이 말했다.

때론 초고가 실망스러울 때가 있다. 그건 당신이 조금 발전했다는 걸 의미한다. 아주 상세하게 써보자. 종이에 아름다운 구절과 기발한 생각을 쓰고 정확한 분위기를 만들자. 결과는 여전히 개똥 같은 초고일 뿐이다. 하지만 서두를 필요 없다. 당신에겐 수정할 시간이 있으니까.

그렇다. 좋은 글은 수정을 거쳐 탄생한다. 천재라 불린 작가들도 수정을 번거롭게 여기지 않았다. 하물며 평범한 우리가 한 번에 가능할 리 있겠는가? 초고가 나름 괜찮더라도 가장 고된 작업이 남아 있다는 사실을 잊지 말아야 한다. 수정을 할 때는 다음을 고려하자.

• 주제가 뚜렷한가?
• 어조가 적합한가?
• 정보가 완전한가? 중요한 정보를 빠뜨리진 않았는가?
• 신뢰할 수 있으며 흡입력이 있는 사례들인가?

- 논리에 문제가 있는가? 관점은 간결하고 힘이 느껴지는가?
- 표기나 문장부호, 문법에는 오류가 없는가?

문장을 수정하는 건 생각을 수정하는 것이다

문장을 수정할 때 가장 중요한 것은 자신과의 관계를 명확히 하는 것이다. 당신이 말하고자 하는 게 무엇인가? 자신을 어떤 모습으로 드러내고 싶은가? 이를 위해서 글을 여러 차례 반복해서 읽어야만 마음속 생각의 흔적을 이해할 수 있다. '빠른 진도'가 가능했던 것은 순간적인 감정에 휩쓸려 쉬지 않고 키보드를 두드렸던 탓이고 깊은 고민이 필요한 부분은 고뇌를 거치지 않고 조잡하게 썼기 때문이다.

예컨대 졸업 후 10년 만에 동문회를 찾았더니 졸업할 때만 해도 볼품없었던 동기들이 글로벌 500대 기업의 임원이 되고 열등생이었던 동문들은 창업 후 억대 연봉을 벌고 있다고 한다. 반면 자신은 평범한 회사에서 이제 겨우 과장을 달았다. 씁쓸한 마음으로 집에 돌아온 당신은 미래의 직업에 영향을 주는 것에 관한 글을 써야겠다고 마음먹었다. 술기운을 빌어 단숨에 3000자의 글을 썼고 꽤 괜찮은 글 같았다. 할 말을 했을 뿐이다. 불을 끄고 잠이 들었다. 이튿날 수정을 시작하자 문제가 속출한다. 첫 단락은 다른 사람들 이야기다. 누구누구가 원래는 이랬는데, 지금은 어떻다. 예시만 산더미다. 중간 단락은 자기 얘기를 주저리주저리 써놓았다. 결론에서는… 결론이 없다! 왜 얼른 이직하지 않았을까, 왜 많은 기회를 놓쳤을까 같은 후회와 자조만 가득했다.

몇 번을 읽은 끝에 당신은 세 가지 문제점을 발견한다. 첫째, 본말이 전도되었다. 결론은 생각도 하지 않고 그저 글을 쓰는 데만 급급했다. 둘째, 감정에 휘둘린 채 거침없이 써 내려가며 추억에 빠져서 자기 위안만 하는 글을 썼다. 기왕 비교할 것이라면, 횡적으로 혹은 종적으로 비교해야 한다. 다른 사람의 이야기를 쓰고 다시 자신의 예시를 차분히 말했어야 했다. 셋째, 너무 멀리 가버렸다. 본래는 직업에 영향을 미치는 요소를 분석하고자 했지만 결과적으로는 '동문들 잘난 순위 정하기'가 되어버렸다. 본인은 통쾌했을지 모르지만 이것이 독자와 무슨 상관이 있을까?

어찌 보면 문장을 수정한다는 건 생각을 수정하는 것과 같다. 생각이 명확하지 않거나 정상궤도를 벗어나면 글의 짜임새와 문장구조가 산만해질 수밖에 없다. 그래서 많은 글을 쉼 없이 읽고 생각하는 과정에서 문제점을 고민하며 생각을 수정해야 한다. 그래야만 논리정연하고 올바른 생각을 표현하는 글을 쓸 수 있다.

올바른 언어습관 기르기

글자나 구절을 수정할 때는 '소리 내어 읽기'를 추천한다. 자신이 쓴 글을 모니터로만 보다 보면 너무 익숙한 나머지 재차 들여다봐도 문제를 발견하기가 어렵다. 방법을 바꿔서 한 자, 한 자, 한 구절, 한 구절을 소리 내서 읽어보자. 환경이 허락하지 않는다면 속으로 읽어도 무방하다. 이렇게 하면 연결이 매끄럽지 않은 구절이나 발음하기 어렵고 지나치게 긴 문장이 귀에 거슬려서 문제를 찾아내기가 쉽다.

현대 작가이자 유명한 교육자인 예성타오叶圣陶 선생은 "언어는 소리는 있으나 형태가 없는 문장이고 문장은 형태는 있으나 소리가 없는 언어"라고 말했다. 또 "문장은 볼 수 있고 들을 수 있어야 한다"고 덧붙였다. 깊이 동감하는 바다. 글쓰기는 문자로 말하는 것이다. 일상에서 대화를 나누듯 적절한 어휘로 유창하게 말해야 한다. 귀는 심판자의 역할에 충분하다. 들었을 때 듣기 좋고, 읽었을 때 보기 좋아야 한다.

나아가 우리의 귀가 내용에 민감해지려면 올바른 언어습관을 기르는 데 초점을 맞춰야 한다. 평소에도 횡설수설하는 사람은 글도 마찬가지다. 일상적인 소통을 할 때도 간결하고 조리 있게 말하는 훈련을 해야 한다. 가령 한마디로 전달 가능하다면 여러 마디 하지 말고, 앞뒤가 맞게 의미를 전달할 수 있어야 한다. 더불어 "어", "저기" 같은 말은 되도록 사용하지 않는 게 좋다.

수정의 원칙 : 과대평가도 과소평가도 하지 말자

그럼 어느 수준까지 다듬어야 할까? 앞서 말한 '동가네 처자'를 다시 빗대어, 스스로 보기에 '더하면 너무 길어지고, 줄이면 너무 짧아지고, 분을 칠하면 너무 하얗고, 연지를 바르면 너무 붉어지는' 정도가 되어야 한다.

당신의 글을 100명의 사람에게 보여주면 100가지 의견이 돌아온다. 초보자의 경우, 자신감이 없다면 겸손할수록 이 사람의 의견도 맞는 것 같고 저 사람의 말도 일리가 있다고 여겨 이리저리 고치며 갈팡질팡할 공산이 크다. 따라서 굳이 많은 사람에게 보일 필요는 없다. 수정의 리듬도, 효율도 떨어지기 때문이다.

또 이성적이고 냉철하게 비평을 받아들여야 한다. 좋은 글의 기준은 딱히 정해져 있지 않다. 공개하기 전에 이미 온 정성을 다 쏟아부었다면 누군가 문제를 제기하더라도 주눅 들거나 '나도 그렇게 생각했는데…. 수정했다면 더 나았을 텐데…'라며 자책할 일은 없을 것이다. 그러므로 진정성을 가지고 아직 덜 여문 작품과 대면하고 수정해야 한다. 그렇다고 지나치게 높은 잣대를 들이대며 스스로를 몰아세워서도 안 된다.

한 작가는 "한결같은 질책도, 원칙 없는 자화자찬도 모두 이롭지 않다"고 말했다. 옳은 말이다. 펜을 든 자신을 불신하거나 부정하는 건 아이디어와 감정을 억누를 뿐이다. 다듬는 과정도 다르지 않다. 자신에게 엄격하면서도 너그러워야 한다. 문제를 찾기 위해 노력하고 해결하면서도 자신의 장점을 파악하는 열린 마인드여야만 당신의 장점을 살리고 단점을 보완하며 글 속에 자신만의 색깔과 자신감을 불어넣을 수 있다.

제5장

좋은 스토리 쓰기

정보시대의 사실은 비非선형적이다. (…)
복잡한 세상에선 누가 하는 말이 일리 있는지,
또 누가 하는 이야기가 듣기 좋은지를 선별해 듣는다.
만약 아직까지도 선형적 분석과 사실을 통해 설득하고자 했다면
이해할 수 없는 말만 할 뿐 이해될 만한 말은 할 수 없을 것이다.

— 미국의 작가이자 컨설턴트 아네트 시몬스Annette Simmons

글을 쓰면서 대단한 이치만을 논할 수는 없다. 그런 재미없는 글을 누가 보겠는가. 우리는 스토리로 이목을 집중시킬 필요가 있다. 가령 범죄 사건을 주제로 글을 쓴다고 생각해보자. 어떻게 서두를 열 것인가? AP통신의 팀 달베르크 기자는 다음과 같이 첫머리를 시작했다.

처음 그들은 그것이 검게 그을린 인형이라고 생각했다. 몸은 빨강, 하양, 남색의 아기 옷으로 덮여 있었다. 그것은 꼿꼿하게 앉아서 딱딱하게 굳은 팔을 하늘로 뻗치고 있었는데 마치 하늘에 닿고 싶은 듯 보였다.

광활한 아오룬 목장 밖의 깊은 계곡에서 알런 케슬러가 가장 먼저 그것을 발견했다. 계곡 안에는 낡은 TV와 폐기물들이 어지럽게 흩어져 있었다. 그가 말을 타고 깊은 계곡의 다른 쪽에 거의 도착했을 무렵 뒤에 타고 있던 아들이 큰 소리로 외쳤다.

"아빠, 아기예요!"

"이건 인형이란다." 케슬러가 답했다. "얼른 초원을 지나가야 송아지들을 부르지."

"아니에요, 아니에요. 아기예요."

황혼 무렵 태양은 긴 그림자를 드리우고 있었다. 케슬러는 말에서 내려 목장의 일꾼인 로버트와 함께 이 작은 무언가를 향해 걸어갔다. 그는 믿을 수 없다는 듯 바라보다 주머니에서 펜을 꺼내 반짝이면서도 검게 그을린 얼굴을 건드려보았다. 피부가 움푹 패었고, 액체가 흘러나왔다.

케슬러는 목장으로 돌아가 경찰을 불렀다.

1990년 10월 9일, 사람들은 그 일이 있은 후 6년 가까이 지나서야 비로소 그 아기의 이름과 그런 황량한 곳에 버려진 이유를 알게 되었다.

작가는 대화와 시각화를 통해서 피해자가 발견된 스토리를 절제된 속도로 전하고 있다. 아마도 여기까지 읽은 당신은 아침을 먹고 있었을 수도 있고, 친구와 대화를 나누고 있었을지도 모른다. 하지만 첫 단락을 읽고 난 후 당신도 나처럼 심박수가 빨라지고, 눈이 휘둥그레지는 경험을 했을 것이다. 그리고 숨죽인 채 다음을 읽어내려 갔을 것이다.

프란츠 카프카Franz Kafka는 "책은 마음속 얼음으로 덮인 바다를 깨는 도끼와 같다"고 말했다. 스토리도 마찬가지다. 감정적인 색채와 감각기관의 디테일을 담은 스토리는 독자에게 깊은 울림을 주고, 더욱 몰입시킨다.

스토리, 감정을 따라 전개되는 사실

스토리는 모두에게 필요하다. 한 연구에 따르면 인류의 두뇌는 몇만 년 전에 이미 스토리텔링이란 방식에 적응했다고 한다. 어린 시절 잠들기 전 엄마가 들려주는《백설 공주》《빨간 모자》《돼지 삼형제》등의 이야기를 좋아했다. 단순하지만 생동감 넘치는 표현을 통해 생활에 필요한 교훈을 배울 수 있었다. 학교에 가면서 접한 무협소설부터 세계 명작에 이르는 다양한 스토리를 통해 어른의 세계에 존재하는 게임의 법칙을 엿보았다. 그러면서 어리숙하게나마 세상을 보는 자신만의 시각이 생겼다.

독서의 매개체는 종이책에서 스트리밍 미디어로 대체되었다. 장황한 내용일지라도 순식간에 스쳐 간다. 하지만 스토리는 우리 마음 깊은 곳에 자리를 잡는다. 주변에 보면 책을 한아름씩

사와서는 책장에 꽂아만 두고 읽지 않는 사람들이 있다. 그나마 많이 펼쳐보는 분야라면 단연 소설책일 것이다. 스토리와 달리 이론 등은 쉽게 몰입하기가 힘든 데다가 인지 비용도 상당히 높은 까닭이다.

스토리는 기억하기 쉽다. 기억 방법 중 연상기억법이라는 것이 있다. 아무런 관련 없는 단어에 스토리를 만들어 연상하면서 쉽게 기억하는 방법이다. 스토리는 확산시키기도 쉽다. 냉랭하기만 한 이치보다 따뜻한 스토리가 있다면 더 쉽게 독자에게 다가갈 수 있다. 특히 주목받는 글쓰기는 독자들이 잡념을 떨쳐내고 글의 내용에 집중해야 하는 만큼 스토리텔링은 가장 효과적인 방법 가운데 하나다.

상상해보자. 독자들이 글을 읽을 때도 머릿속에는 여전히 복잡하고 심란한 생각들이 존재한다. 그리고 그 대부분은 글의 주제와 아무런 상관이 없다. 지금 읽고 있는 글의 가치를 알지만 스스로 여러 감정과 잡념—주변 환경의 방해는 말할 것도 없이—을 떨쳐내기 위해 노력해야만 글에 집중할 수 있다.

당신의 견해와 독자가 가지고 있는 선입견이 상반되는 경우도 있다. 만약 글로 독자들의 관심과 시선을 사로잡을 수 없다면 당신의 견해를 설득하는 일은 불가능하다. 하지만 스토리텔링을 한다면 최소한 두 가지 이점이 있다.

스토리를 활용해 자기소개를 한다면 신뢰를 얻을 수 있다

나는 글을 쓸 때 내 이야기를 자주 하는 편이다. 가장 먼저는 홍콩에서의 직장생활에 대해 썼다. 창업한 이후에는 다른 도시와 장소에서 마주하는 재밌는 일화를 썼고 이를 계기로 금융계에 대한 내 생각을 나누기도 했다. 우선 내 생활과 이야기를 하면서 더 깊이 파악할 수 있었고 글을 쓸 때만큼은 마음이 편했다. 다른 한 가지 이유는 다른 관점에서의 내 모습을 보여주고 싶었다. 비록 휴대폰 화면이라는 벽이 있지만 내가 얻은 성과와 그간 걸어온 길을 보여주면서 스펜서란 사람이 살아 숨 쉰다는 걸 확인시키고 싶었다.

자신의 이야기를 쓴다는 건 신뢰를 얻는 지름길이다. 중요한 회의에서 졸아본 경험이 있는가? 무대 위 강연자가 열심히 경험담을 읊고 있어도 나와 교집합이 없다면 공감한다는 표정으로 위장한 채 영혼 없이 고개만 끄덕이게 된다. 사실 못 알아들어도 별 상관은 없다. 저 대단한 인사와 나 사이의 연결고리 찾기가 그리 쉽겠는가. 그런데 강연자가 자신의 배경과 장점을 스토리에 녹여서 고객의 어려움을 해소해주는 자신만의 전문 지식을 소개한다면 어떨까? 아마도 당신은 강연자가 말하는 상황과 디테일까지도 고려하며 그의 제안에 대해 생각할 것이다. '내 일상에도 유사한 일이 있었던가?'라고 말이다. 그의 스토리를 바탕으로 전문 지식의 배경과 이력에 대해 이해할 수 있다면 더 많은 시선을 사로잡을 수 있을 것이다.

글을 쓰는 것 역시 마찬가지다. 독자에게 자신을 소개할 때, "저는 하버드대를 졸업하고, 글로벌 500대 기업에서 일했습니다. 세계 100여 개 나라를 다녔고, 주변사람들과 잘 어울리며 매년 부서 내에서 최고 실적을 내고 있습니다"만 줄줄이 나열한다면 잠깐의 관심을 끌며 '대단한 작가네'라는 평을 들을 수 있겠지만, 그게 다일 수 있다. 오히려 지나치게 늘어놓는 약력과 실적은 의심이나 반감을 살 공산이 크다.

시선을 끌고 싶다면 우선 신뢰를 쌓아야 한다. 최선의 방법은 자신의 성장 스토리에 성과를 담는 것이다. 살아오면서 빛났던 시절—혹은 어두웠던 시절—부터 이야기를 시작하며 어떻게 문제를 마주했고 어떤 선택을 했는지 알려준다. 한두 가지 일화로 최대한 간결하고 구체적으로 표현해서 독자가 당신의 진면목을 볼 수 있도록 하고 스스로 '내가 어떤 사람이다'라는 판단을 내려야 한다. 결코 독자가 당신에 대한 결론을 내리도록 해선 안 된다.

설득하고 싶다면 스토리로 연결고리를 만들어라

스토리 중심의 사고는 비즈니스 영역에서 먼저 시작되었다. 미국 작가 아네트 시몬스는 다음과 같이 말했다.

인간의 두뇌에서 감정의 실마리를 하나로 연결한 내용, 바로 스토리다. 청중은 그 실마리들을 따라 앞을 생각한다. 이것이 당신이 다른 사람들의 생각에 영향을 미치는 과정이다.

심리학적 관점에서 볼 때 상식을 뒤엎는 견해를 밝히고자 한다면 의견을 제시하기에 앞서 독자들이 인정할 수밖에 없는 정보부터 제시하는 게 좋다. 독자들을 자기편으로 끌어들인 후에는 당신의 견해에 논란의 소지가 있더라도 사람들은 더 경청하고, 더 쉽게 의견을 수용한다.

당신의 경험이나 스토리가 무엇인지는 그리 중요하지 않다. 중요한 건 독자 자신과 무슨 관계가 있느냐다. 안타깝게도 우리는 자신의 일에만 관심을 두는 데 많은 시간을 할애한다. 이 문제를 해결하려면 당신과 독자가 모두 알고 있으면서 익숙한 스토리를 들려줘야 한다. 예를 들어 고전영화나 베스트셀러 소설의 한 장면이라면 많은 독자들이 배경지식을 가지고 있을 테니, 당신이 전달하고자 하는 내용을 더 잘 이해할 수 있다.

혹자는 "이론은 논쟁만 불러일으키는 반면 스토리는 사람들의 마음을 얻을 수 있다"고 말한다. 실제로 강연이나 논쟁의 고수들은 스토리텔링의 고수이기도 하다. 스토리를 잘 들려준다면 딱딱한 데이터나 잔혹하기 짝이 없는 사실에 온기를 불어넣음으로써 공감대를 형성하고 당신의 의견에 좀 더 긍정적인 반응을 이끌어낼 수 있다.

만약 당신의 순진무구한 아이가 다른 사람의 말을 쉽게 믿는다면 "나쁜 마음을 가진 사람들을 조심해야 해, 스스로를 지켜야 되는 거야"라고 지치도록 말할 수도 있지만《빨간 모자》라는 그림책을 읽어줄 수도 있다. 효과적인 방법은 단연 후자다. 아이는 이야기 속 장면에 자신을 대입시킨다. 드라마틱하고 재밌는 스토리일수록 아이들은 더 큰 상상의 나래를 펼치며 긴장, 공포, 기쁨 등의 다양한 감정들을 느낀다. 아이는 낯선 사람을 만났을 때 동화 속 늑대에게 속아서 잡아먹힐 뻔한 빨간 모자가 떠오르며 조심해야 한다는 경각심을 가질 것이다. 아이에겐 이치를 알려주는 것보다 생동감 있는 스토리가 효과적이란 의미다.

스토리는 굳게 닫힌 독자들의 마음을 여는 열쇠다. 그들의 생각을 바꾸고 싶다면 우선 연결고리를 찾아야 한다. 친숙한 스토리를 통해 상호 관계를 '대립'에서 '대화'로 바꿀 수 있다면 선입견이나 좋지 않은 인상을 지우고 더욱 이성적인 '교류'를 할 수 있을 것이다.

스토리를 쓸 때
주의할 점 세 가지

우리는 어릴 때부터 스토리를 좋아했다. 그래서 어떻게 스토리를 풀어가야 할지에 대해서 정도의 차이만 있을 뿐 충분히 알고 있다. 그런데 정작 스토리를 쓰려면 도무지 갈피를 잡을 수 없다. 스토리를 수집할 때는 모순을 느끼기도 한다. 우리는 모든 걸 내려놓고 열린 마음으로 최대한 많은 정보를 끌어모아야 한다. 쓰기가 시작되면 숱한 소재를 체에 거르듯 꼼꼼히 걸러서 깔끔하고 조리 있게 표현해야 한다.

스토리를 쓰기 위한 기교는 아주 다양하지만 여기선 세 가지, 아주 중요한 원칙이자 초보자들이 주목해야 할 내용을 공유하려고 한다.

진실한 감정

반세기 전 미국의 소설가 필립 로스Philip Roth는 이런 말을 했다. "우리가 살고 있는 시대에선 그 어떤 소설가가 펼친 상상력이든 이튿날 조간신문 앞에선 맥없이 무너진다." 보통사람이 상상할 수도 없는 황당하고 터무니없는 일이 현실에서 벌어지니 작가의 펜 끝에서 만들어진 스토리가 오히려 더 사실 같다는 말이다.

전통미디어 종사자들이 뉴미디어 세계를 전전하고 뉴미디어 작가들은 신문의 서사와 유사한 스토리 전개 방식을 배우기 시작하면서 픽션과 논픽션의 경계가 점점 허물어지고 있다. 뉴스 보도가 여전히 진실하고, 객관적이며, 엄격한 수준을 유지해 나간다면 인터넷 미디어에서 산발적으로 나타나는 스토리와 소소한 디테일의 진실성 여부는 독자의 입장에선 더 이상 글의 가치를 평가하는 우선순위가 아닐 것이다.

그렇다고 진실은 외면한 채 머릿속에 떠오르는 대로 스토리를 써도 된다는 의미는 아니다. 스토리의 주제와 프레임을 구상하고 문체를 고민할 때 우리가 표현하고자 하는 생각과 감정에 방점을 둬도 무방하다는 의미다. 그것을 중심으로 사실을 찾고 맞춰간다면 충분히 주목받을 수 있는 스토리를 만들 수 있다.

복잡하고 입체적인 스토리는 많은 연상작용을 불러일으킨다. 한 문단뿐인 짧은 스토리라도 시간과 장소, 인물, 사건 등의 요소가 하나로 어울린다면 사실 여부와, 글쓴이의 주관적 의지마저도 넘어선 생명력을 가지고 독자들의 생각 속에서 발전하고 성장할 수 있다.

많은 스토리를 쓴 고수들은 '문제를 해결하는' 전문가가 아니라, 심리학의 대가다. 그들은 인간 본성의 통점과 약점을 훤히 들여다보고 작품 속에서 '사실적 진실'이 아닌 '감정적 진실'을 추구한다. 일단 그 진실에 빠져들면 독자는 감정에 이끌려 그들의 서사적 논리를 받아들이게 된다. 이런 바탕이 깔리면 사실의 진위 여부는 더 이상 중요하지 않다. 스토리에서는 사실적 진실보다 감정적 진실이 더 중요하다. 그렇지 않고서는 상상력으로 그려진 동화가 사람들의 마음을 얻고 지금까지 전해지는 이유를 설명할 길이 없다. 많은 고전작품은 스토리 속에 담긴 굴곡이나 허구성과 상관없이 술술 읽힌다는 특징이 있다.

감정적으로 진실한 글은 우선 작가의 감정이 우러나온 내용이어야 한다. 작품 속 인물에게 진실한 감정을 불어넣고, 엄숙하고 경건한 태도로 스토리를 전개해야 한다. 그렇지 않다면 맞지 않는 옷을 입고 달리기를 하는 것과 다르지 않다. 자신도, 보는 사람도 불편하게 말이다.

둘째는 '감정이 충만한 글'과 '자극적인 글'을 구분해야 한다. 이 두 가지는 완전히 별개다. 누군가는 통곡을 하면서 이야기를 해도 감정이 전해지지 않지만 누군가는 침착하고 냉정하게 전하는데도 눈물샘을 자극하지 않는가. 모든 감정을 있는 그대로 글로 옮기는 게 아니라 제삼자의 시각에서 어떻게 독자의 감정선을 건드릴 수 있을지를 냉정하게 고민해봐야 한다. 자신조차 아무런 감정을 느끼지 못하는 글이 독자에게 감동을 전할 리 만무할 테니 말이다.

표현의 절제

《뉴요커》의 칼럼니스트 수잔 올린Susan Olean은 이런 말을 했다.

글을 쓴 지 얼마 되지 않았을 무렵 우스갯소리를 늘어놓으면서 꽤나 말재간이 있는 척하는 내 자신이 교활하게 느껴졌다. 시간이 지나 성숙한 작가로서 자신감을 회복하면서 기존에 나만의 스타일이라고 착각했던 것들을 버리기 시작했다. 그리고 간결해진 스타일로 돌아올 수 있었다.

스토리 작가들을 일깨우는 글이다. 자신의 재능과 상상력을 과시하기 위해서나 감정을 토로하기 위해 허울 좋은 말들만 늘어놔선 안 된다는 의미다. 반복적인 수사, 세밀한 묘사, 장황한 독백처럼 '화려하기' 위해 나열한 부분은 오히려 독자의 집중력을 흐트러뜨리고 읽는 템포만 늦출 뿐이다. 초보자가 쉽게 하는 실수 중에 하나는 스토리는 분량 제한 없이 너른 공간을 활용할 수 있고, 표현하고 싶은 모든 것을 '던질' 수 있다고 착각하는 것이다.

글쓰기도 서비스 마인드가 필요하다. 자신을 여실히 드러낼 때는 독자도 이 과정을 동일하게 느낄 수 있다는 보장이 있어야 한다. 요즘 장편소설은 독자가 흥미를 잃을까 봐 두 페이지마다 전환점이 나타난다고 한다. 글을 쓰는 기교도 없고, 스토리마저 무미건조하다면 누가 읽겠는가?

스토리를 쓴다는 건 '절제'의 예술이다. 스토리 작가들이 호소하는 어려움은 소재가 부족하거나 얘깃거리가 없는 게 아니다. 머릿속에 떠오르는 수만 가지 생각과 사고의 흐름을 어떻게 취사선택하느냐다. 무라카미 하루키는 처음 소설을 시작할 때를 상기하며 기발하고 독특한 생각의 흐름에 대해 말했다. 처음 소설을 쓰기 시작할 때 당시의 트렌드를 몰랐고, 또 어디서부터 손을 대야 할지 몰랐던 하루키는 사고방식을 철저히 바꾸기 위해 원고지와 펜을 잠시 내려놓기로 했다.

원고지와 펜이 눈앞에 보이면 내 몸은 나도 모르게 '문학'적으로 변신한다. 그래서 캐비닛에 넣어두었던 올리베티Olivetti 영문 타자기를 꺼냈다. 그리고 영어로 소설의 서두를 열어보았다. 물론 내 영어 실력은 별로다. 그저 제한적인 단어로, 제한적인 구문으로 쓸 정도다. 문장은 당연히 짧았다. 머릿속을 가득 메운 복잡한 생각을 그 모습 그대로 표현할 수 없었다. 최대한 간단한 어휘로 글을 이어갔다. 생각은 쉽고 간결한 단어로 표현되었고, 군더더기는 떨어져 나가며 제한된 그릇 속에 담아낼 수 있을 만큼 촘촘히 짜여졌다.

'외국어 글쓰기'라는 흥미로운 실험은 하루키에게 큰 영감을 주었다.

(모국어에는 다양한 어휘와 표현이 가득하다.) 마음속의 감정과 상황을 문장으로 표현하고자 할 때 이런 내용들은 바쁘게 오가며 시스템 내에서 충돌할 것이다. 외국어로 글을 써보면 단어와 표현의 한계를 느끼게 되지만 오히려 그런 충돌은 나타나지 않는다. 어휘와 표현에 한계가 있다 보니 한정된 호응만으로도 아주 교묘하게 내 생각을 전달할 수 있다. 다시 말해 '근본적으로 어려운 말을 나열할 필요도, 심금을 울릴 미사어구도 굳이 필요하지 않다는 것'이다.

본인에게 맞는 템포를 찾을 때까지 기다린 하루키는 타자기를 다시 제자리에 가져다 놓고 원고지와 펜을 꺼내 들었다. 그리고 영어로 쓴 글을 일본어로 '번역'했다. "번역이라 함은 틀에 박힌 직역이 아니라, 자유로운 이식移植에 가깝다." 하루키는 이렇게 자신만의 독창적인 문체와 스타일을 찾을 수 있었다.

물론 일반적인 방법과는 다르지만 글쓰기를 처음 배우는 사람이라면 외국어 글쓰기가 잡념의 방해로부터 자유로워지고 생각을 간결하게 정리하는 데 도움이 될 것이다. 글쓰기 대가의 글은 어렵지 않다. 그럼에도 감정의 농도는 짙고, 간결하면서도 힘이 느껴진다. 그리고 책을 덮은 후 오랫동안 여운이 남는다. 그러므로 절제하는 법을 배우고 싶다면 줄거리, 인물, 수사, 대화 등이 과하지 않게 스토리의 흐름과 기존의 주제에 부합할 수 있도록 꾸준히 연습하여 최소의 어휘로 최대의 정보를 전할 수 있는 자신만의 템포를 찾아야 한다.

영감이 아니라 시장을 믿자

앞서 얘기했듯이 지나치게 영감에 의존했다가는 결국 아무 것도 못 쓰기 십상이다. 특히 스토리를 쓰는 사람이라면 '느낌 대로' 쓰는 것은 정말 위험하다. 이에 대해 할리우드의 시나리오 작가이자, 유명 연출가인 로버트 맥키Robert McKee는 이런 말을 했다.

풍부한 경험을 가진 작가들은 소위 영감을 믿지 않는다. 영감은 머리에서 쥐어짜낸 첫 번째 생각일 뿐이다. 머릿속에 깔려 있는 것들은 예전에 본 영화나 소설이다. 그것들은 진부하고 상투적인 것만 떠오르게 할 뿐이다.

스토리를 구상할 때 조금도 힘들이지 않고 떠오르는 인물의 이미지나 배경은 대부분 예전에 읽은 작품의 그림자일 뿐이다. 아마도 너무 전형적이어서 기억 깊은 곳에 자리 잡았는지도 모른다. 그 이야기를 그대로 쓴다면 동질화의 함정에 빠질 수도 있고 아무리 다채로운 설정을 더한다고 해도 평범함을 벗어던지긴 쉽지 않다.

진정한 영감은 더 깊은 원천에서 시작된다. 상상력을 발휘해서 여태껏 발견하지 못한 블루오션을 찾아야 한다. 들어본 적 없는 참신한 스토리—아주 어렵다—일 필요는 없다. 하지만 다양한 각색과 기존의 서사구조를 뛰어넘는 방식으로 독자들의 고정된 인식의 프레임을 깨야, '차별화'라는 목표를 이룰 수 있다. 다른 사람들이 쓴 스토리를 많이 읽어봐야만, 기발하다고 생각한 아이디어가 이미 존재한다는 사실에 난처해지는 일을 피할 수 있다. 돋보기를 든 학자의 마음으로 훌륭한 스토리와 그렇지 않은 스토리를 낱낱이 파헤쳐 각각의 성공과 실패의 원인을 분석해보자. 이런 노력은 앞선 사람들을 뛰어넘는 기발한 아이디어를 샘솟게 할 자양분이 될 것이다.

더불어 일상을 좀 더 면밀히 관찰해야 한다. "눈은 크게, 귀는 쫑긋 세우고 실리를 따지지 않은 채 무심코 지나쳤던 것들을 되돌아보고, 끊임없는 호기심으로 더 광활한 세계를 들여다본다면, 영감의 샘물이 용솟음칠 것이다." 미국 기자 케인 그레고리Cain Gregory의 말이다.

시장의 피드백을 토대로 기적을 만들어낸 사례를 살펴보자. 세계적인 베스트셀러 《내 영혼을 위한 닭고기 수프》 시리즈의 공동 저자인 잭 캔필드Jack Canfield는 책을 만든 과정을 회상하며 다음과 같이 말했다.

《내 영혼을 위한 닭고기 수프》 시리즈의 첫 권을 만들 당시 우리는 잊을 수 없는 스토리로 독자들에게 감동과 깨달음을 선사하는 책을 만들고자 마음먹었다. 당시 우리 수중에는 수많은 스토리가 있었는데 그 가운데 가장 괜찮은 스토리를 고르고 싶었다. 우리는 독자의 피드백을 받기로 했다.

40명의 평가단에게 소름이 돋을 만큼 좋은 스토리는 10점, 스토리도 훌륭하고 고민을 이끌어낼 수 있다면 9점, 스토리는 좋지만 가슴의 울림이 미흡하다면 8점, 그저 그렇다면 7점으로 점수를 매겨주길 요청했다. 모든 평가단에게 피드백의 프로세스를 설명하면서 최종적으로 만들어진 책이 다른 독자에게도 감동을 줄 수 있을지를 판단해달라는 편지를 보냈다. 우리는 엑셀파일로 피드백 점수의 평균치를 냈고, 이는 각 스토리에 대해 독자들이 어떤 느낌일지를 반영했다.

이런 방식으로 《내 영혼을 위한 닭고기 수프》에 대한 통계를 마쳤다. 그리고 지금 이 시리즈는 5억 부 이상 인쇄되었다. 만약 독자들의 피드백이 없었다면 이런 일은 불가능했을 것이다. 누가 됐든, 무엇을 쓰든, 그 타깃을 결정하는 건 상당히 중요하다.

중국 내 일부 출판사에서는 중요한 책을 발간하기에 앞서 샘플북을 만들어 시장에 내놓는다. 미디어와 독자들의 평가를 받는 과정이다. 이는 시장을 예열하고 시행착오를 줄이는 데 효과

적이다. 샘플을 읽은 사람이 당신의 독자층과 유사하다면 그들
의 피드백을 글의 내용에 반영하고 독자들에게 감동을 선사할
수 있을 것이다.

스토리 구조 설정의 세 가지 요소

글쓰기는 '봉황의 머리, 돼지의 배, 표범의 꼬리'라고 말할 수
있다. 즉, 문장의 시작은 봉황의 머리처럼 정교하고 아름답게 시
선을 끌고, 중간 부분은 마치 돼지의 배처럼 충실하고 논리적으
로 쓰고, 결말은 표범의 꼬리처럼 간결하되 힘 있고 균형감을 살
려야 한다는 것이다. 이는 스토리에도 적용된다.

궁금증과 갈등 있는 서사로 시선을 사로잡자

한번은 베이징에서 영화 시나리오 작업을 하고 있는 사람들
과 만날 기회가 있었다. 그중 한 사람이 좋은 스토리 구조란 궁
금증과 갈등, 난관과 반전이 곳곳에 깔려 있어야 한다고 말했
다. 꽤 일리 있는 말이다. 이 몇 가지 기준을 훌륭한 시나리오와
글에 대입해보았는데 실제로도 그랬다.

드라마 〈환락송 2〉를 본 사람이라면 첫 편에서 안디가

침대에 누워 휴대폰으로 요요, 관관, 판다 언니의 소리를 들으며 눈을 게슴츠레 뜨고 있던 장면을 기억할 것이다. 그녀는 문득 침대 옆의 이불이 둥그렇게 올라와 있는 것을 보고 누군가 그녀 옆에 있다는 사실을 알아차린다. 긴장한 채 조심스레 이불을 들춰본 그녀는 날카롭게 비명을 지르는데….

이때 카메라가 돌아가더니 멈춰버렸다. 시청자에게 이불 속에 있는 사람이 누군지 알려주지 않은 채 드라마 속 시간은 3개월 전 안디와 샤오바오의 휴가 장면으로 되돌아간다. 시청자의 궁금증은 폭발할 것이다. 어째서 카메라를 돌려버린걸까? 이불 속에 있는 사람은 누구란 말인가? 설사 이어지는 이야기가 고구마 100개를 먹은 것만큼 답답하게 흘러가더라도 처음 던진 궁금증의 씨앗은 시청자를 소파에 붙잡아두고 채널 선택의 자유마저도 허락하지 않는다. 글쓰기도 다르지 않다. 궁금증을 유발해야만 독자가 글에 관심을 갖고 인생에 대한 작가의 가치관은 물론 줄거리와 디테일을 다루는 능력까지 살뜰히 검증하게 된다.

가장 좋은 건 스토리의 시작 부분에서 궁금증을 유발하는 것이다. 마치 노래의 첫 소절이 관객의 귀를 사로잡듯이, 전체 스토리 전개를 위한 첫 음을 정하는 것과 같은 맥락이다.

제시카가 알고 지내던 사람 다섯 명이 살해당했다. 제시카는 자신에게도 이런 일이 일어날 수 있다고 말했다. 제시카는 부모에게 만약 6학년 무도회가 열리기 전에 자신이 살해당한다면 무도회에 입고 갈 드레스를 입혀 장례를 치러달라고 말했다.

제시카는 겨우 11살이었다. 제시카는 5학년 때부터 본인의 장례식에서 입을 옷이 무엇인지 알고 있었다. "나는 내 드레스가 제일 예쁘다고 생각해요." 제시카는 말했다. "내가 죽은 후에도 엄마 아빠에게 예쁘게 보이고 싶어요."

편집자에게 여러 번 퇴짜를 맞은 후 덴 L. 브라운_{Denn L. Brown}은 스토리의 서두를 이렇게 열기로 결심했다. 궁금증을 유발하면서도 욕망을 강렬히 대비시켜 갈등 요소를 담았다. 이 아이에게 대체 무슨 일이 있었던 걸까? 살해를 당할지도 모르는 상황에서 어떻게 자신의 장례식을 고민할 수 있을까? 이제 겨우 11살이다. 그리고 누가 그런 잔혹한 일을 벌였단 말인가? 작가의 담담한 서술을 따라가면 살해 위협을 느끼는 아이의 스토리를 보게 된다.

여기에 갈등이라는 자극을 활용하는 것 역시 독자의 관심을 끄는 특별한 방식이다. 갈등은 스토리의 줄거리를 발전시켜나가는 요소이기 때문이다. 파란 없이 조용한 일상은 무미건조하다는 사실은 피할 수 없다. 좋은 스토리 속의 갈등은 독자의 의문을 불러일으키고, 끝까지 파헤쳐보려는 의지를 발동시킨다. 독자가 마음속으로 '근데 그래서 어쨌다는 거지? 그게 나랑 무슨 상관이지?'라고 반응한다면 더 이상 관심이 없다는 의미이므로 이는 실패한 케이스다. 독자의 독서 욕구를 자극하지 못했다면 실패한 갈등이다.

밀고 당김이 있는 묘사로 상황, 분위기, 인물을 만들어라

문학 작품에서 묘사란 빠질 수 없다. 묘사의 세 가지 요소는 배경, 분위기, 인물이다. 모든 스토리는 이 세 가지 요소를 중심으로 전개된다. 어떤 인물인가? 어디서 등장하나? 지금 어떤 상태인가? 작가는 세밀한 묘사로 이 세 가지를 차근차근 풀어가야 한다. 초보자는 스토리 속에 많은 정보를 넣어 독자의 이해를 돕고 싶어서 배경과 인물의 심경을 반복해서 묘사한다. 그런 탓에 어떤 장면이든지 짙게 덧발라진 느낌이다.

예를 들어 주인공이 클라이언트와 식당에서 중요한 미팅이 있다. 10분 정도 이야기를 나누고 급한 전화를 받는다. 이 장면에서 가장 중요한 정보는 전화지, 식당도, 눈앞의 클라이언트도 아니다. 그런데 경험이 부족한 작가는 중요하지도 않은 부분을 상세하게 묘사한다. 식당의 화려한 인테리어와 종업원의 서비스, 클라이언트의 교양 있는 행동에 대한 자세한 묘사가 스토리를 더 진정성 있게 보이게 하고, 독자의 시선을 사로잡을 수 있다고 생각한다.

그러나 분별력 없는 묘사 때문에 독자들은 스토리 전개상 중요한 요소가 무엇인지를 놓치고 만다. 이 장면에서 전화 내용과 관련 있는 대상이 클라이언트라면, 이 사람의 용모와 행동을 구체적으로 묘사하고, 그 밖의 식당 외관 등에 대해선 자세히 묘사할 필요가 없다. 그래야만 독자가 어디에 주목해야 하는지를 자연스럽게 유도할 수 있다.

이 역시 우리가 자주 말하는 묘사의 농도 구분이자, 강약 조절로써 각 장면에서 가장 중요한 사물을 부각시키는 것이다. 어떤 작가는 마음속으로 분명히 알고 있으면서도 익숙한 장면이나 자신이 좋아하는—혹은 반감이 있는—인물을 그릴 때는 자신도 모르게 절제하지 못하고 주저리주저리 덧붙일 수 있다. 이와 반대로 어떤 경우에는 상세한 묘사가 이뤄져야 하는데도 넘어가버리기도 한다.

"무더운 여름날의 오후, 학교 농구장에서 남자1과 남자2가 한 치의 양보도 없이 몸싸움을 벌이고 있었다."이 장면에서는 두 사람이 어떻게 부딪혔고, 왜 싸움이 시작되었는지에 대해 자세히 설명을 하고 날씨와 주변 환경은 간단히 묘사하고 넘어가면 될 부분이다. 그렇지 않으면 독자들은 금세 지루해질 것이다. 날씨가 이렇게 더운데 왜 교실이 아닌 농구장에서 그러는 건가? 학교 안에서 이렇게 싸움이 벌어졌는데 보는 사람이 아무도 없는 건가? 반나절이 지나도록 왜 아무도 말리지 않는가? 즉, 정황 설명을 해야만 인물의 행동을 이해할 수 있다.

상황, 분위기, 인물에 대한 묘사가 얼마만큼의 분량을 차지해야 하는가에 대한 규정은 어디에도 없다. 핵심은 강약 조절이다. 특정한 부분을 두드러지게 하기 위해 다른 부분을 아예 언급조차 하지 않는다면 작가는 홀로 글에 심취하고, 독자는 온통 의구심만 가지는 흠집을 남기게 된다. 따라서 다양한 관점에서 사물을 분석하고, 여러 방향에서 문제를 고민하는 습관을 길러야 한다. 독자가 문제를 제기하기 전에 모든 가능성을 열어두고 필요한 교차 복선을 깔아둬야만 그럴듯한 이야기가 되고, 독자를 빨아들이는 흡입력이 생긴다.

근거 있고 일리 있게 묘사해야 하며 간단한 어휘로 다채로운 정보를 전해야 한다. 다음의 글을 보자.

> 한번은 채소 시장을 갔다. 이미 겨울이었다. 볕은 좋았지만 공기는 습하면서도 차가운 것이 죽간 위에 말려둔 옷 같았다. 양팔을 흔들며 걸어가는 두 꼬마는 비슷한 무늬의 솜두루마기를 걸치고 있었는데 한 아이는 잘게 썬 채소 절임 같았고, 다른 한 아이는 장아찌 같았다. 가슴패기의 진한 기름 얼룩이 마치 관우의 풍성한 수염을 담은 비단보 같았다.

장아이링張愛玲의 소설 《중국의 낮과 밤中国的日夜》의 일부분이다. 묘사는 간결하고, 어휘는 소박하지만 함축된 의미는 매우 풍부하다. 단 몇 줄로 시장의 팍팍하고 고단한 풍경이 고스란히 전해지고 기억 속에 새겨진다.

결말, 서프라이즈를 안겨줄 마지막 기회

결말은 글의 말미이자, 글이 끝났거나 아직 끝나지 않은 부분이다. 마치 음악을 듣고 난 후 마지막 부분이 귓전을 맴돌듯이 온 정신을 빼앗길 만큼 되어야 좋은 결말이라고 할 수 있다.

결말의 역할은 독자에게 글이 끝났다는 신호를 보내며 글의 요점을 강조하고, 공감대를 자극하며, 자연스럽게 마무리를 짓는 것이다. 때문에 열린 결말을 원한다면 마무리 짓기 전에 모든 복선에 필요한 해설을 덧붙여야 한다. 다 읽고 난 후 독자를 안개 속에서 헤매게 만드는 용두사미로 끝내선 안 된다.

아름다운 결말은 독자에게 예술적인 감정을 음미할 기회를 준다. 명대 문장가인 귀유광歸有光은 산문 〈항척헌지項脊軒志〉에서 그의 젊은 시절의 서재였던 항척헌을 소재로 이미 세상을 떠난 조모와 모친, 그리고 부인을 추억하며 그리움을 표현했다. 그리고 글의 말미에서 부인과 항척헌의 깊은 못에 대해 서술한 후 이렇게 끝맺음을 지었다.

뜰의 비파나무는 내 부인이 떠나던 해에 심은 것이다. 이제는 우뚝 솟아 마치 지붕과도 같다.

표면적으로는 비파나무를 말했지만 나무의 성장을 빌어 세월이 흐르는 사이 부인은 떠나고 나무만 남았다는 것을 표현했다. 이런 표현은 독자에게 글을 다시 곱씹으며 음미할 여유를 준다.

좋은 결말은 생동감 넘치는 장면이나 은유적인 색감을 가진 디테일로 검증을 거쳐 독자를 납득시킬 수 있을 만한 결론이 있어야 한다. 글의 전체적인 주제와 밀접하게 연결되면서 서두와 호응을 이루는 대칭성을 통해 문장은 완전한 '순환'을 이룰 수 있다.

《금쇄기金鎖記》를 본 사람이라면 장아이링의 '삼십 년 전의 달빛'을 기억할 것이다. 소설 속에서 달빛에 대한 묘사는 여섯 차례나 등장하며 모호하면서도 결핍된 듯한 애잔한 분위기를 연출한다. 서두는 이렇게 쓰여 있다.

삼십 년 전 상하이, 달 밝은 밤, 우리는 아마도 삼십 년 전의 달빛을 볼 수 없을 것이다. (⋯) 그러나 삼십 년이란 고된 여정을 돌이켜 보면 더없이 좋은 달빛도 쓸쓸한 건 어쩔 수 없다.

말미는 다음과 같다.

삼십 년 전의 달빛은 이미 지고, 삼십 년 전의 사람도 죽었다. 하지만 삼십 년 전의 이야기는 아직도 끝나지 않았다.

말미의 달빛은 주인공의 삶이 끝났음을 의미하며 서두의 '쓸쓸함'과 호응해 글의 분위기를 한층 우울하고 의미심장하게 만든다.

AP통신사의 글로벌 글쓰기 코치인 브루스 디실바Bruce DeSilva는 "결말은 소설을 통해 하고 싶었던 이야기를 독자의 기억 속에 새겨 며칠간 되새겨보게 만들 수 있는 마지막 기회"라고 말했다. 글을 쓰고자 한다면 독자에게 이 스토리가 어디서부터 시작되었는지, 또 어디로 흘러갈지 알려주기 위해 최선을 다해야 한다. 훌륭한 결말은 평온한 물 위에 돌을 던져 잔잔한 물결을 만들 듯 그 스토리의 주제를 독자의 머릿속에 각인시키는 것이다. 스토리의 매력이 바로 이것이다.

제6장

논리적 사고를 위한 훈련

글은 당신의 관점을 정확하게 전달해야 할 뿐만 아니라,
그 관점을 받아들이는 독자에게도 희열을 안겨줄 수 있어야 한다.

— 미국의 컨설턴트 바바라 민토Barbara Minto

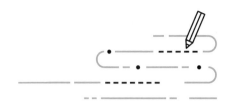

영국의 윌리엄 민토William Minto 교수는 글의 배열에 대해 다음과 같이 말했다.

글을 쓸 때 당신은 사령관처럼 천군만마를 줄 세워 한 사람이 겨우 지나갈 만한 통로를 만들도록 지휘해야 한다. 독자는 다른 한편에서 부대를 재편성하고 조직한다. 주제가 얼마나 복잡한 내용이든 당신은 이 방식으로 표현할 수밖에 없다.

글쓰기는 글을 통한 교류다. 얼굴을 맞대고 대화하며 표정과 손동작 등 신체언어까지 활용하는 것과는 다르다. 감정이 넘쳐흐르고, 아무리 절묘한 생각을 가졌더라도 문단의 구조, 문장의 배치, 어휘의 선택을 통해 정확하게 전달하지 못한다면 독자는 당신의 의도를 이해할 수 없고 감정을 느낄 수 없다. 그럼 결국 소통에 실패하고 만다. 그래서 문장의 논리가 화려한 어휘보다 더 중요하다. 평범한 언어에는 반응하지 않아도 그 의미는 이해할 수 있다. 하지만 생각 자체가 혼란스럽다면 사람들 역시 당신이 하려는 말이 뭔지 도무지 알 수 없을 것이다.

모든 표현의 문제는
논리의 문제로 귀결된다

논리, 이것은 글의 체계다. 글의 논리가 명확한 사람은 일을 할 때도 생각이 분명하고 질서정연하다.

다음의 예시를 보자.

어제 저녁 대학 동문회의 졸업 10주년 행사에 다녀왔다. 우선 동문이 개업한 음식점에서 저녁을 먹고 노래방에 갔다. 그리고 힘들게 12시가 다 되어서 집에 돌아왔다. 집 앞에서 국수를 먹었는데 아주 맛있었다. 집에 들어가서는 금세 곯아 떨어졌다. 매우 피곤했다.

이 행사는 예전에 우리 과에서 제일 별 볼일 없던 친구가 마련했다. 당시 기숙사 옆방에 살았었는데 성적도 그저 그랬고, 말도 없는 친구였다. 한참 못 본 사이 음식점 사장님이 되어 있었다. 식당의 인테리어는 매우 훌륭했고, 음식도 별미였다. 여러 해 동안 힘든 '베이징 살이'를 하면서 이렇게 맛있는 음식은 오랜만이었다. 장사는 꽤 잘됐다. 겉만 번지르르한 건 아니었다.

A는 우리 과 최고의 미녀였다. 당시 많은 남학생들의 그녀의 앞에 무릎을 꿇었지만 결과적으로 C와 결혼했다. C는 빈말을 잘하는 거 말고는 괜찮은 구석이라곤 없는 친구였다. 10년이나 지났지만 본성은 변하지 않는다는 말처럼 거드름을 피우고 허세를 부리며 시시때때로 자랑도 잊지 않았다. A가 대체 C의 어떤 모습에 반했는지는 모르겠지만 졸업 후에도 헤어지지 않고, 결혼까지 하여 딸을 둘이나 낳았다.

나도 모르는 사이 사회생활을 한 지도 벌써 10년이나 지났다. 직장에서 매일 전쟁을 치르며 살면서 대학 동문들의 정이 얼마나 소중한지 느낀다. 그때의 우리는 청춘이었고, 녹슬지 않은 실력이 있었다. 이렇게 다시 만나서 모두의 옛 추억을 소환한다. 맛있는 음식과 좋은 술을 먹고 금세 취하니 기분이 정말 좋다!

첫 번째 단락은 동문회에 다녀온 일을 말하고 있다. 문단 끝에는 늦은 밤 귀가해 국수를 먹고 잠이 들었는데, 하나는 '맛있었고' 하나는 '피곤했다'다. 글쓴이가 식사 자리에서 배불리 먹지 못했고, 많은 이야기를 나누다가 피곤해졌다는 것을 설명한다. 정상적인 논리에 따라 다음 이어지는 글은 왜 동문회에 다녀온 게 이렇게 피곤했는지 설명을 해야 했다. 하지만 두 번째 단락은 온통 식당 사장과 음식에 대한 칭찬이다. 맛이 좋고 장사도 잘되는 식당에서 글쓴이는 왜 배불리 먹지 못했는지 이해할 수가 없다. 세 번째 단락은 추억을 이용해 이야기를 전개했다. 동문의 비아냥거림은 생동적이었다고 쳐도 곳곳에 시기와 질투가 묻어난다. 특히 말미에 '소중하다', '옛 추억을 소환한다', '기분이 좋다' 등과 대조해보면 글이 기괴하게 느껴질 정도다. 만약 글쓴이가 '세월이 쏜살같고', '동문의 정은 소중하다'를 말하려면 더 설득력 있는 몇 가지 예시를 들고, 몇몇 디테일을 첨부해 독자가 글쓴이의 감정에 자연스럽게 이입되도록 해야 한다. 위의 글처럼 '소중하다', '기분이 좋다' 등의 기분으로 도배하며 어색한 독백을 해서는 안 된다.

디테일을 분석하고 다시 전체 글을 읽어보면 관점이 모호하거나 논리가 맞지 않는 부분을 발견할 수 있다. 뒤의 몇 문장을 보면 논리상 서두의 '너무 피곤하다'라는 결론을 얻을 수가 없다. 서두에서는 '너무 피곤하다'를 말하고, 말미에 가서는 '기분이 정말 좋다'라고 하면 대체 전달하고자 하는 게 무엇인지 알수가 없다.

우리가 글을 읽으면서 어딘가 불편하고 매끄럽지 않다고 느끼는 이유는 글쓴이의 어휘 문제가 아니라 논리가 불명확하기 때문이라는 사실을 알게 됐을 것이다. 논리의 핵심은 정확하고 효율적으로 문제를 고민하는 것이다. 사람은 본래 생각을 표현하려는 본능이 있다. 논리적인 표현은 여러 가지 생각 가운데 가치 있는 관점을 추려내고, 언어로 조합하고, 조목조목 따지고 분석한 후 논증을 거쳐 드러내는 것이다. 이런 과정이 부재한다면 모든 소재와 관념은 흩어진 모래알처럼 '앞뒤가 연결되지 않는' 결과를 초래한다.

비논리적 사고의 표현과 대응

글쓴이라면 글을 읽는 독자의 느낌을 간과할 수 없다. 독자들에게 익숙한 배경이나 흥미 있는 화두를 고려하는 것 말고도 글이 논리적인지, 쉽게 이해할 수 있는지도 고민해야 할 문제다. 글쓴이는 명확하고 구체적으로 표현했다고 생각하지만 독자의 오해와 왜곡을 불러오는 안타까운 경우가 있다. 원인이 무엇일까? 물론 이해력 부족 탓일 수도 있고 의도를 왜곡하여 받아들인 결과일 수도 있다. 하지만 가장 큰 가능성은 당신의 생각이 전개되는 순서와 독자가 그 정보를 받아들이는 습관 사이의 모순이다.

예컨대 당신은 상사에게 보고하기 위해 몇십 개의 프로젝트 보고서를 작성했다. 보고서에는 기본적인 진행 상황만 나열했을 뿐 분야별 정리는커녕, 종합적인 분석이 빠져 있다. 상사는 한 무더기의 보고서를 봤지만 진행의 어려움이나 완성도, 물자 조달의 급박함, 각 프로젝트의 효율성 등에 대해서는 알 도리가 없다. 이는 보고를 받지 않은 것만 못하다. 보고서를 쓰지 않은 셈이다. 이런 상황에서 상사가 당신을 욕하지 않는다면 누굴 욕해야 하겠는가?

또 다른 경우를 보자. 긴 문장 쓰기를 선호하는 사람은 마침표 없이 두 줄에 달하는 문장을 쓰고는 유창하고, 밀도 있는 문장이라고 자화자찬한다. 독해력이 좋은 경우라면 군더더기를 걷어내고 주어·술어·목적어 구조만을 분석했을 때 문제가 없다고 판단할 수 있지만 독자는 피곤할 수 있다. 독해력을 테스트하려고 읽는 게 아니다. 어렵게만 말하면 누가 귀를 기울이겠는가?

글의 논리를 얘기하기 전에 분명히 해둬야 할 것이 있다. 글쓴이의 머릿속 정보들을 코드화해 출력했을 때 글이 어떻게 해석될지는 독자에게 달렸다는 사실이다. 그러므로 정보를 편집해서 출력하기 전 독자가 글을 바르게 해석하는 데 들이는 에너지를 낮춰야 한다. 즉, 글쓰기는 독자의 이해를 돕는 게 목적이다. 다른 이와 소통할 때 당신은 '들을' 뿐이지, 모두 '알아들은' 것이 아니듯이 당신이 '썼다'는 것이 모두 '정확히 썼다'는 의미는 아니다. 독자의 입장에서 글의 구조와 어휘를 고민해야만 전하려는 내용과 독자가 이해하는 내용의 편차를 줄일 수 있다. 당신이 정확하게 쓴다면 독자도 충분히 이해할 수 있다.

다음은 글을 쓸 때 자주 나타나는 몇 가지 논리적 오류에 대해 설명해보려고 한다. 초보자라면 더욱 주의를 기울이길 바란다.

오류 1: 모호한 어휘나 다의어의 사용

저녁 약속을 잡는다고 생각해보자. 만나기로 한 사람에게 문자로 만날 시간과 장소를 물어본다. "이번 주 금요일 구이제 근처에서 봅시다"라는 회신이 왔다. 만족스러운 답변인가? 당신은 분명 이렇게 생각할 것이다. "좀 더 자세히 말해주실 수 없을까요? 몇 시쯤 어느 식당에서 만날 건가요?" 만약 약속한 날까지 정확한 내용을 전달받지 못했다면 다시 연락해서 정확하게 물어보고 나서야 비로소 외출할 수 있을 것이다. 이는 정보가 부정확하게 전달되면서 불편을 초래한 사례다. 만약 약속을 정하는 사람이 "구체적인 내용은 목요일 퇴근 전까지 다시 알려드리겠습니다"라고 간략한 설명을 더했다면 상대에게 계획이 있고 그 시간까지 시간과 장소가 정해질 것이라는 걸 알기 때문에 초조할 필요가 없을 것이다.

또 걷다가 실수로 발을 삐끗했다고 가정해보자. 길에 앉아서 일어나지 못하면 도움이 필요할 것이다. 사람들이 계속 지나가지만 아무도 당신에게 관심을 갖지 않는다. 어떻게 해야 할까? 만약 여러 사람들을 향해 "저 좀 도와주실 분 없으신가요?"라고 외친다면 적지 않은 수의 사람들이 돌아보겠지만 그게 다일 수도 있다. 처음 보는 낯선 사람한테 흔쾌히 손 내미는 사람은 많지 않을 것이다. 방법을 바꿔보면 어떨까? "거기 검정색 트레이닝복을 입고 안경을 쓰신 선생님, 저 좀 부축해주실 수 있으세요?" 나는 확신한다. 그렇게 지명된 그 사람은 십중팔구 당신을 도울 것이다. 도움을 요청한 대상이 분명했고, 부탁 역시 매우 구체적이었기 때문이다. 상대가 도와야 할지 말지를 고민하고 있을 때 구체적인 상황을 알린다면 소통하고 해명할 기회를 얻을 수 있다. 이처럼 소통은 효율이다. 애매모호한 표현으로 '수수께끼 풀이'를 시켜선 안 된다. 글을 쓸 때도 정확한 어휘를 사용하여 표현해야 한다. 모호하고 불분명한 표현으로 상대를 혼란스럽게 해선 안 된다. 특히 다의어 사용이나 중의적인 표현은 혼란을 가중시킬 수 있으므로 피하자.

미국의 철학과 교수이자 유명한 논리학자인 D.Q 매키너니 D.Q. McInerney가 공유한 다음 사례를 통해 부정확한 어휘가 생활에서 웃지 못할 일을 만들고 재난과 다를 바 없는 결과를 초래한다는 점을 알 수 있다.

숲속 작은 오솔길 입구에 서 있는 표지판에는 이렇게 쓰여 있었다. '곰, 오른쪽 방향'. 여행자들의 입장에서는 곰을 피해 오른쪽 길로 가라는 것으로 이해할 수도 있고, 오른쪽 길로 가면 곰이 있으니, 오른쪽으로 가지 말라는 의미로 이해할 수도 있다. 두 가지로 해석이 가능하지만 의미는 완전히 다르다.

이런 모호한 상황을 피하려면 표지판을 만드는 사람이 애초에 명확하게 적었어야 한다. 예를 들어 아래와 같이 바꿀 수 있다.

"왼쪽으로 가시오, 오른쪽으로 가지 마시오, 오른쪽에는 곰이 출몰합니다."

글을 쓸 때는 표현이 명확해야 한다. 그러기 위해서는 몇 가지에 주의를 기울여야 한다. 첫째, 복잡한 상황은 간단히 말하고 간단한 상황은 완전하게 말해야 한다. 연구보고서를 쓰는 경우가 아니라면 세세히 온갖 내용을 다 설명할 필요는 없다. 복잡한 일일수록 간단하게 요점만 추려서 갈등과 주제가 드러나도록 하면 된다. 말이 너무 장황하고 세세해진다면 독자는 앞부분의 내용을 잊고, 중요한 것이 뭔지 알 수 없게 된다. 복잡한 사안을 간단하게 말하고, 간단한 내용은 혹여 빠진 부분은 없는지 살펴야 한다.

모든 사람은 인지의 맹점을 갖고 있기 마련이다. 모두가 알 거라고 믿었던 일이나 당신이 아주 잘 알고 있는 어휘를 누군가는 모를 수도 있다. 그러니 "모두가 알다시피…"와 같은 말을 써서 구체적인 언급 없이 넘어가지 않도록 한다. 어떤 개념이나 원칙에 대해 언급해야 한다면 상식이라고 여겨지는 일일지라도 간략한 설명을 덧붙이는 게 좋다. 독자들이 당연히 이해할 거란 생각은 버려야 한다.

둘째, 이중부정에 신중해야 한다. "어느 한 사람도 그녀가 우수하다고 말하지 않은 사람이 없다", "나는 가고 싶지 않은 것이 아니다", "당신은 절대로 오지 않으면 안 된다"와 같이 이중부정은 긍정의 의미를 강조하는 기능이 있다. 부정인 듯 들리지만 실제로는 긍정의 의미로, 돌려 말하는 듯한 느낌이 있다. 논리 논증에서 가장 중요한 것은 분명함이다. 그러나 긍정 명제와 부정 명제를 섞어 놓으면 혼돈을 야기할 수 있다. 애매모호한 의미를 피하기 위해서 본래 의미 그대로 쓰는 게 최선이다. "나는 무척 가고 싶다", "당신은 반드시 와야 합니다"라고 쓴다면 얼마나 깔끔하고 명료한가.

물론 부정 명제의 장점도 있다. 쓰지 말라는 의미가 아니라 구체적인 상황과 요구에 따라 신중하게 활용해야 한다는 말이다. "이건 정말 최악의 결정이야"라는 말보다 "이렇게 하면 안 되는 건 아니지만…"이라고 말한다면 다소 완곡해 보인다. "어느 한 사람도 그녀가 우수하다고 말하지 않은 사람은 없다"와 "모두 그녀가 우수하다고 말했다"라는 두 문장의 의미는 같다.

앞의 문장은 대화에 어울리는 표현이고 균형을 통해 강조의 의미를 전달한다. 반면 뒷문장은 글을 쓸 때 더 적합한 문장으로 명확하게 의미를 전달할 수 있다.

오류 2: 관점만 있고 설득할 만한 논리가 없다

글을 쓸 때는 자신의 관점과 입장이 드러나기 마련이다. 관점이 좋고 나쁘고를 떠나서 우선은 독자가 납득할 만한 글이어야 한다. 그렇지 않으면 그저 하고 싶은 말을 쏟아내는 것과 다를 바 없다. '자기 만족형' 글쓰기는 견해를 늘어놓고 그 말이 맞는지 증명하지 못하는 유형이다. 독자들은 결론에 이르는 과정은 경험하지 못한 채 글쓴이가 내놓은 결론을 수동적으로 받아들이는 수밖에 없다. 이런 글은 다소 투박한 느낌을 피할 수 없다.

또 어떤 경우, 예시를 늘어놓으며 어떻게 분석했는지는 설명하지만 소재의 신뢰도에는 의구심을 품게 만든다. 논거에 문제가 있으면 전반적인 논리 추리는 설득력을 잃어버린다. 예를 들어 뉴스에 보도된 내용이나 사회적인 이슈는 뉴미디어에 글을 쓰는 사람들에게 영감의 원천이라고 할 수 있다. 특히 돌발 사건에 대해 사람들은 촌각을 다투며 포스팅을 한다. 누가 먼저 포스팅하고 어떤 관점을 제시하느냐에 따라 조회수 '10만+'가 결정된다. 어떤 이들은 시간의 압박으로 자료 수집과 정보의 검증을 제대로 하지 않고, 다른 이들의 평론을 급히 짜깁기하여 자신의 글로 둔갑시킨다. 심지어 뉴스의 일부만 보고 전체를 판단하며 여론 몰이를 한다. 글을 쓰는 사람으로서 상당히 무책임한 태도다.

독자의 신뢰를 얻으려면 냉정한 마음가짐으로 진중하게 생각하는 훈련이 필요하다. 첫째, 사실 확인과 견해에 대한 고민이다. 논증을 추리하는 과정은 상당히 복잡해 보이지만 본질적으로 모든 논증은 두 가지 유형의 명제로 구성된다. 하나는 '전제'이고, 다른 하나는 '결론'이다. '전제'는 토대가 되는 명제로써 논증의 시작점이며, 추리에 바탕이 되는 기초적인 사실을 내포한다. '결론'은 증명된 명제로써 '전제'를 기초로 얻은 것이며 모두에게 수용된다. 한 가지 정확한 '전제'는 효과적인 논증의 토대다. 증명되지 않은 정보라면 성급하게 견해를 내놓아선 안 된다. '조사하지 않았다면 발언권도 없는 것'이다. 자료를 면밀히 관찰하고, 충분히 검토하여 정확한지를 살펴보자. 미흡할 경우 글이 이슈가 되었다 하더라도 사실이 밝혀지면 여론의 뭇매를 맞을 수도 있다.

둘째, 감정을 극복하고 주관적인 견해를 객관적인 사실처럼 말하지 말자. 어떤 문제에 대해 충분히 조사와 연구를 해야 하고, 특정인에 대해 감정적이어선 안 되며 함부로 도덕적인 잣대를 들이대서도 안 된다. 또한 당사자 혹은 주변인의 주관적인 견해를 객관적인 사실처럼 전파해서는 안 된다. 사람은 복잡하고 감정적이다. 글쓴이가 감정에 휩쓸리면 이성적인 사고가 불가능해지기 때문에 글의 갈피를 잡지 못하거나 오판을 할 수 있다. 흥분한 상태라면 서두르지 말고 마음이 가라앉기를 기다린 후에 다시 쓰자. 그래야 객관적이고 조리 있게 글을 쓸 수 있다. 따라서 자료 수집 과정에서 객관적인 사실인지, 주관적인 견해가 담긴 의견인지를 철저하게 분석하고 사실이 아닌 것은 논하지 말아야 한다. 가장 좋은 글쓰기는 사실에 근거해서 쓴 글을 독자가 판단하는 것이다. 결코 글쓴이가 도덕적인 판단까지 해선 안 된다.

오류 3: 전문가 의견 맹신

스티븐 호킹Stephen Hawking은 인류는 머지않아 AI에 의해 종말할 것이라고 예언했다. 꽤 일리 있는 말처럼 들린다. 호킹 박사는 우주의 블랙홀을 발견하여 인류의 우주 관념을 새로 쓴 전문가 아니던가. 호킹 박사의 AI에 대한 예언이 정확하다면, 예언을 뒷받침할 중요한 논거도 함께 제시했는가? 답은 아니다. 엄밀히 말하자면 호킹 박사의 전공 분야는 우주론과 블랙홀이지 AI가 아니다. 그의 학술 업적이 위대하고, 사회적인 인지도가 높은 것은 사실이지만 그렇다고 다른 전문 분야의 의견도 모두 옳은 것은 아니다. 인공지능이 인류 사회에 미치는 영향을 평가하려면 그 분야에서 더 전문적인 사람들의 의견이 있어야 신뢰를 얻을 수 있다.

글을 쓸 때, 특히 업계를 분석하는 내용이라면 전문적인 견해를 인용하는 것은 피할 수 없다. 위와 같은 예시에서 볼 수 있듯 어떤 전문가라도 특정한 분야에서 권위가 있다면 그 분야가 아니라도 그의 견해를 참고할 수는 있겠다. 설사 특정 분야의 전문가더라도 전문적인 분야와 관련된 문제에 대한 의견 역시 완벽하고 공정하며 객관적일 순 없다. 예컨대 특정 기업이 제품에 새로운 성분을 사용했다는 걸 강조하기 위해 몇몇 '전문가'에게 해당 성분의 안전과 효과에 대한 글을 써달라고 요청한다. 비록 '전문가'이긴 하지만 그들이 쓴 글에는 소비자들에게 중요한 정보가 빠져 있을 수도 있다. 극단적인 예지만 이런 상황이 벌어진다면 소비자는 '전문가의 의견'을 믿고 샀다가 부작용 같은 낭패를 볼 수도 있다.

그러므로 다양한 채널을 통해 다수의 전문가들이 내놓은 의견을 주의 깊게 분석하고 식별하여 전문가의 의견이라고 무조건 맹신하는 오류를 피해야 한다. 그러기 위해서 아래의 몇 가지를 주의하자.

- 해당 분야에 적합한 전문가인지 판단해야 한다.
- 전문가의 의견을 들을 때는 최소한 세 명 이상의 조언을 구하고, 쟁점이 될 만한 견해는 염두에 둬야 한다.

- 이치를 따지고 논술하는 내용은 모든 전문가들이 공감대를 이룬 의견을 바탕으로 해야 하며 의견 대립이 있다면 양측의 입장을 분명하게 제시하고 한쪽으로 치우쳐선 안 된다.

오류 4: 생각만 있고 고민하지 않는다

글쓰기에도 '출첵' 훈련이 있다. 정해진 기간(일반적으로 짧은 기간)마다 일정한 글자 수(예를 들어 8000~1만 자)를 쓰면 '미션 클리어'다. 주제, 구조, 문체, 글 쓰는 장소는 마음대로다.

제안한 사람의 설명에 따르면 이 고강도의 훈련은 뭘 써야 할지 모르는 사람에게 자아를 인지하게 하며 주변 환경과 머릿속 생각에 민감하게 반응하는 연습이 된다고 한다. 많은 글을 쓸수록 실력은 늘고, 표현력을 향상시킬 수 있으며 글쓰기 습관을 들일 수 있다. 어쩌면 제안자는 '만 시간 법칙'의 영향을 받았을지도 모른다. 하지만 글쓰기의 가장 큰(혹은 최대 도전) 가치는 '쓰는' 데 있지 않고 '고민하는' 데 있다. 생활 속에 쓸 만한 소재는 아주 많다. 많은 사람들의 문제는 쓸 게 없는 게 아니라 어떻게 고민해야 할지를 모르고 무엇을 써야 할지를 모르는 것이다.

출첵 훈련은 시간의 압박 속에서 소재를 선별하고 본 것과 생각나는 걸 쓴다. 표현에 대한 어떠한 고민 없이, 어떻게 생각하든 있는 그대로 써 내려가는 것이다. 이런 훈련은 정식적인 창작 활동 전의 '워밍업'으로는 좋지만 이 방식으로 창작을 하는 건 곤란하다. 이렇게 쓴 글은 글쓴이의 정리되지 않은 생각이 그대로 드러나거나 문장이 다듬어지지 않아 지나치게 장황할 수 있다. 입장이 분명하지만 그저 수박 겉핥기식으로 문장만 나열된 글이라면 분명한 뜻을 전달할 수 없다. 진정한 의미의 창작과는 거리가 멀고 진정한 '글쓰기'라고 보기에도 상당한 무리가 따른다.

소크라테스는 "성찰하지 않는 인생은 가치가 없다"고 말했다. 생각(관점)보다 중요한 게 고민의 과정이다. 겉으로만 문제를 분석하고 고민의 과정을 거치지 않은 채 견해를 밝히는 글은 기교가 아무리 훌륭하더라도 영혼을 느낄 수 없다. 글쓰기에 필요한 것은 훈련이다. 펜을 놓지 않고 쓰는 양을 늘리는 것도 중요하지만 꾸준히 깊게 생각하는 훈련을 통해 질적 성장을 실현해야 한다. 구체적으로 어떻게 해야 할까? 중요한 몇 가지를 소개한다.

첫째, 처음 떠오른 생각과 쉽게 얻은 결론을 경계하자. 깊이 있는 생각은 유용하지만 고통스럽다. '편안함을 추구하고 힘든 일을 회피하는' 인간의 본성을 위배하는 일이지 않은가. 인간은 생각하지 않기 위해서라면 무슨 일이든 한다는 말도 있다. 쉽게 떠오르는 관점은 대개 평범하고, 조잡하고 심지어 오류가 있다. 다른 사람 역시 나와 유사한 추론을 할 수 있다. 직감에 따라 행동하지 말고, 문제의 표면에서 생각을 멈추지 말자. 처음 떠오른 생각은 '확인하지 않은 관점'이다. 다시 조사하고, 논증을 거치고 면밀히 살핀 뒤 보완해야 한다.

둘째, 관점을 내놓기 전에 충분한 이해가 선행되어야 한다. 종이를 꺼내 구체적인 사안에 대해 알고 있는 정보는 왼편에, 모르는 정보는 오른편에 써넣자. 하나하나 따져보고 가장 이해하기 어려운 부분을 찾아보자. 그리고 5W1H 방식에 따라 질문을 던져보자. 5W1H는 영어의 Who(누가), What(무엇을), When(언제), Where(어디서), Why(왜)와 How(어떻게)를 말한다. 질문을 던졌으면 이 문제에 대한 답을 찾자. 다각도로 문제에 접근하면서 전반적으로 고민의 깊이를 더해야 한다.

가령 완전히 상반된 의견을 가진 두 아이가 싸움을 하고 있다고 상상해보자. 종이를 가져와서 왼편에는 찬성하는 이유를, 오른편에는 반대하는 이유를 적고 비교해보면 어떨까? 마치 양파 껍질을 벗기듯 대략적으로 이해했던 부분을 좀 더 깊이 들여다볼 수 있을 것이고 이전의 직감과 처음 받았던 인상과는 다른 면목을 볼 수 있을 것이다. 그 다음 관점을 제시하고, 결론을 얻자. 부족한 점은 있겠지만 당신은 독립적으로 깊이 있는 사고를 거쳐, 논리적으로 손색없는 추리를 한 것이다.

셋째, 귀납법을 활용하면 간단명료하게 의견을 피력할 수 있다. 사실에 대해 깊이 있게 이해한 후 자신의 견해가 생겼다면 그를 적절한 방식으로 명확하게 표현해야만 독자는 당신의 이야기에 귀 기울일 것이다. 이 세상에 절대적으로 옳은 생각은 없다. 단지 의견이 다르다는 것을 기억해야 한다. 혹여 틀릴까 두려워서 자신의 의견을 당당하게 말하지 못한다면 어리석은 일이다.

다음으로 귀납 종결을 배운다면 뚜렷하게 당신의 관점을 드러낼 수 있다. 문제를 고민할 때 연역 추리의 방식은 좋은 방법이다. '아래의 몇 가지를 파악했다면 흡입력 있는 글을 쓸 수 있다(전제)-그 가운데 몇 가지는 칭찬할 만했다(사실)-그래서 당신의 이 글은 논리가 떨어진다(결론).'

관점을 제시할 때 연역법 추리 과정은 다소 번잡하기 때문에 독자 입장에선 이해하기 어렵다. 귀납법으로 바꾸면 더 논리정연하고 관점도 더 명확해진다. '당신의 글은 흡입력이 없다(관점)-구체적으로 몇 가지 부분에서 나타난다(이유)-이렇게 고치면 더욱 흡입력 있는 글을 쓸 수 있다(제안).' 결론이 앞에 오면 독자는 생각을 곱씹어볼 수 있기 때문에 글을 읽는 내내 당신의 생각을 추측해야 하는 수고를 줄일 수 있다.

넷째, 독자들의 질문이나 반박을 글에 대해 고민하는 계기로 삼아야 한다. 공개적인 글을 통해 의견을 개진했다면 트집이나 질의에도 대비해야 한다. 논쟁이 있다는 건 좋은 일이다. 상대방이 트집을 잡거나 생각을 나누고 싶어 할 때 평상심을 유지하면서 감정에 치우치지 말아야 한다. 또한 본질을 보며 열린 마음으로 다른 사람이 제시한 의견을 경청해야 한다.

나는 SNS를 통해 많은 메시지를 받는다. 내 글에 찬성하는 의견도 있고 반대하는 의견도 있다. 따뜻한 의견도 있고, 감정이 섞인 의견도 있다. 나는 이런 토론 기회를 매우 좋아하고 소중히 여긴다. 반박하는 의견에 바로 내 의견을 개진하지 않고, 반박이 아니라 질문이라고 여기며 곰곰이 생각해본다. 만약 내 글에서 반박할 만한 여지가 있다고 판단되면 내 의견을 한층 보완한다. 그러나 반박하는 의견이 편파적이라면 표현이 신중하지 못하거나 불명확해서 독자의 오해를 산 게 아닌지 반성하고 필요한 경우 댓글로 보완한다. 누군가 당신의 의견을 반박한다면 더 깊이 있고, 구체적인 토론으로 이끌어야 한다. 반박을 위한 반박은 무의미한 감정 대립만 초래할 뿐이라는 걸 명심하자.

세 가지 기술로
더 논리적인 사고하기

언어는 천부적인 재능과 그동안 쌓아온 내공을 중시한다. 십수 년 동안 문학작품을 읽으며 농축한 내공이 글에 피어오른다. 이제 막 글쓰기를 시작한 사람이 서툰 것은 정상이다. 글 솜씨란 하루아침에 달라질 일이 아니다. 하지만 논리를 갖추는 것은 다른 얘기다. 이는 비교적 단기적인 훈련으로 개선이 가능하다. 물론 단숨에 180도 변화가 나타나진 않겠지만 부단히 훈련한다면 차츰 개선되는 모습이 보일 것이다.

개요 짜기: 카테고리별로 소재 분류하기

논리란 간단히 말해 마음의 흐름이다. 마음이 순조롭게 흘러가야 논리의 전개도 순탄하다. 우리의 감정과 생각은 번복되고 뒤죽박죽될 때도 있지만 글은 반드시 조리 있게 써야 한다. 초보자라면 막힘없이 생각하는 훈련을 해야 한다. 그러기 위해서 정식으로 글을 쓰기 전에 마음속으로 개요를 짜보자.

글을 써본 사람들은 구상하는 시간이 글 쓰는 시간보다 더 길다고 말한다. 깊이 공감하는 바다. 나 역시 그렇다. 대충 생각하고 주요 관점과 논리적인 구조를 생각해놓지 않는다면 쓰다가도 중간에 멈추고 글 전체가 뒤죽박죽이 되어버린다. 개요는 손이 가는 대로 메모하면 된다. 혹시 그럴 시간조차 없다면 마음속으로라도 개요를 짜보자. 속으로 첫째, 둘째, 셋째를 생각해두는 것이다.

혹자는 이런 질문을 던질 것이다. 많은 고수나 대가는 개요를 짜지 않고 펜을 들자마자 단숨에 글 한편을 완성한다고, 이건 어찌된 일이냐고 말이다. 그런 사람들은 개요를 짜지 않은 것이 아니라 오랜 훈련을 통해서 머릿속으로 빠르게 소재를 구상하고 관점을 정리했을 거라고 답하고 싶다. 능숙해질수록 개요를 짜는 데 필요한 시간은 줄어든다.

개요를 짜는 핵심은 소재를 카테고리별로 분류하는 것이다. 한 연구 결과에 따르면 사람의 뇌가 한 번에 이해할 수 있는 생각이나 개념은 제한적이라고 한다. 심리학자 조지 A. 밀러George A. Miller는 관련 논문에서 뇌의 단기기억은 한 번에 일곱 개 이상의 항목을 수용할 수 없으나 일부의 경우 한 번에 아홉 개가량을 기억할 수 있고, 또 다른 일부는 다섯 개밖에 기억하지 못한다고 밝히며 세 개 정도는 대부분 쉽게 기억할 수 있다고 덧붙였다. 물론 가장 기억하기 쉬운 것은 한 가지일 것이다.

따라서 뇌가 처리해야 하는 항목의 수가 네 개 혹은 다섯 개가 된다면 기억의 편의를 위해 대상을 각각의 논리 범위로 분류한다. 우리가 산만하게 흐트러진 정보들을 접했을 때 당혹감을 느끼는 이유가 바로 분류가 이뤄지지 않았기 때문이다. 하지만 항목을 카테고리별로 구분한다면 쉽게 기억할 수 있다.

카테고리별 분류는 단순히 동일 항목을 묶는 게 아니라 항목간의 논리 관계를 찾아내서 대략적인 내용을 추상적인 단계로 끌어올리는 것을 말한다. 예를 들어 '수박, 우유, 달걀, 요거트, 무, 귤, 청경채, 바나나, 가지'를 봤다고 치자. 단숨에 기억하기 쉽지 않을 것이다. 그런데 이것들을 카테고리별로 구분해본다면 어떨까? '채소: 무, 청경채, 가지', '과일: 수박, 귤, 바나나, '유제품: 우유, 달걀, 요거트'로 기억한다면 좀 더 쉬울 것이다. 이렇게 분류하는 과정 역시 추상적인 사고의 수준을 한층 업그레이드시켜준다. '채소, 과일, 유제품'이라는 카테고리를 한 단계 상위 개념으로 발전시키면 '음식'으로 분류할 수 있다. 이런 방식을 통해서 우리는 각각의 소재와 관점 사이에서 연결고리를 찾고, 논리를 개진하는 과정에서 생각의 깊이를 더해갈 수 있다.

하버드대학을 졸업하고 맥킨지 역사상 최초의 여성 컨설턴트가 된 바바라 민토는 이를 기초로 유명한 '민토의 피라미드 원칙'을 제시했다. 이는 단계적이고 구조화된 사고와 도구로써, 글을 쓰기 전에 우선 표현하고자 하는 관점에 대해 분류하고, '피라미드 구조'로 쌓는다. '중심 생각'을 핵심으로 줄기별로 위에서 아래로 뻗어가며 독자에게 보여주는 것이다. 피라미드의 꼭대기에 가까울수록 그 생각의 가치는 올라간다.

어떤가? 시원한 느낌이 드는가? 글을 쓰기 전에 무엇을 쓰려는지 명확하게 확립되어 있다면 피라미드 원칙은 글의 프레임과 논리를 규범화하는 데 큰 도움이 될 것이다. 펜을 들기 전에 생각이 모호하다면 작은 부분부터 카테고리별 분류 방식을 활용해도 무방하다. 소재에 대해 분석하면서 관점을 정리한 후 세부 논점 사이의 논리적 연결을 통해 중심 논점을 뽑아낼 수도 있다.

구조 잡기: 디테일보다 프레임

글의 세부적인 사안을 고민하는 것도 중요하지만 최우선은 아니다. 전체적인 그림이 없다면 세부적인 묘사가 아무리 훌륭해도 불명확할 뿐이다. 글의 전체적인 구상을 한다는 건 결국 전체적인 기획을 말한다. 전략적으로 큰 그림을 그려야만 기초 건설을 진행할 수 있다.

논리의 가장 중요한 부분은 바로 구조다. 전체 글의 구조는 집을 지을 때의 철강구조와 같다. 전체 구조물이 탄탄하지 않은 건물을 보고 날림공사를 했다고 말하듯 글 역시 마찬가지다. 모든 내용의 전체적인 구조를 봐야 한다. 쓰고자 하는 내용을 우선 늘어놓고 상호간의 연결고리를 고려하여 어느 부분을 먼저 놓고, 어느 부분을 뒤로 배치할지를 충분히 고민해야 한다. 집의 전체 설계가 먼저 완성되어야 한다. 그럼 집의 세부적인 배치는 어떻게 해야 할까? 만약 집의 내부 설계가 엉망진창이라면 전체적인 구조가 좋아본들 아무 소용이 없다. 이런 경우라면 세세한 부분을 고려해 큰 방향을 잡은 후 각 단락의 내용들을 적절하게 배치해야 한다.

당신은 몇 단계로 현상을 분석하고 관점을 피력할 것인가? 사례 사이의 논리 관계는 어떠한가? 각 사례는 무엇을 설명하는가? 단계가 점진적으로 이뤄지고 내용이 이치에 맞으며 근거가 있어야 설득할 수 있다. 결론적으로 애매모호한 글은 쓰지 말자. 추론을 통해 종합적으로 판단하고 돌아봐야 좋은 글을 완성할 수 있다.

논리를 연결하는 기술

모든 글에는 내재적인 논리 관계가 있다. 좋은 글은 읽고 나면 속이 후련하지만 그렇지 않은 글은 오히려 독자의 혼란을 가중시킨다. 자신의 생각과 입장을 대중에게 완벽하게 전달하고 싶다면 다음의 세 가지를 기억하자.

첫째, 내부 관계를 명확히 하자. 논리에 따라 각 단락의 내용을 적재적소에 합리적인 순서로 배열해야만 전달력이 높아진다. 서두, 중간, 결말의 단계는 각각 글에서 문제를 제시하고, 분석한 후, 해결하는 단계에 해당한다. 관계가 분명해지면 논점을 명확히 전달할 수 있다.

둘째, 접속어를 올바르게 활용하자. 빈번하게 사용하는 어휘인 접속어는 글의 논리를 강화시켜주는 데 매우 중요한 역할을 한다. 접속어는 앞 문장을 받아서 뒤의 문장을 이어주고, 각 단락과 문장 들을 이어주는 역할을 한다. '왜냐면, 그래서, 비록, 그러나, 하지만, 그런데, 기왕에, 설사, 만약, 그래야만, 따라서, 그러므로' 등의 단어는 중요해 보이진 않지만 실제로는 글을 더욱 조리 있고, 매끄럽게 만들며 전달력을 높이는 데 힘을 보탠다.

셋째, 표현 방식에 신중을 기하자. 접속어 외에 일부 단어들도 접속어와 같은 연결 기능을 한다. 이런 어휘를 적절히 배치하면 갑작스럽게 글의 흐름이 바뀐다는 느낌을 방지할 수 있다. 단, 반복적인 사용은 흐름을 깰 수 있으니 주의한다.

제7장

직장 내
업무 관련
글쓰기

전문성, 21세기 유일한 생존 방법이다

- 일본의 경제학자 오마에 겐이치大前研一

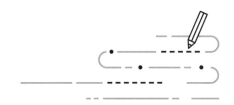

일본 경영학의 대가 오마에 겐이치의 《프로페셔널의 4가지 조건》 표지에 적혀 있던 이 문구는 내게 큰 깨달음을 주었다. 내가 졸업하고 홍콩에서 처음 시작한 일은 글로벌 분산투자였다. 낮에는 일하고, 저녁에는 SNS 계정에 재테크와 관련된 글을 올렸다. 뜻밖에도 재테크에 관한 글이 빠른 속도로 독자들에게 인정받았고, 해외투자에 관심 있는 많은 고객을 확보할 수 있었다. 이후 창업을 했고 SNS 계정의 틀에 구애받지 않고 내 일에 대한 기록을 꾸준히 포스팅하기 시작했다. 주로 직장, 금융재테크와 관련된 전문적인 내용이었고 이 외에도 무선인터넷과 뉴미디어, 콘텐츠 창업에 대한 개인적인 생각을 기록했다. 대단히 심도 있는 견해라고는 할 수 없지만 나름대로 진지하게 고민한 내용들이었다. 미흡하긴 해도 이렇게 쓴 글에 대한 피드백은 결과적으로 썩 괜찮았다. 나와 뜻이 맞는 몇몇 독자와는 시간이 지나 사업 파트너로 인연을 맺기도 했다.

나는 업무와 관련한 글을 쓰는 일이 직장에서 위치를 공고히 하는 데 도움이 된다고 강조한다. 정보를 공유하는 글을 통해서 전문성을 꾸준히 드러내면 직장 내 발언권을 확보할 수 있다. 동종업계에서 SNS 계정을 가진 사람들과의 친분은 직장 생활의 토대가 된다. 이런 플랫폼을 통해 더 많은 자원에 접근할 수 있고 나의 가치를 올리는 든든한 버팀목을 만들 수 있다. 홍콩에서 사업을 시작할 수 있었던 건 전문성을 담은 글로 중요한 고객들을 확보한 덕분이다.

또 정보 공유 글은 직장 내 소통에 필요한 에너지를 줄일 수 있다. 공개적인 포스팅은 무한정 반복되는 노동의 수고로움을 덜어준다. 가령 해외 보험과 관련된 글을 썼다면 고객에게 설명하는 시간을 아낄 수 있고, 잠재적인 고객들에게 미리 배경지식을 이해할 수 있는 기회를 제공한다. 영어 교사라면 수업 외 시간에 어법, 독해에 대한 이해를 돕는 글을 체계적으로 업로드하여 수업 내용을 보충하고 다원화된 전문 지식을 드러낼 수 있다. 마지막으로, 꾸준히 양질의 전문적인 글을 쓰는 사람은 능력자다. 한정된 공간에서 일방적 형태로 진행되는 강연과는 달리 맨투맨으로 교류를 한다면 예의를 차리느라 상대방의 결점을 지적하기 어렵다. 하지만 인터넷에 공개적으로 쓴 글은 최소

1000명의 독자가 있다고 가정하면 그 가운데 숨은 경쟁자가 있을 수 있다. 더불어 인터넷의 익명성을 이용하여 글의 문제점을 꼬집는 사람도 있고 글로 인해 동종업계에서 웃음거리가 될 수도 있다. 때문에 지속적으로 높은 퀄리티의 전문적인 글을 포스팅한다는 건 결코 쉬운 일이 아니다. 전문 지식이 없고, 업계 경험이 부족하며, 관련 내용에 대한 면밀한 조사와 연구가 따라주지 않는다면 금세 소재가 바닥날 것이다.

다음 장에서는 직장 내 정보 공유 글을 쓰는 방법과 주의사항에 대해 다뤄보려고 한다. 만약 직장 내에서 나름 '연륜'이 있는 선배의 위치라면 이 방법을 파악해 내공을 더욱 잘 드러낼 수 있을 것이고, 이제 막 걸음마를 뗀 사회초년생이라면 수준 높은 글을 쓸 수 있는 능력을 배양함으로써 성장 속도를 가속화시킬 수 있을 것이다.

업무 관련 글쓰기의 두 가지 핵심

업무 관련 글쓰기의 범위는 꽤 넓다. 공무 서한, 업무 계획, 직무 보고, 프로젝트 기획안까지 관련 상황을 보고하고, 사업의 진행 상황을 전달하고, 사례를 종합하거나, 계획 수립을 보여주는 성격의 글이다. 전달하고자 하는 명확한 주제와 대상, 그리고 적용 상황이 있다.

업무에 관한 논의를 할 때는 긴 이야기를 늘어놓거나 끊임없이 감정을 토로해서는 안 된다. 간단한 어휘로 핵심 의견을 전달하면서 당신의 전문성을 보여줘야 한다. 모든 직장인들에게 전문성은 가장 핵심적인 경쟁력이며, 직장 내에서 자신의 가치를 결정짓는 핵심 요소다. 관리자가 당신을 채용했다는 것은 문제를 해결할 수 있을 것이라고 판단했기 때문이다.

비교적 형식화된 업무 관련 글쓰기는 회사마다 요구사항과 규정이 있으므로 상사와 동료에게 양식을 받아 참고한다. 정해진 양식이 없다면 인터넷에서 찾아보자. 선택이 가능하다면 본인에게 맞는 것을 선택하고, 인용할 경우 명확하게 중점을 제시하고, 조리 있고 간결하게 표현해야 한다.

직장 내 정보 공유 글을 쓰는 게 어려운 이유는 해당 분야의 특정 주제를 전문적인 시각으로 분석하고 업계를 내다보는 통찰력을 보여줘야 하기 때문이다. 기본 원칙은 이성적이고 냉정한 태도로 논리에 중점을 두고 감정에 치우치지 않는 것이다. 직장은 도리를 말하는 곳이지 감정을 말하는 곳이 아니기 때문이다. 정보 공유 글쓰기를 통해 계속 성장하고 싶다면 내공을 쌓아 생각의 틀에서부터 조사 연구 능력과 통찰력까지, 모두 전반적으로 끌어올려야 한다.

제목 선정의 더하기와 빼기

정성이 들어가야 성과가 따른다는 걸 알고 있는 만큼 무엇보다 중요한 건 내용이다. 자신이 무엇을 잘하는지, 어떤 주제에 흥미가 있는지를 알아야 자신만의 스타일로 정보 공유 글을 쓸 수 있다. 직장 내 정보 공유 글은 이성적인 성격이 강하다. 그래서 특정 문제나 사건을 분석할 때 자신의 관점, 입장, 태도를 명확히 표명하고 해결 방안도 함께 제시해야 한다.

제목을 정할 때는 다음의 몇 가지를 고민해보자. 첫째, 전문적인 글이라도 포만감이 있어야 한다. 수확이 있어야 한다는 의미다. 독자들이 글을 읽고 소득이 있다고 느낀다는 것은 글 속에 담긴 효과적인 정보를 신뢰하고 받아들인다는 뜻이다. 펜을 들기 전에 반드시 글의 중심 논점이 무엇인지, 어떤 세부 논점으로 중심 논점을 뒷받침할지, 논점은 상호 독립적인지 아니면 점진적으로 진화되는 것인지 등을 명확히 구상해야 한다. 또 자신의 논점을 정확히 밝히는 것 말고도 반대 의견이나 의혹에 대한 해설도 필요하다. 독자들의 질문에 답하고 의혹을 해소시킬 수 있어야만 독자는 비로소 무언가를 얻었다고 생각한다.

둘째, 이득을 얻을 수 있어야 한다. 정보 공유 글의 목적은 전문 지식을 통해 독자들의 문제 해결을 돕는 것이다. 자신의 글이 독자들의 어떤 부분에 도움이 될지를 파악해야 그 문제를 구체적으로 풀어나갈 수 있다. 〈제품 관리에 데이터 분석이 중요한 이유〉, 〈쉬운 앱데이터 분석 방법〉처럼 제목에서도 글을 읽으면 무엇을 알 수 있는지 드러내자. 이런 제목은 이 기능과 분야에 흥미 있는 독자들의 이목을 끌기 좋다.

셋째, 우수한 정보 공유 글은 깊이, 관점, 범위, 속도가 선두에 있어야 한다. 동일한 주제의 정보 공유 글과 달리 당신의 글만의 장점은 무엇인가? 다른 글들에 비해 더 깊이 있고 더 정확한 이론으로 분석했는가? 혹은 인상에 남을 만한 참신한 관점과 접근법을 제시했는가? 아니면 더 광범위한 부분까지 포함하고 해석할 수 있는 다량의 정보를 갖고 있는가? 만약 이상의 내용이 없다면 새로운 정보를 미리 파악해서 현재의 이슈에 예리한 안목을 발휘하며 한발 앞서갔는가?

넷째, 서두의 문체가 업계 스타일에 맞는다면 결론이 선행되든 문제가 선행되든 상관없다. 업계마다 각각의 스타일이 있다. 엄격하고 진지한 곳이 있는가 하면, 해학적이고 유머가 있는 곳도 있다. 그 업계의 스타일에 맞게 써야 한다. 특히 서두의 문체에 더욱 신경 쓰자. 예컨대, 문화예술 분야의 글을 읽는 독자는 역사와 스토리를 좋아할 것이고, 과학 분야라면 데이터와 도표로 설명하는 것을 더 선호할 것이다. 이렇듯 글의 스타일이 업계와 맞아야만 독자들이 집중할 수 있고, 한발 더 가까이에서 문제를 보고 설명할 수 있다.

이 밖에 글의 앞부분에서 결론을 제시하든, 문제를 제시하든 군이 어떤 형식을 따를 필요는 없다. 글쓴이가 정확히 문제점을 지적하고 자신의 입장을 명확히 한다면 독자 스스로 내용을 파악할 것이다.

표현의 깊이

직장 내 업무 공유 글을 쓸 때는 현 상황을 분석한 후 관점을 제시하고 마지막에 결론을 내리는 일반적인 규칙을 따른다. 업무 공유 글은 심오한 내용을 쉽게 풀어 써야 한다. 한편으로는 깊이가 있어야 한다. 그리고 그 깊이는 다른 동료를 넘어서야 한다. 방법은 차근차근 문제점을 제시하면서 분석하는 것이다.

일부 업계의 보고서는 심오하면서도 빠르다. 텐센트가 내놓은 〈중국 1인 미디어의 상업화 보고서〉를 보면 1인 미디어 발전의 네 단계, 1인 미디어 상업화의 다섯 가지 이정표, 나아가 1인 미디어 사업화의 세 가지 모델까지 분석했고 마지막에는 상업화의 2대 리스크와 향후 네 가지 흐름에 대해 논했다. 업계 상황을 전반적으로 아우르면서 상세하고, 깊이 있게 내용을 다뤘다. 책을 소개하는 유형의 글은 책을 고르는 안목이 저마다 다른 만큼 책에 대한 견해를 간결하게 제시하되 책의 내용을 지나치게 많이 노출해서는 안 된다. 책에 신비감을 부여하면서 독자의 흥미를 유발해야 한다.

다른 한편으로는 쉽게 써야 한다. 뉴미디어 플랫폼에 글을 쓴다면 독자의 시간과 전문성의 한계를 고려해서 명확하면서도 간결하되 너무 깊이 파고들어서는 안 된다. 가능하면 한마디로 분명하게 얘기해야 한다.

리샹 상업정보소식지李翔商業内參에서는 회색코뿔소*와 블랙스완**에 대해 논했다.《회색코뿔소가 온다》는 책을 출간한 미국의 미셸 부커Michele Wucke 기자는 '블랙스완'에 대비되는 단어로 '회색코뿔소'를 제시하며 아무런 설명도 보태지 않고 간략하게 서두를 열었다. 하지만 독자들은 '회색코뿔소'란 단어를 잘 모른다. 이 경우 용어를 간단히 설명한 후에 전형적인 '회색코뿔소' 사례를 들고 끝부분에서 '회색코뿔소'를 대면한 사람들의 다섯 단계 반응을 설명하면 된다. 이 부분이 길지는 않지만 설명이 꼭 필요한 부분은 써줘야 한다.

—

완벽한 업계분석보고서를 위한 다섯 단계

세상은 빠르게 돌아가며, 과거 유명 브랜드는 정점을 찍고 내

---

* 개연성이 높고 파급력이 크지만 사람들이 간과하는 위험을 뜻하는 용어.
** 극단적으로 예외적이어서 발생 가능성이 없어 보이지만 일단 발생하면 엄청난 충격과 파급효과를 가져오는 사건을 가리키는 용어.

리막길을 걷는 반면 생소한 스타트업이 중원中原에 등장하고 있다. 직장인들은 업계 상황과 신흥산업의 출현에 발 빠르게 대응하지 못하고 위험에 빠질까 하는 두려움에 떨고 있다. 업계분석보고서는 이런 불안감을 없애줄 뿐 아니라 이직이나 업종 변화를 꾀할 때 이성적인 판단을 내릴 수 있다. 업계분석보고서를 작성하려면 통찰력을 가지고 구체적인 업무 사항 이외에도 거시적인 관점에서 깊이 생각하고, 업계의 발전과 기회를 볼 수 있는 혜안이 있어야 한다.

업계분석보고서는 업무 관련 글쓰기 가운데 가장 어려운 글일 것이다. 업계의 최신 동태를 파악해야 하고 전체적인 그림에서 접근해야 하기 때문이다. 업계분석보고서를 쓰려면 다음의 다섯 가지 단계가 필요하다.

명확한 목표

우선 왜 이 업계를 분석하려는지 자문해보자. 당신은 이 보고서를 통해 어떤 목적을 이루고 싶은가? 타깃은 누구인가? 그들의 니즈는 무엇이며 어떤 특징이 있는가?

일반적으로 업계분석보고서를 쓰는 이유는 현 단계의 우열을 정확히 파악하여 다른 기회를 모색하는 데 있다. 그러려면 분석 영역과 시간 범위에 명확한 기준을 세워 세분화하는 게 우선이다. 가령 '2017년 전 세계 신재생에너지 시장 분석',

'2018년 1분기 중국 에너지 절약과 친환경 산업 실적 회고'가 목표라면 연구 영역과 시간 범위는 비교적 명확해진다.

전문적인 미디어나 권위 있는 기관에서 정기적으로 내놓는 보고서가 아닌 일반 사람들이 업계 동향 보고서를 쓰는 경우라면 현재의 이슈와 업계 돌발 변수를 종합해 대중들의 니즈를 분석하고, 주요 사건이 업계 대내외에 미치는 영향을 파악한 내용을 담을 수 있다. 예컨대 특정적인 돌발 사건이 업계의 판도를 바꾸거나 상승세에 나타나는 문제를 반영하는지, 특정 업계의 대회가 더 많은 투자를 이끄는 데 어떤 효과를 발휘하는지 같은 내용을 보고서의 주제로 정한다면 주목받을 수 있을 것이다. 독자마다 업계분석보고서를 찾는 니즈는 다를 것이다. 대중의 관심사, 바로 그것이 당신이 주목해야 할 점이다.

만약 정부의 산업정책을 이해하는 데 참고가 될 만한 글을 쓰고 싶다면 거시적인 관점에서 전체 업계의 역사, 현황, 흐름 등에 대한 전면적인 비교 분석을 해야 할 것이다. 만약 당신의 리더가 신생기업에 투자할 생각으로 리스크를 제어하는 방안을 조사하길 요구한다면 회사의 구체적인 상황을 체크하고, 세분화된 시장의 현황과 향후 전망 등에 대해 면밀히 분석해야 한다.

목표를 정했다면 다음 할 일은 경계를 확정하는 일이다. 수두룩한 업계 정보를 두루 포함시킨다면 보고서는 분명 뒤죽박죽

될 것이다. 타깃 독자들의 초미의 관심사를 파악하여 조사와 연구 분석의 경계를 정하자. 그리고 복잡하고 애매모호한 거시적인 문제를 세분화시켜서 구체적인 문제를 하나씩 풀어나가야 한다.

가령 미래의 어떤 시점에 어떤 업종에 진입하면 적합할지에 대해 평가하려면 우선 현재 해당 업종에 존재하는 리스크와 기회부터 파악해야 한다. 이 문제를 다시 세분화한다면 사고의 맥락을 더 명확히 할 수 있다. 해당 업종은 현 단계에서 뚜렷한 리스크나 기회가 존재하는가? 만약 존재한다면 어떤 부분이며 그 이유는 무엇인가? 이 문제를 처리하고 기회를 잡기 위해 해야 할 일은 무엇이고, 할 수 있는 것은 무엇인가?

문제의 경계를 확정 짓는 과정은 핵심 명제를 둘러싸고 생각을 점진적으로 심화시키는 과정이다. 가볍게 언급하고 갈 것이 아니라 핵심 문제의 내재적인 함의와 그 외연에 주의를 기울여 문제의 경계를 확정하면서 문제를 하나씩 해결해야 한다.

정보 수집

사전에 조사가 이뤄지지 않는다면 발언권도 없다. 설사 익숙한 업종이라 해도 분석한 내용을 발표한다면 충분한 자료를 확보해야 한다. 업계 정보의 원천은 일반적으로 두 가지다. 하나는 기업 방문 조사, 전문가 인터뷰, 업무 조사 연구 등 업무 현장에서 얻는 1차 자료다. 다른 하나는 인터넷 검색(예를 들면 위키백과), 컨설팅 업체의 보고서, 정부의 공식 데이터베이스, 업계 협회의 공개된 정보 등 전문적인 데이터베이스에서 수집한 2차 자료다.

1차 자료 수집은 소통의 기술이 필요하다. 업계에서 다년간 경험을 쌓은 선구자적인 인물이라면 업계의 현황과 흐름에 대한 판단이 누구보다 정확하다. 하지만 이런 사람들은 매우 바쁘고, 인터뷰 요청을 수락하더라도 주어지는 시간은 제한적일 것이다. 짧은 시간 동안 가치 있는 정보를 얻을 수 있느냐는 질문의 퀄리티에 달렸다.

이미 퇴직한 어느 정부 공직자는 내게 이런 말을 했다. 가장 마주치기 싫은 부류가 아무 때나 준비 없이 찾아와 독선적인 태도로 일관하는 기자라고. 기초적인 데이터나 상식적인 내용은 조금 전 발표회에서 이미 알렸거나 인터넷에서 충분히 찾을 수 있는데도 한사코 휴식 시간이나 회의가 끝난 후 질의응답 시간에 같은 문제를 반복해서 설명해 달라고 하는 것은 여러 사람의 시간을 뺏는 짓이다. 이렇게 '깊은 인상'을 남긴 기자에게는 이후 어떤 상황이 오더라도 질문의 기회가 주어지지 않을 공산이 크다.

업계에 대한 조사와 연구를 통해 자료를 수집할 경우도 마찬가지다. 고수에게만 답을 구할 수 있는 창의적이고 전문적인 질문을 만들어 간다. 그래야 상대방이 당신이 준비하고 왔음을 인정하고 신중히 답변할 것이다. 따라서 전문가와 인터뷰를 하고자 한다면 소중한 기회를 활용할 수 있도록 철저히 준비해야 한다. 내가 추천하는 방법은 질문 리스트를 먼저 보내서 서로 준비할 시간을 갖는 것이다. 사전 소통은 짧은 인터뷰 시간에 최대한 많은 것을 얻을 수 있는 방법이다.

2차 자료를 수집할 때는 풍부한 데이터 원천에 각별한 주의를 기울여야 한다. 정보가 넘쳐날수록 크로스체크를 하며 상호 모순되는 부분이나 문제점은 없는지 확인해야 한다. 특히 이상한 정보(비정상적인 데이터)에 더 신경 써야 한다. 예를 들어 사회조사기관이 샘플 테스트 과정에서 일부를 보고 전체를 판단하진 않았는지, 한 회사의 실적 증가폭이 업계의 정상 수준을 크게 웃돌지는 않는지, 미심쩍은 부분이 있다면 좀 더 살펴보자. 어쩌면 놓쳤거나 일부러 은폐한 중대한 문제를 발견할 수도 있다.

연구 분석

충분한 사실 자료를 수집했다면 다음 단계는 뒤엉켜 있는 방대한 자료의 비교 대조를 통해 분석하고 그 가운데 오류나 누락 혹은 상호 모순되는 부분들을 걸러내 중요한 정보만 추려서 연구 분석의 근거로 활용한다.

업계 발전 현황과 흐름을 분석할 경우에는 여러 가지 방법과 모형이 있다. 가령 미국 하버드대 경영대학 교수 마이클 포터 Michael Porter가 제시한 파이브 포스 모델5 Forces Model은 기업 경쟁력에 영향을 미치는 다섯 가지 요소에 주목한다. 다섯 가지 요소는 공급 업체의 흥정 능력, 구매자의 흥정 능력, 잠재적 경쟁자의 진입 능력, 대체 제품의 대체 능력, 업계 내부 경쟁자의 현재 경쟁 능력을 말한다. 이 모델은 고객의 경쟁 환경을 좀 더 효과적으로 분석하여 기업 경쟁 전략 분석과 업계 분석에 적용한다.

또한 기업 내부의 전략기획보고에서는 SWOT 분석법이 가장 흔히 사용된다. S는 강점Strength, W는 약점Weakness, O는 기회 Opportunity, T는 위협Threat을 의미한다. 기업 내부와 외부에 존재하는 유불리한 요소에 대한 조사와 분석을 통해 기업의 강점과 문제를 분명하게 보여주는 것이다. 또한 체계적이고 분석적인 사고로 각종 요소를 종합하여 상응하는 결론을 도출하고 문제를 해결할 솔루션을 제시한다.

분석 방법과 모형은 저마다의 장단점이 있다. 파이브 포스 분석 모델은 1980년대 처음 제시된 이후 널리 인정받았으나, 한 경제학자는 해당 모델이 상업 경쟁에만 주목하고 상호 협력을 간과했다고 지적하며 '협력 경쟁'이란 개념을 제시했다. 그러나 포터의 이 개념은 유익하면서도 중요한 보완 작용을 한다. 이와 함께 기존의 고전적인 분석 방법 역시 두루 살피고, 연구 대상의 목적에 따라 가장 적합한 분석 도구를 적용해야 한다.

성과 도출

연구 분석을 통한 결론을 도출할 때는 명확하고 논리적인 방식으로 분석 과정을 보여줘야 한다. 분석보고서의 경우 내용이 정확하고 이치에 맞아야 독자가 당신의 생각을 이해하고 연구 성과를 받아들인다.

'피라미드 구조'는 글의 구조에 자주 활용되는 방법이다. 결론을 먼저 내놓고, 이를 뒷받침하는 4~7가지 세부 논점을 제시하며 이 논점들을 다시 3~7가지의 논거로 뒷받침하는 방법으로, 단계별로 세분화시켜 결과로 유도하는 논리 전개 과정이다. 구체적인 내용은 6장에서 다른 논리적 글쓰기 방법들을 참고하자. 업계분석보고는 일상적인 글이 아니고 전문 지식이 있는 사람들을 대상으로 하는 글이다. 따라서 어휘 선택에 신중을 기하고 전문성을 갖춰야 한다.

연재 기획의 네 가지 원칙

제목을 하나로 선택하는 일은 쉽지 않다. 풍부한 내용을 담은 긴 글일 때는 더욱 그렇다. 이런 경우 연재를 고려해보자. 지속적인 업데이트는 당신의 포스팅이 독자의 관심으로부터 멀어지지 않게 막을 수 있다. 여러 편을 한 테마로 묶어 연재한다면 생각하는 바를 더욱 명확하게 표현할 수 있다.

전문적인 내용을 글로 체계화하면 자신의 지식 체계를 정돈하는 데도 도움이 되고 더불어 독자들의 이해력을 업그레이드하는 데 도움을 줄 수 있다. 좋은 글이라면 독자들은 연속극을 기다리듯 당신의 글이 업데이트되는 날을 손꼽아 기다릴 것이다.

테마 있는 글을 쓰려면 전반적인 기획이 필요하다

테마 있는 글을 쓸 때는 첫 편이 가장 중요하다. 첫 편이 연재 기획에 대한 홍보와 직결되기 때문이다. 시청자는 새롭게 시작하는 드라마의 첫 회에서 재미를 느끼지 못하면 주저 없이 다른 채널로 돌려버린다. 글도 마찬가지다. 첫 편이 주목받지 못하면 후속편에서 관심을 끌기는 더 어려워진다.

테마의 기획과 예고 역시 중요하다. 글을 쓸 때는 상품 중심의 사고가 필요하다. 글을 상품화해야 한다. 연재 글은 시리즈 제품이므로 반드시 전체적인 기획이 필요하다. 실제 제품을 개발하듯이 체계적으로 테마를 기획하고 어떤 결과를 원하는지 목표를 명확하게 가져야 한다. 쓰고 싶은 만큼 쓰고 마음대로 발표하면 실패로 돌아갈 것이다.

테마가 있는 글의 두 가지 흐름: 깊이와 시간

테마가 있는 글은 두 가지 경쟁력을 갖춰야 한다. 먼저 깊이가 있어야 한다. 다른 사람이 보지 못하는 걸 보고, 쓰지 못하는 내용을 쓰는 것이다. 이것이 핵심 경쟁력이다. 다른 사람에게 없는 걸 갖고 있어야 하고, 다른 사람이 가진 건 내가 더 잘해야 한다. 다른 하나는 시간이다. 모든 부분에서 남들보다 한발 앞서 있어야만 시장의 기회를 선점할 수 있다.

25살의 나이로 바이두*의 최연소 부총재가 된 리징李靖은 외부에서는 1인 미디어 닉네임인 '리자오서우李叫兽'로 더 익숙하다. 바이두에 합류하기 전 리징은 함께 일했던 사람들과 "매주 마케팅의 문제점 한 가지씩 반복해서 생각하기"라는 슬로건을 외치며 꾸준히 비즈니스 전략과 마케팅 관련 정보에 관한 글을 포스팅했다. 그의 글은 짧지 않았고, 상세했으며 깊이가 있었다. 글의 확산력과 영향력 또한 많은 주목을 받았다.

걸음마 단계라면 작은 부분부터 보자

당신이 테마가 있는 글쓰기를 이제 막 시작했다면 광범위한 주제를 다루기는 쉽지 않을 것이다. 왜냐면 큰 이슈는 이미 많은 분야의 권위 있는 전문가들이 썼을 뿐더러 넓게 볼수록 내용을 파악하기 쉽지 않고, 권위 있는 인사의 글보다 주목받기도 힘들기 때문이다.

---

* 세계 최대의 중국어 검색엔진이자 포털 사이트.

현재 상황을 보건대 감히 기존의 글을 뛰어넘을 만한 글을 쓰겠다고 호언장담하는 사람은 아직 찾기 힘들다. 그러니 자신이 파악 가능한 작은 영역부터 안전하게 시작하는 게 낫다. 작은 주제는 이채로운 글이 될 수 있다. 당신이 주목하는 부분에 관심 갖는 사람은 많지 않을 것이다. 예를 들어 기업이 하나의 큰 주제라면 금융사는 비교적 작은 접근이다. 우선 자신이 친숙한 작은 영역을 지키며 깊이 있는 글을 써야 한다.

SNS가 큰 주제라면 '직장 내 SNS 소통'은 작은 주제이다. 이는 개념적으로 작은 것이다. 또 '홍콩 제일의 1인 미디어'는 지리적으로 작은 주제이다. 이 밖에 시기적으로 작은 주제를 찾을 수도 있을 것이다.

작은 점을 크게 만들려고 하는 욕심은 잠시 내려놔야 한다. 모든 걸 원하면 오히려 아무것도 손에 쥘 수 없다. 글쓰기는 이런 것이다. 직장에서도 마찬가지다. 우선 핵심 경쟁력을 갖춰야 한다. 최소한 이 영역만큼은 모두가 엄지를 들어야 비로소 다른 분야로 확대해나갈 수 있다.

벤치마킹

이제 막 전문적인 글을 쓰기 시작했다면 고수일 가능성은 적다. 우선 한 가지 목표를 세우길 제안한다. 가장 좋은 목표는 동종업계의 다른 포지션에 있는 사람이다. 그 사람이 주제를 선택하는 관점과 구조를 잡는 방식을 관찰해보자. 글쓰기뿐만 아니라 개인의 성장과정 역시 그렇다. 한 분야의 달인이 되고 싶다면 그의 일거수일투족을 살펴봐야 한다. 물론 개인차가 있겠지만 많은 것이 상통할 것이다.

만약 금융사 관련 플랫폼을 만들고 싶다면 내 SNS 계정의 지난 글을 살펴보면서 영감을 얻을 수도 있다. 나는 홍콩을 기반으로 활동했다. 만약 당신이 상하이에 있다면 상하이에 대해 써보는 것이다. 지역 간의 비교를 통해 두 금융계의 차이를 이야기하는 것이다. 공교롭게도 홍콩에 있다면, 경쟁도 기꺼이 환영한다. 글에는 일등이 없지만 잠재적인 경쟁은 늘 존재한다. 자신만의 독자적인 포지션을 구축해야만 하늘을 날 수 있다.

―――――

업계 내 소재를 축적하는 네 가지 방식

글쓰기는 요리와 같다. 소재는 식재료다. 좋은 식재료가 없으면 훌륭한 요리가 있을 수 없는 것처럼 좋은 소재가 없으면 훌륭한 글을 쓸 수가 없다. 수만 권의 책을 읽지 않았다면 어떻게 글쓰기의 대가가 탄생할 수 있겠는가. 소재 수집은 글쓰기 과정에서 빼놓을 수 없는 중요한 과정이다. 평소에 소재를 수집하기 위한 노력을 기울여야 한다. 일상의 이야기 하나하나가 가치가 있다. 평소 꾸준히 의식적으로 소재를 찾는다면 해박한 지식을 쌓을 수 있고, 점점 자신만의 스타일로 변신시키고 드러낼 수 있다.

좋은 내용을 위해서는 좋은 소재로 글을 써야 한다. 이를 위해 네 가지 방면에서의 노력이 필요하다. 매번 배우고 고민한 내용을 정리하고 현장에서 고수들과 교류하다 보면 문제를 보는 새로운 시각과 새로운 생각을 배울 수 있다. 이것을 자신만의 전문 지식 창고에 채워 넣어보자. 오랜 시간의 노력이 쌓이면 마음속에 큰 그림을 가지고 글을 쓸 수 있다는 걸 느끼게 될 것이다.

전문 지식 쌓기(깊이)

전문적인 글을 쓰고 싶다면 전문 지식은 기본이자, 글쓰기의 첫걸음이다. 축적한 지식이 부족하다면 열정도 부족할 수밖에 없다. 심오한 내용을 쉽게 풀어 쓴 글은 그 바탕에 충분한 전문 지식이 버팀목 역할을 하고 있기에 가능한 것이다.

전문 지식은 끊임없이, 많이 공부해야 얻을 수 있다. 지식을 쌓고 싶다면 지식의 원천에 다가가야 한다. 본 업계의 전문 지식을 면밀히 연구하고, 고전을 읽으며 자양분을 충분히 섭취해야 한다. 고전은 대개 어렵지만 참을성을 갖고 읽으면 소화할 수 있다. 모두가 쓸 수 있는 글이라면 당신이 쓴 글을 누가 보겠는가.

고전 말고도 업계에서 유행하는 전문 서적들을 필독하면 최신 트렌드를 읽을 수 있다. 이 밖에도 전문적인 문헌들을 봐야 한다. 원서를 읽을 수 있다면 더할 나위 없다. 해외 사례 중에는 국내 사정을 앞서는 경우가 적지 않다. 원서를 통해 외국과 차이를 파악하고 국내에 부족한 부분이 무엇인지 알아낸다. 이에 대해 글을 쓰고 나아가 새로운 아이디어를 제시하고 소개하는 것도 당신의 강점을 높일 수 있는 방법이다.

이론을 이해했다면 실천이 필요하다. 그래야만 이 지식이 현실에 적용 가능한지, 지금의 업계 환경에 적합한지 알 수 있다. 실천은 압착하는 동시에 다듬는 과정으로 주로 두 가지 경로를 통해 완성된다. 하나는 회사 내부의 기회다. 자신에게 주어진 일만 할 것이 아니라 능력을 확장시킬 기회가 있다면 많은 시도를 해봐야 한다. 그로 인해 얻은 경험은 오롯이 자기 몫이다. 다른 하나는 업계의 기회다. 예를 들어 업계 내에서의 교류나 새로운 제품 발표회 등이 있다면 놓쳐선 안 된다.

실천 이외에 당신의 관찰력과 고민의 깊이 역시 글의 수준을 결정짓는 요소다. 전반적인 상황을 알기 위해서는 우선 업계 내부의 사람과 일을 관찰한다. 일인칭 시각으로 미시적인 접근을 하는 것이다. 다른 하나는 외부에서의 관찰이다. 사회 전반적인 측면에서 넓은 시각을 갖고 업계를 관찰한다. 이는 정책 방향,

경제 발전, 문화 등에 연관되며 거시적인 특성을 지닌다. 이 두 가지 시각의 관찰 결과를 함께 살피면 업계를 자세히 이해할 수 있고 다른 사람이 보지 못하는 무언가를 찾을 수 있다.

전체 업계 분석(범위)

글쓰기에 필요한 분석 능력은 타고나는 게 아니라 부단한 훈련을 통해 만들어진다. 전문 지식과 경력이 부족하고, 독립적인 분석 능력이 미흡하다면 사다리, 즉 다른 사람의 힘을 빌려 더 높은 곳을 봐야 한다. 분석보고서가 바로 이런 사다리다. 분석보고서 단 한 편으로 실무를 간접 경험하는 효과를 얻을 수 있다. 분석보고서를 면밀히 연구하며 읽으면 실전에서 하나만 봐도 열을 알게 된다.

업계분석보고서는 두 가지 루트를 통해 구할 수 있는데 하나는 업계 내부의 전문미디어를 통해서다. 기본적으로 업계마다 전문미디어가 있기 마련이고, 그들은 정기적으로 분석보고서를 내놓는다. 이런 분석보고서가 나오면 빼놓지 않고 읽도록 한다. 보고서를 요약하거나 일부를 발췌하여 현 업계를 어떻게 분석했는가를 집중해서 살펴본다. 이는 아주 소중한 글쓰기 소재가 될 수 있다. 자신의 분석과 비교하며 다른 점이 무엇인지 파악해야 올바른 방향으로 노력을 기울일 수 있다.

다른 하나는 사회적인 측면의 보고서를 통해서다. 사회적인 측면의 보고서는 무엇일까? 금융업계 종사자라면 거시경제의 흐름에 주목하는 것 외에 국가의 정책, 글로벌 이슈에 대해서도 관심을 가져야 한다. 패션업계 종사자라면 세계 각지에서 열리는 대형 패션위크를 놓칠 수 없다. 최신 트렌드를 읽어야 하기 때문이다.

업계분석보고서를 얻는 방법 중 또 하나는 다양한 플랫폼에서 대응되는 주제의 글을 검색하는 것이다. 널리 알려진 글을 보면 대중의 관심사를 알 수 있다. 양질의 글을 위한 글감 창고를 마련하자. 클라우드 메모 같은 도구로 소재를 수집하고 카테고리별로 묶어두자. 이렇게 하면 나중에 자료를 찾기가 편리하다. 이 밖에도 업계의 계정을 주목하자. 정기적으로 업계 내부의 정보를 얻을 수 있다. 단, 양질의 보고서인지는 잘 따져봐야 할 것이다.

현장으로 가자(속도)

업계 이슈와 관련된 글이 나오면 제일 먼저 현장에 있어야 한다. 그래야만 글의 진정성, 신뢰성, 시효성, 참신함을 보장할 수 있다. 가장 핫한 정보여야만 사람들의 주의를 끌 수 있다.

그럼 어떻게 해야 할까? 모두가 익숙한 말 "기회는 준비된 자에게 온다"를 실현시켜야 한다. 평소 업계 동태에 관심을 갖고 주변의 자원과 인맥을 충분히 활용해 업계 정보를 수집한다. 중

대한 업무에 적극적인 자세로 임하고, 업계 행사에 참석하여 선배, 동료 들과 많은 교류를 해야 한다. 해당 업계에 대해 예리한 시각을 갖췄다면 결국 현장에서 기회를 만날 것이고 뜨거운 이슈가 될 만한 글을 쓸 수 있다.

여기서 현장에 있을 수 있는 나름의 팁을 공유하고자 한다. 바로 조직의 주도자가 되는 것이다. 세상 사람들은 사회생활을 하지 않고 살 수 없다. 함께 살아가면서 자신과 같은 취미나 관심 혹은 특정한 목적을 가진 사람들과 연결되고, 천천히 무리를 만들어 간다. 이것이 우리가 말하는 집단이다.

기회가 된다면 적극적으로 조직의 주도자가 되자. 당신이 그 집단에서 하는 일을 통해 당신의 가치관을 보여줄 수 있을 것이다. 주도자로서 많은 노력과 시간을 들여야 하겠지만 그만큼 얻는 것도 많을 것이다. 당신의 도움이 필요한 곳이 많아질수록 당신의 영향력은 커지고, 개인 브랜드를 만드는 데도 유리하다. 또한 이런 교류를 통해 다른 사람과 연결고리를 만들며 더 많은 기회와 가능성을 만들어갈 수 있다.

고수와 겨루기(각도)

현장에 가면 또 다른 좋은 점은 고수와 대면할 수 있다는 것이다. "고수와 겨뤄야만 진정한 고수가 될 수 있다"는 말이 있다. 일상에서는 고수와 만날 가능성이 적기 때문에 가까운 거리에서 관찰하고 학습할 기회를 만들어야 한다. 그 사람들과 대화를 나누면서 자신을 돌아보고 그들을 본받기 위해 노력하면 자신을 발전시킬 수 있다.

어떤 사람들은 고수와의 만남을 두려워한다. 자신의 수준이 부족하다고 생각하기 때문인데, 고수와 만날 수 있는 기회는 그리 두려워할 일이 아니다. 반대로 자신의 수준이 어느 정도인지 모르면 발전을 꾀하기 어렵다. 고수와의 겨루는 것만으로도, 상대의 한마디만으로도, 우리는 적지 않은 수확을 거둔 셈이다. 이 과정에서 생산되는 에너지는 당신이 상상하는 그 이상이다.

우선, 고수와의 만남에서 나눈 문제는 당신의 고민을 한층 심화시켜줄 것이다. 불가에서는 인생의 세 가지 경계를 말할 때 "산은 산이고, 물은 물이다. 산은 산이 아니고, 물은 물이 아니다, 산은 역시 산이고, 물은 역시 물이다"라고 말한다. 현실에서 우리가 문제를 보는 것도 이와 마찬가지다. 독서량이 부족하고 지식이 부족하면 깊이 고민할 수 없고, 어떤 분야에서는 전반적인 그림을 볼 수조차 없다.

고수들은 해박한 지식을 가지고 있다. 고수들은 깊은 단계에서 문제 배후까지 들여다보니, 더욱 합리적인 해결법을 찾아내곤 한다. 그래서 그들과 대화를 하다 보면 자신도 모르는 사이에 오랜 시간 괴롭혔던 문제에서 벗어날 수 있고 새로운 깨달음을 얻을 수 있다.

또한 해박한 지식으로 문제 해결을 위한 고민을 할 때 더 다채롭고 독특한 시각을 얻을 수 있다. 같은 일이라 할지라도 사람마다 다른 관점을 가지고 있고 그들이 내린 결과는 천차만별이다. 고수가 고수라 불리는 까닭은 그들의 날카로운 시선과 통찰력 덕분이다. 그들이 문제를 보는 시각은 독특하고 참신하며 일반 사람들과는 결이 다르다. 일찍이 깊은 지식을 쌓아둔 그들은 풍요로운 배경지식을 기반으로 문제를 해결한다. 따라서 이런 해박한 지식창고를 가진 이들과의 만남을 통해 참신한 시선을 배우고 심지어 완전히 새로운 세상으로 빠져들 수도 있다.

제8장

당신이 이해한 뉴미디어 글쓰기, 어쩌면 모두 틀렸다

모든 제품은 똑똑한 사람의
바보 같은 노력으로 완성된 것이다.

— 미명

글쓰기는 나와 세계, 그리고 낯선 이들을 연결해주는 매개체이자, 이 시대를 살아가는 직장인들의 핵심 경쟁력이다. 처음 뉴미디어가 나왔을 무렵에는 거들떠보지도 않던 사람들이 이제는 어려워서 손댈 수 없다고 한탄한다. 왜일까? 무엇이 어려운 걸까? 어쨌든 하나둘 SNS 계정을 만들고, 느릿느릿 키보드를 두드린다.

안타깝게도 많은 사람들은 기존의 글쓰기 틀에서 뉴미디어 글쓰기를 이해하려고 한다. 그러니 어디서부터 시작해야 할지 모르고 구독자를 확보할 만한 글을 쓸 수도 없는 것이다. 글을 쓰다가도 구독자 수에 실망해 더 이상 써야 할 이유를 찾지 못하고 포기한다.

종종 독자들이 자신의 글을 보내며 조언을 부탁하는데 그럴 때마다 당혹스럽기 그지없다. 굳이 내용까지 보지 않고 글의 스타일과 표현의 조합만 봐도 인기 없는 이유를 알 수 있다. 뉴미디어 글쓰기와 기존의 글쓰기는 별개다. 읽는 환경, 표현 방식, 모든 게 극명히 다르다.

뉴미디어의 본질

리자오서우를 처음 만난 건 2016년 8월 늦은 저녁이었다. 베이징 768지구의 한 찻집에서 함께 차를 마셨다. 그때의 리자오서우는 바이두의 부총재가 되기 전이었지만, 깊이 있는 사고와 통찰력으로 뉴미디어 업계에서는 이미 거물로 통했다. 그때 나의 SNS 계정은 그리 유명하지 않았고, 지식 콘텐츠와 광고가 없었으며 막 출간한 책이 한 권 있을 뿐이었다. 그날 저녁 우리는 차를 마시며 대화를 나눴다. 한 시간가량 나눴던 대화의 주제는 최근 중국에 급속히 퍼지고 있는 무선인터넷에 대한 긍정적인 시선과 뉴미디어가 가져온 기회였다.

그리고 얼마 후 리자오서우 팀이 바이두에 인수되었다는 소식이 인터넷을 도배했고, 그는 바이두의 최연소 부사장이 되었다. 반면 당시 나는 수많은 고민으로 밤새 뒤척이다가 뉴미디어의 힘을 빌려 가까스로 몇 가지 결과물을 만들어냈을 뿐이다.

내가 리자오서우와 만날 기회는 그리 많지 않았다. 그는 바이두에 입사한 이후 바쁜 시간을 보냈다. 얼마 후 그가 위챗을 보내 차를 마시자고 제안했고, 나는 흔쾌히 약속을 잡았다. 그때는 리자오서우가 바이두를 떠날 준비를 하고 있다는 것을 전혀 몰랐다. 그날 오후 모멘트를 보고 그가 사퇴를 공식적으로 발표한 사실을 알았다. 많은 사람들은 인터넷에서 그와 바이두의 관계, 인생의 선택 가치 등을 두고 갑론을박을 벌였지만 나는 큰 의미를 두지 않았다. 우리는 그를 평가할 자격도, 능력도 없지 않은가.

당시를 생각하면 감회가 새롭다. 2016~2018년까지 짧다면 짧은 시간이었지만 나 자신에게도, 리자오서우에게도 행복한 시간이었다. 우리의 인생에 거대한 변화가 일어났고, 우리는 모두 무선인터넷 기술이란 물결, 특히 뉴미디어의 수혜자였기 때문이다.

뉴미디어는 새로운 업종이 아니라, 도구다

상당수의 사람들은 2년이 지난 후에야 뉴미디어란 하늘이 부여한 성공가도로 가는 하이패스 티켓이란 사실을 깨달았다. 하지만 아직도 적지 않은 사람들이 진부한 시선으로 뉴미디어라는 업종을 바라보며, 뉴미디어는 자신과는 별개인 신흥업종이라고 생각한다. 그런 생각은 큰 오산이다. 뉴미디어는 새로운 업종도, 직업군도 아니다. 일반 사람들인 우리 모두가 익숙하게 활용할 수 있는 고효율의 도구다.

뉴미디어를 알고, 뉴미디어를 활용하는 일부 직장인들은 최근 몇 년 동안 SNS 계정을 만들고 동영상과 사진을 모멘트에 올리며 자신만의 브랜드를 만들고 있다. 그 가운데에는 2~3년의 동안 월 소득을 몇십 배로 끌어올리며, 인터넷이란 플랫폼에서 성공적으로 개인 브랜드를 만들어낸 사람도 있다. 내 주변만 해도 평범한 직장인에서 인생의 승리자로 변신한 사례가 수두룩하다. 비록 하루아침에 이룰 수 있는 것은 아니지만 그 성장 속도는 정말 놀랍다.

일부 사람들은 뉴미디어를 낯설게만 여기고 신흥업종이라고 생각하며 강 건너 불구경하듯 무관심하다. 그들은 뉴미디어란 바다에 빨리 뛰어들수록 성공의 문턱에 가까워질 수 있단 사실을 아직도 모르는 게 분명하다. 그들은 이 모든 일이 어떻게 일어나는지 알 수 없어서 전전긍긍할 뿐이다. 사람들이 가장 두려워하는 것은 자신이 뒤떨어진 걸 느끼는 게 아니라 어떻게 뒤떨어지는지를 모르는 것이다.

경쟁, 고효율로 저효율 밀어내기

나라 간의 경쟁, 사람 간의 경쟁, 과연 경쟁의 본질은 무엇일까? 또 우린 무엇을 경쟁하고, 무엇을 비교하는 것일까? 이 중요한 문제에 대해 곰곰이 생각해보자. 나는 모든 경쟁의 본질은 효율 싸움이라고 생각한다. 역사가 흐르고, 문명이 발전하고, 신기술이 등장하는 본질은 하나, 즉 고효율이 저효율을 밀어내는 것이다. 증기 혁명에서 전기 혁명으로 그리고 현재의 무선인터넷 혁명에 이르기까지. 다시 사람에서 기계로, 마차에서 자전거, 또 자동차로 진화하는 것은 하나의 본질, 높은 생산성이 낮은 생산성을 밀어낸다는 규칙을 따르고 있다. 한 가지 기술이 등장하고 유행하기까지, 사람들에게 어떤 영향을 미칠까?

조금은 잔혹한 현실을 알려주고자 한다. 기술의 본질은 모든 사람의 삶을 아름답게 해주는 게 아니다. 현대에는 사람을 두 부류로 나눌 수 있다. 신기술이란 무기를 활용해 부를 축적하고 인생의 승리자가 되는 부류와 신기술을 등한시한 채 남보다 뒤떨어져 결국 도태하는 부류로 나뉜다. 역사 속에서는 이런 과정이 부단히 반복되어 왔다. 연역 방식만 바뀌었을 뿐, 기술 혁명은 산업혁명을 가져왔고, 산업혁명은 다시 업계 혁명을 가져왔다. 그리고 업계 혁명은 우리의 운명을 송두리째 변화시켰다.

자, 이제 이론에 대한 개념 설명을 끝냈으니 뉴미디어의 힘을 다시 살펴보자. 무선인터넷 기술은 SNS 계정으로 대표되는 소셜네트워크서비스의 놀라운 확산세로 뉴미디어 세상을 열었다. 몇 가지 예를 들면, 부족한 필력으로 기존의 미디어에서는 힘을 발휘하지 못했던 사람들이 뉴미디어가 등장한 이후에는 인플루언서로 변신하며 1인 미디어로 유명세를 타고 있다.

'따안차^{答案茶}*'는 틱톡에 올린 15초짜리 영상으로 몇십 곳에 달하는 분점을 낼 수 있었다. 이 15초짜리 영상의 홍보 효과는 광고를 수천만 번 한 효과와 맞먹었다. 교사들이 교육기관에서 일 년에 10~20만 위안을 번다면 뉴미디어 플랫폼의 지식 유료화 콘텐츠에서는 한 강좌가 무려 100만 위안의 수입을 낼 수 있다. 이는 뉴미디어의 홍보 효과가 한 사람의 능력을 무한대로 높여주기 때문에 가능한 일이다.

확산보다 중요한 건 구독자

하지만 빠른 확산만으로는 부족하다. 뉴미디어의 진정한 힘은 확산 배후에 있는 구독자와의 관계다. 독자들이 당신의 글이나 영상을 보고 흥미를 느끼면 팔로우를 누른다. 팔로워가 되면 이 독자와 당신은 직접적인 소셜 관계를 맺게 되는 것이다. 당신이 SNS에 100만 자에 달하는 글을 써도 아무도 구독하지 않는다면 홍보에 도움이 되지 않는다. 기존의 미디어들은 효과 없는 구독 관계 때문에 현재 뉴미디어만큼 큰 영향력 발휘하지 못하고, 비즈니스 가치도 창출하지 못한다. 100만 자의 글은 50만 혹은 100만 명의 팔로워가 확보되어야만 비로소 가치가 있다.

---

* 고객이 질문을 하면 그 답을 뚜껑에 적어주는 밀크티 가게.

가령 한 브랜드에서 당신에게 광고를 요청하며 10만 위안의 광고비를 지불했다면 이 광고비는 당신이 쓴 100만 자 때문일까, 아니면 당신의 100만 팔로워 때문일까? 그렇다. 후자 덕분이다. 다시 말해 당신은 100만 팔로워의 관심 덕분에 광고주의 신뢰를 얻은 것이다. 신뢰가 최대의 비즈니스 가치라고 말할 수 있다. 즉, 뉴미디어의 핵심은 대중들이 이해하는 홍보 효과가 아니라 팔로워와의 관계인 것이다. 이 점을 이해했다면 뉴미디어적인 사고방식을 어떻게 글쓰기에 활용할지 고민해보자.

심심하다고 SNS를 시작하지 말자

내게 관심 있는 친구들이라면 내가 여러 곳에서 "저는 글쓰기를 통해서 더 많은 사람들과 교류하고, 직장에서 성공가도를 달리며 인터넷의 큰 수혜를 입었습니다"라고 말하는 것을 들어보았을 것이다. 하지만 이건 스토리의 시작에 불과하고, 동전의 한 면에 불과하다. 외부 사람들은 내가 빠르게 성공을 거두고 전성기를 보내고 있다고 생각할 것이다. 그렇지만 앞으로도 한 걸음 한 걸음 더 신중을 기해 걸어갈 것이란 사실은 모른다. 가진 게 많아질수록 리스크를 감당할 능력은 줄어들기 마련이다.
또 다른 동전의 한 면은 직장에서 성공을 위해 여러 차례 도

전했지만 수없이 좌절하고, 고통을 느꼈다. 지금 돌이켜 보면 내가 SNS 계정에 쓴 글은 세 단계로 나눌 수 있는데 눈물을 삼키지 않은 시기가 없었다.

초창기

가슴 벅찬 시기다. 휴대폰의 구독 계정 목록에 당신의 계정이 있다. 정성껏 이름을 짓고 프로필 사진도 고른다. 정말이지 신나는 일이다. 오늘따라 공기도 청아하고 온 세상이 다 내 것만 같다. 퇴근 후, 평소라면 게으름을 피웠겠지만 이제 창작의 열정이 불타오른다. 재빠르게 새로운 소식을 전할 앱을 열고, 자신의 기분을 두드린다. 마음속으로는 '다년간 꼭꼭 숨겨왔던 내 재능이 이제 빛을 보는구나'라고 생각하며 말이다.

흥분에 도취되어 글을 쓰고 친구들의 계정마다 다니며 "나 이제 SNS 시작했어!"라고 전한다. 반응도 꽤 뜨겁고 '좋아요' 수도 마구 올라간다. 몇몇 친구는 내 글을 여기저기 공유한다. 그렇게 한껏 기대를 안고 새로운 글을 올릴 때마다 세상의 반응을 기다린다. 당신은 대낮에 포스팅을 하며 자신한다. '오늘 하루 동안 내 글의 힘을 보여주겠어!' 결과는 참혹하다. 모멘트의 반응도 쥐 죽은 듯이 조용하다. 당신은 민망함을 무릅쓰고 친구들에게 공유 요청을 한다. 횟수가 많아지자 당신은 점점 번거로운 대상이 되고, 부모님과 형제자매만 한결같이 응원을 보낸다.

수차례 새로고침을 해보지만 구독자 수는 늘지 않는다.

　그러던 어느 날 글의 조회수가 세 자리 수를 돌파하기라도 하면 일어나 춤을 추기 시작한다. 그리고 이렇게 생각한다. '최소한 구독자 수가 10만까지 늘어날 거야, 내 기대가 높은 게 아닐 거야.' 설렘으로 로그인을 해보니 구독자 수가 늘기는커녕 2명이 줄어들었다. 그리고 묵직한 좌절감이 밀려든다. SNS여, 안녕이다.

권태기

이 단계에 접어들면 가까스로 쌓은 인기마저 포기해버린다. 그러다가도 팔로워 수가 네 자리 수를 돌파하면 마음속에 작은 희망의 불꽃이 피어난다. '나는 글로 먹고살 수 있어!' '팔로워야 늘어나라! 늘어나라! 늘어나라!' 이때 당신의 가장 큰 꿈은 팔로워 수만 명을 가진 팔로워 부자가 되어 다음과 같은 광고 문구를 삽입하는 것이다. '클릭 한 번을 할 때마다 얼마의 돈이 지불됩니다.' 하지만 다른 사람의 글을 볼 때마다 광고를 클릭하기는 사실 쉽지 않다.

　흐름을 돌리기 위해 당신은 다른 소셜미디어에 자신의 글을 공유한다. 그리고 하단에 SNS 계정의 QR코드를 새겨둔다. 언젠가 삭제되더라도. 결과적으로 공유 수는 여전히 변동이 없고 팔로워 수도 제자리걸음이다.

우울해진 당신은 슬쩍 '위챗 계정의 팔로워 수 늘리는 방법'을 검색해보기도 하지만 다른 사람이 당신의 이런 모습을 보는 건 원하지 않는다. 당신은 많은 사람들이 좋아요를 누르며 천 자에 달하는 경험담을 공유하는 것을 본다. 안타깝게도 대다수가 나의 글을 공유하지 않는다. 가장 단순한 방법은 팔로워를 늘리는 유료 서비스를 이용하여 허영심을 채우는 것이다. 하지만 돈이 없다. 이 정도 되면 당신의 심신은 피폐해진다. 재능으로 가난을 벗어던질 수 있을 거란 희망은 수포가 되었고 여전히 가난하다.

SNS도 정말 지긋지긋하다.

전성기

초창기와 권태기를 거쳐 살아남았다면 이제는 SNS에 대해 더 이상 기대도 없이, 그저 여가 시간을 보내며 자신의 감정을 분출하는 창구 정도로 활용하고 있을 것이다. 어느 날 야근에 지쳐 집에 돌아온 당신은 글을 써야겠다고 마음먹는다. 스타트업으로 옮긴 후 겪었던 서러움을 생각하면서 '일이 없다고 창업할 생각 마라'라는 제목을 붙인다. 글을 다 쓰고, 전과 다름없이 동네 라면집에서 소고기라면을 주문해 고기를 씹는다.

그런데 조금 전 쓴 글에 대한 반응이 가히 폭발적이다. 조회수가 몇백만을 돌파했고, 갑자기 팔로워 수가 몇 만이나 늘었다. 미친 듯이 기쁘고 정신이 몽롱할 지경이다. 당신은 돌연 유명세를 타게 되었다.

새로운 걱정이 떠오른다. 며칠 동안 업데이트를 하지 않았더니 팔로워 수가 몇백씩 줄어든다. 당신은 하는 수 없이 꾸준히 글을 써야 한다. 업무가 바쁜 시기와 겹치면, 수고로움은 말할 수 없다. 사회적으로 뜨거운 이슈가 생기거나 늦은 밤 돌발적인 변수가 나타나면 침대에서 벌떡 일어나 빈 문서를 열고, 냉철하고 차분하게 생각을 정리해야 한다. 그렇지 않으면 다른 계정에서 포스팅을 한 글을 지켜볼 수밖에 없다.

당신은 결국 글을 쓸 수밖에 없다. 이리저리 깨지면서도 자신만의 무기를 갈고 닦으며 내구성을 높여간다. 그리고 점점 대체할 수 없는 존재가 되어가는 것이다.

위의 내용에 깊이 공감한다거나 신뢰가 가는가? 내가 뉴미디어 글쓰기를 운영하면서 얻은 깨달음을 정리해보았다. 이 내용이 당신에게 조금이나마 힘이 되고 어려움을 헤쳐나가는 데 도움이 되길 바란다.

뉴미디어 글쓰기의
기본 원칙

뉴미디어 글쓰기란 무엇인가? 나는 이렇게 표현하고 싶다. 자극적인 시작과 주제를 고민해서 논리에 충실하게 글솜씨를 발휘하여 자신의 가치를 효과적으로 끌어올리는 것이다.

자극, 제목에서 시작된다

디지털 구독 시대의 SNS 글쓰기는 제목이 중요할까, 내용이 중요할까? 많은 사람들이 제목보다 내용을 꼽을 것이다. 하지만 틀렸다. 뉴미디어 시대에서는 제목이 글의 조회수와 공유 횟수를 결정짓는다. 위챗 모멘트에는 6초마다 새로운 글이 올라온다. 대부분의 사람이 구독하는 계정 수는 적어도 십여 개에서 많은 경우 몇십 개다. 좋은 제목은 성공적인 첫걸음과 같다. 가장 먼저 해야 할 첫 번째 과제는 글을 '열고' 싶은 욕망을 자극하는 것이다. 늘 말하듯이 제목은 '열기'를 결정하고, 내용은 '공유'를 결정한다. 정말 대단한 제목은 '공유'까지 결정하기도 한다. 나의 글쓰기 수업을 예로 들어보자. 첫 번째 글쓰기 수업의 제목은 〈글 쓰지 않는 당신, 직장 내 경쟁력을 잃고 있다〉였고, 두 번째 글쓰기 수업의 제목은 〈글쓰기는 이 시대 최고의 자기

투자다〉였다. 이 두 가지 제목 중 당신은 어떤 제목을 클릭할 것인가? 첫 번째인가? 이유는 무엇인가?

〈글쓰기는 이 시대 최고의 자기 투자다〉는 자아발전, 자아실현이라는 통점을 건드린다. 매슬로의 욕구단계Maslow's Hierarchy of Needs 가장 윗부분이다. 반면 〈글 쓰지 않는 당신, 직장 내 경쟁력을 잃고 있다〉는 생존에 대한 욕구, 즉 가장 저층부의 욕구를 건드린 셈이다. 굳이 내용을 얘기하기에 앞서 제목만으로 본다면 〈글 쓰지 않는 당신, 직장 내 경쟁력을 잃고 있다〉가 〈글쓰기는 이 시대 최고의 자기 투자다〉란 글보다 더욱 궁금할 수밖에 없다. 독자들의 댓글이나 회원들의 반응만 봐도 결과는 확실하다.

나는 시종일관 뉴미디어 글쓰기는 제목에 많은 시간을 투자해야 한다고 말했다. 좋은 제목을 짓는 일은 오랜 시간 각고의 훈련이 필요하다. 꾸준히 쓰고, 꾸준히 고쳐야 한다. 앞서 4장에서는 이와 관련된 일련의 방법을 언급했다. 이 과정은 상당히 고생스럽다. 좋은 문장은 모두 수정을 거쳐서 나오고 좋은 제목은 더욱 그렇다. 수정이란 독자의 피드백을 담아야 하고 그들의 기대를 반영하여 이뤄져야 한다. 가령 미멍의 스텝들은 글 한 편에 100여 개의 제목을 뽑아두고, 투표를 통해 결정한다고 한다.

물론 어떤 글쓰기든 핵심은 내용이다. 제목을 보고 클릭한 독자가 내용을 보고 욕을 하며 창을 닫게 만들어선 안 된다. 그럼 아무 의미가 없다. 이 점을 염두에 두고 글을 쓴다면 조회수가 많아지고 취소하기를 누르는 사람은 줄어들기 마련이다. 사람의 마음은 상당히 민감하다. 글을 대하는 당신의 마음가짐은 독자에게 고스란히 전해진다.

통점, 제목 선정의 핵심

어떤 주제가 마음을 울릴까? 왜 당신의 주제에는 아무도 반응하지 않고, 다른 사람의 주제에는 모두 공감하는 것일까? 이유는 무엇일까?

좋은 주제는 통점痛点을 건드려야 한다. 통점이란 마음속에 숨겨둔 악마와 같다. 어느 조용한 늦은 밤 악마는 슬그머니 수면 위로 올라와 당신을 혼란에 빠뜨린다. 당신은 그 굴레에서 평생 벗어나지 못한다. 예컨대 오랫동안 돈에 자유롭고 싶다는 꿈을 꾸고 있다면 돈을 버는 게 당신의 통점이다. 리샤오라이 선생은 '더다오'의 한 칼럼에 〈부富의 자유로 향하는 방법〉이란 글을 올렸다. 설사 내용과 부의 자유가 아무런 관련이 없더라도, 제목만으로 그는 승리자가 될 수 있었다. 나는 인간의 영원한 통점을 네 가지로 추려보았다. 첫째, 사업의 진보와 보수다. 전형적인 예는 대도시와 소도시 간의 모순과 갈등이다. 대도시에서 치열하게 살 것인가, 아니면 고향으로 돌아가 소도시에서 편안한 삶을 살 것인가? 신스샹新世相*이 위챗 모멘트에 올린 〈4시간 안에 베이징, 상하이, 광저우 떠나기〉란 글은 홍보 전략도 좋았지만 주제 자체가 통점을 건드렸다.

둘째, 생활 속의 안정과 모험이다. 내 친구인 리샹룽은 밀리언셀러 작가다. 그는 〈당신이 말하는 안정이란 생명을 낭비하는 것이다〉란 글을 쓴 적이 있는데 당시 그의 위챗 모멘트는 밀려드는 메시지와 반응으로 난리가 났다. 나 역시 그런 핫한 글을 쓴 적이 있는데 제목은 〈조직 안과 밖에서, 갑과 을〉이란 글이었다. 이 글에서 나는 조직 내의 안정과 조직 밖의 다채로움은 불가분의 관계라는 것을 이야기했다. 당시 〈인민일보〉, 〈경제일보〉의 공식 계정에도 게재될 만큼 자유와 안정은 결코 시들지 않을 우리의 통점인 것이다.

셋째, 지적 수준 성장의 전과 후다. 중국 치타모바일Cheetah Mobile의 대표이사이자 CEO인 푸성傳盛은 "소위 성장이라는 것은 지적 수준의 향상이다"라고 말했다. 지혜를 사랑하고 진실을 추구하는 사람들에게 지적 수준의 제고에 관한 글은 상당한 인기를 끌었다. 나는 〈세 가지 비용이 당신이 아무것도 갖지 않을지, 부의 자유를 누릴지를 결정한다〉는 글을 썼다. 나의 친구 위샤오는 〈연봉 10만 위안과 100만 위안의 차이는 무엇일까〉란 글에서 사고방식이 수익 모델을 변화시키고, 지적 수준과 삶의 수준

---

* 중국의 문화콘텐츠 기반 뉴미디어 플랫폼.

을 향상시킨다고 강조했다.

넷째, 능력과 플랫폼의 밀고 당기기다. 최근 2년 동안 '멀티족'이라는 개념이 유행하면서 많은 젊은이들이 개인의 능력을 제고하고 확장시켜 일원화된 수익원과 플랫폼의 규정에 얽매인 기존의 업무 방식에서 벗어나길 갈망해왔다. 개인의 능력과 플랫폼 자원은 밀고 당기면서도 상호 보완을 하는 관계로 직장인들에게는 영원한 통점이다.

그럼 우리 인성의 영원한 통점은 무엇이며 어디서 오는 것일까? 또 그 본질은 무엇일까? 매슬로의 욕구단계에 따르면 인간의 천성에는 많은 감정적 주제가 있다. 예를 들어 자기 존재, 안전감, 감정이입, 공포, 자아실현 등이 그렇다. 그래서 이런 감정적인 욕구가 있을 때, 비교적 쉽게 인성의 통점을 건드릴 수 있다.

우리는 왜 뤄얼羅爾의 〈뤄이샤오, 멈춰줄래?〉*라는 글을 공유했을까? 감정을 이입했기 때문이다. 감정이입보다 더 깊은 곳의 감정은 무엇일까? 공포이고, 생존이다. 우리는 왜 재난에 관한 글을 공유하는 것일까? 우리의 두려움에 대한 욕구를 건드리기 때문이다. 그래서 글쓰기의 고수는 사람의 마음을 꿰뚫어 보는 고수이기도 하다.

---

* 2016년 잡지사 편집장 뤄얼이 다섯 살짜리 딸 뤄이샤오의 백혈병 치료비를 감당하기 힘들다며 위챗에 도움을 요청한 글. 뜨거운 호응과 모금이 이어졌지만 나중에 뤄얼의 재산 은닉이 밝혀지면서 큰 파문이 일었다.

아래의 내용을 함께 보자. 같은 주제에 대해서 우리는 어떤 관점을 취해야 할까. 예를 들어 한 스타의 스캔들은 전 국민의 시선을 사로잡는 핫이슈다. 1인 미디어는 스타의 스캔들에 신이 난다. 이 이슈를 다루면 구독자 수는 폭발적으로 늘어나기 때문이다. 이처럼 현재 사회적인 이슈가 최고의 글쓰기 주제인 것은 부정할 수 없다. 하지만 이슈에 관한 수많은 글 속에서 당신의 글이 '궤도 이탈' 없이 살아남으려면 어떤 측면에서 이 이슈를 다뤘는지가 매우 중요하다.

린단林丹*의 스캔들이 터졌을 당시 많은 사람들은 스캔들의 내막과 도덕적인 문제점, 또 진정한 사랑을 찾는 방법 등에 대한 글을 무작위로 쏟아냈다. 대부분이 이미 알고 있고, 굳이 강조하지 않아도 되는 것들이었다. 당시 1인 미디어에서 내놓은 글의 제목은 다음과 같았다.

- 린단의 외도: 이런 사랑. 돌이킬 수 있을까?

- 린단이 불륜을 저질렀다: 배우자의 외도, 용서해야 할까?

- 린단의 외도: 이미 어긋난 결혼 생활이라면 여자는 어떻게 해야 할까?

---

* 중국을 대표하는 배드민턴 선수. 2016년 불륜 스캔들로 중국인들에게 충격을 주었다.

- 린단의 일탈은 우리에게 안전이란 스스로 지키는 것임을 알려준다.

- 린단의 불륜: 이것이야말로 불륜 예방을 위한 최선의 방책!

나도 당시 〈사람은 누구나 일탈을 한다. 당신도 아직 돌아오지 않았는가?〉라는 제목의 글을 내놓았다. 독자들이 보기에 독특하고 흥미로웠을 것이다. 이 글은 포스팅한 지 4시간 만에 조회수 '10만+'를 만들어냈다.

논리 없는 내용은 매력 없는 미인과 같다

제목과 주제의 중요성에 대해 말했으니 이제 전체 글을 받치는 논리 구조에 대해 이야기해보자. 우선 논리 없는 내용은 의미 없는 단순한 나열에 불과하다는 점을 강조하고 싶다. 단순 나열식의 논리 구조는 기존의 글쓰기든 뉴미디어 글쓰기든 용납될 수 없는 부분이다.

뉴미디어 글쓰기의 표현 방식은 기존의 방식과는 확연히 다르다. 밀도가 높고, 시각화되어 있다. 그렇다고 해서 기존의 글쓰기보다 쓰기 쉽다는 의미는 아니다. 좋은 글은 기존의 글쓰기든 뉴미디어 글쓰기든 독자가 흥미를 잃지 않고 끝까지 읽을 수 있다는 공통점이 있다. SNS 읽기는 조각조각 나눠 읽는 식이라 독자들의 집중력은 쉽게 흐트러지기 마련이다. 그래서 글의 논리 구조를 짤 때는 반드시 밀도 있고, 호기심을 유발할 요소와 주옥같은 문구가 포함되어야 한다.

예를 들어 나는 뤄융하오의 휴대폰 쇼케이스에 참여하고는 큰 감동을 받은 나머지 나와 뤄융하오에 관한 글을 써야겠다고 마음먹었다. 뤄융하오의 쇼케이스가 큰 이슈인 만큼 다음 날이면 그에 관한 글이 쏟아질 것을 예상하고 있었다.

먼저 어떤 관점에서 접근해야 할지를 고민했다. 지금의 뤄융하오에 대해서만 쓴다면 그리 재밌을 것 같지 않았다. 내가 쓰는 글은 인터뷰 기사가 아니고, 이번 쇼케이스에는 그의 스토리가 없으니 그다지 흥미롭지 않았다. 그래서 뤄융하오를 처음 알게 되었던 대학 시절을 떠올렸다. 벌써 10년 전이었다. 내가 보는 뤄융하오의 과거와 현재, 그리고 달라진 그의 영향력에 대한 글을 쓰기로 결정했다.

주제를 정하고 어떤 방향으로 쓸지 정했으니 이제 프레임을 잡아야 한다. 어떻게 구상할까? 만약 시작부터 "어제 저녁 뤄융하오의 망치폰* 쇼케이스에 참석했다. 그의 수려한 말솜씨에 현장은 뜨거운 열기로 가득 찼고, 나 역시 감동했다"라고 쓴다면 너무 평범하다. 만약 "내가 뤄융하오를 알게 된 건 10년 전이다. 당시 뤄융하오는 신둥팡 학원의 인기 영어강사였고, 나는 어리

---

* 스마티잔은 기업 로고로 망치 그림을 쓰고 있어, 사람들은 이곳의 제품을 망치폰이라고 부르기도 한다.

숙한 대학생이었다. 나는 그에게 어떤 영향을 받았을까?"라고
써도… 별로다.

나는 상업영화의 수법을 활용하기로 했다. 타임라인을 따라
명(明)과 암(暗)을 교차 삽입하고 나와 뤄융하오란 인물을 비교하고
대조하면서 독자들 마음속 틀에 박힌 구조와 논리적 인지의 틀
을 깨고 갈등과 궁금증을 만들었다. 서두는 이렇게 했다.

> "언제가 우리가 휴대폰을 몇백만 대, 몇천만 대를 팔게 된다면
> 사람들은 너도나도 우리 휴대폰을 사용하겠지요. 하지만 이 제
> 품은 여기 있는 여러분을 위해 만든 것이랍니다."

뤄융하오가 현장에서 모두를 감동시킨 그 구절이었다.

어젯밤 스마티잔의 신제품 쇼케이스가 열린 선전 젠티(尖体)체육
관에서 뤄융하오는 세 시간가량 무대 위에 섰다. 그는 이 말을
하며 처음이자 마지막으로 울먹였다.

체육관을 가득 메운 사람들의 환호성이 울려 퍼졌고, 관중석의
사람들은 흥분한 채 뤄융하오의 이름을 소리쳤다. 나는 중년의
나이에 한 시대를 풍미하고 있는 이 남자를 무대 아래 멀리서
바라보며 오래된 자부심을 애서 눌렀다.

내 눈시울도 뜨거워졌다. 머릿속엔 10년 전 대학 시절의 그날

밤이 떠오른다. 대학 체육관에서 처음 그를 만났다. 2007년 여름, 당시 나는 대학교 2학년 학생이었고, 미국으로 떠나겠다는 일념 하나로 토플을 준비 중이었다. 매일같이 빨간 표지의 영어 사전을 들고 평생을 살아도 쓸데없을 것 같은 생소한 단어들을 외우고 있었다.

짧은 글로 가장 감동적인 부분을 간단히 소개했다. 그리고 10년 전으로 시선을 돌렸다. 이어서 교차 대비 방식으로 지난 10년간 나와 뤄융하오의 인물 변화를 묘사했다.

10년 전의 당신은 분노하는 청춘이었다. 어젯밤처럼 체육관의 몇천 명의 관중 앞에서 몇 시간 동안 얘기를 나눴다. 다른 점이라면 10년 전의 당신은 거리낌 없이 이상과 포부를 말하고, 업계의 부패를 꼬집고, 세상에 대한 불만을 쏟아내고, 경쟁 상대라면 인정사정없이 비꼬았다.

10년 전 어리숙했던 나는 당신에게 세뇌당했다. 마침내 인생의 올바른 길을 여는 방식과 올바른 호르몬 분출법을 찾은 것 같았다. 당시의 나는 당신과 30미터 멀리 떨어져 앉아 있었지만 눈빛은 살아 있었고 가슴엔 불길이 타올랐다. 그리고 집에 돌아와서 미친 듯이 영단어를 외우며 우선 미국으로 가야 세상을 바꿀 수 있다고 믿었다.

10년이 지난 후 당신은 자부심에 가득 찬 머리를 숙인 채, 스스로를 낮춘다. 당시 역사의 선택을 받았다고 생각했던 당신은 지금 어떤 생각을 하고 있는가? 10년 후의 나에게 미국은 이미 아득한 꿈이 되었다. 대학에 갔고 일을 하고, 대륙에서 홍콩으로, 알바에서 창업으로, 직원에서 사장이 되었다. 몇 년은 훌륭했고, 몇 년은 침묵해야 했다. 앞으로는 훗날의 기회를 위해 모든 것을 걸 것이다.

다시 관중석에서 당신을 본 어제, 세월의 흔적을 느꼈다. 이것이야말로 우리에게 가장 뜻밖의 일일 것이다.

"만약 우리가 힘들게만 보인다면 우리의 야심이 얼마나 큰지 몰라서일 뿐입니다. 우리의 야심은 함부로 말할 수 없을 만큼 큽니다."

뤄용하오는 어젯밤 쇼케이스에서 가장 아름다운 말로 마무리를 했다.

이 순간에는 과거에서 현재까지의 10년이 마치 꿈처럼 느껴진다. 다시 현실로 돌아와서 뤄용하오를 평가하고 앞으로를 전망한다.

뤄용하오의 비즈니스는 비정함이 가득 담긴 이상주의다. 줄곧 레드오션에서 혈투를 벌였다. 아니나 다를까, 어젯밤 발표에서 시크한 스타일로 주목을 받은 용감무쌍한 망치폰들은 교육자

출신이 만든 휴대폰이라며 비웃음을 사고, 제품이 쓰레기라는
조롱을 당하고 있다.

좋은 글의 구조는 구조에 대한 독자의 편견을 깨고 꾸준히
독자의 입맛을 자극하는 것이다.

문학적 재능이란 어휘 말고 상상력도 포함된다

한 독자가 물었다. "저는 글 쓰는 걸 좋아하는데 재능이 없어
요. 어떻게 하죠?" 기존 글쓰기의 영향을 받은 많은 사람들은
'문학적 재능'이란 단순히 수려한 문체와 어휘를 사용하는 것이
라 생각한다. 어떤 사람들은 재능이 없음을 탓하며 이걸로 먹고
살기 글렀다며 슬퍼한다.

앞에서 언급했듯이 사실 '문학적 재능'에 대해 명확한 정의
가 있는 건 아니다. 평범한 1인 미디어를 운영하는 사람들이 굳
이 기존의 훌륭한 작가들과 같은 줄에 서야 할 이유는 없다. 조
금 더 보충하자면 뉴미디어의 독자는 아름다운 글을 감상하는
게 아니다. 물론 다채로운 어휘와 기법이 활용되면 좋겠지만 중
요한 것은 당신의 관점이 참신한지, 논리의 짜임새가 촘촘한지,
표현이 간결하고 명료한지다.

생각해보자. 당신은 2~3분 안에 SNS 계정의 글을 다 훑어봐야
한다. 제목에 부합되는 글인지, 작가의 관점이 타당한지를 살펴

게 될까, 아니면 매 단락마다 수려한 문체와 '입에 착착 붙는 어휘'를 찾게 될까? 다수의 상황을 고려해보면 응당 전자다.

디지털 구독 시대에는 좋은 제목, 주제, 관점에 부합한다면—'훌륭한 문학적 재능'까지 갖췄다면 금상첨화겠지만—훌륭한 글이 될 수 있다. 그렇지 않으면, 근본 없는 물줄기이자, 나무와 같다. 한두 단락을 보고 놀라워하다가 다 읽은 후에는 아무런 인상도 남지 않는다. 광의적으로 '훌륭한 문학적 재능'이란 적절한 어휘를 잘 활용할 뿐만 아니라 독자의 상상력을 자극할 수 있는 능력이다.

나는 〈바보 같은 짓 마라, 넉넉하고 여유로운 삶을 살 수 없다〉라는 글에서 돈 있는 사람이 더 바쁘게 산다면서 우샤오보 선생의 예를 들었다. 우샤오보 선생은 젊은 시절 섬을 하나 샀다고 한다. 말 그대로 무릉도원으로 섬에는 수초가 무성하게 자라고 있었다. 지금의 우 선생은 여러 도시의 호텔에 머무르고 만 미터 상공에서 항공기를 타고 다니는 생활을 하면서 섬에서 지냈던 날들을 그리워한다. 그 섬은 우 선생의 마음속 무릉도원의 꿈이다. 나는 우 선생이 눈코 뜰 새 없이 바쁘고, 눈빛이 지쳤으며, 점점 말라가고 있다고 말하지 않았다. 이런 묘사는 너무 직접적이고, 모든 사람이 생각할 만한 것들이다. 문학적 재능이란 실제와 구체적인 무언가를 허구화시켜 독자들의 마음속에 아름다운 그림을 그리고 상상의 나래를 펼칠 수 있는 공간을 만들어주는 것이라고 생각한다.

"청춘은 아름다운 슬픔이다." 왜 사람들은 이런 구절을 좋아할까? 청춘에 대한 비유는 많다. 그런데 왜 궈징밍郭敬明*의 이 구절이 깊은 인상을 남기는 것일까? '아름다움'과 '슬픔'의 대비가 돋보이기도 하지만 완곡한 표현도 한몫했다. 많은 사람이 인용한 까닭에 지금은 진부하게 느껴지지만 이 말이 처음 나왔을 때는 매우 참신했다.

뉴미디어의 최대 강점은 쌍방향이다

글의 제목에서부터 짜임새, 문학적 재능까지 파고들어보았다. 모두 끝난 것 같은가? 아니다. 이제 절반쯤 왔다. 스스로에게 물어보자.

- 글을 다 쓰고 제목을 다시 보니 어떤가? 여전히 최선인가?
- 문장의 구조와 배열은 어떤가? 단락의 배열이나 행의 간격, 글자의 간격은 적당한가?
- 표지와 본문에 삽입한 그림은 전체적인 맥락과 잘 맞아떨어지는가?

SNS 계정의 글자 크기, 글꼴, 색깔은 고정된 기준이 없다. 당

---

* 중국의 소설가.

신의 글을 보는 독자들 입장에서 부단히 살피고, 여러 시도와 비교를 통해서 반응이 괜찮고, 자신도 좋아하는 스타일을 찾아야 한다. 내 SNS 계정에 올리는 글의 경우 제목은 대체로 15포인트를 쓴다. 16은 좀 큰 느낌이고 14는 좀 작은 느낌이다. 본문은 14.63포인트, 행간 간격은 1.6배, 자간 간격은 2픽셀, 페이지 여백은 22픽셀로 한다.

글자뿐만 아니라 단락을 구분하는 형식에도 주의를 기울인다. 그래야만 독자들의 시선을 사로잡을 수 있다. 불편하게 보이는 형태는 편안하게 바꿔야 한다. 이 점은 상당히 중요한 부분으로 당신의 글이 매끄럽게 읽히는지에 직접적인 영향을 끼친다.

아래 두 장의 사진은 단락을 나누기 전과 후의 효과를 보여준다. 단락 구분의 전과 후의 차이를 살펴보자.

미멍의 글을 보면 매 구절마다 단락을 나눈다. 이런 글이 더 편하게 읽히는가? 만약 글에 자신 있다면 본문에 그림을 삽입하지 않아도 괜찮지만 섬네일 사진이라면 훌륭해야 한다. 이는 조회수에 영향을 미치기 때문이다. 외모가 정의다. 훌륭한 글을 가지런히 정돈해 독자들을 만나야 한다. 그렇지 않은가? 어느 누구도 엉망진창인 겉모습을 참아내며 굳이 속마음을 들여다봐야 할 의무는 없다고 하지 않았는가. 참 일리 있는 말이다.

겉모습에 공을 들이는 것은 아름다움을 위해 노력한다는 의미다. 아름다움 역시 일종의 생산력이다. 정교하게 삽입된 사진, 깔끔하게 정돈된 배열, 수정을 거친 처음과 끝. 이를 위해 당신이 돈이나 시간을 썼다면 독자들은 그 아름다움을 통해 당신의 진지한 태도를 엿볼 수 있다. 만약 열심히 글을 썼지만 시각적으로 깔끔하지 않다면 상당히 안타까운 일이다. 정성을 들여 편집하고, 여러 번 훑어본 후 적절한 시간에 포스팅했다면 이제 한숨 돌려도 될까? 아니다. 아직 댓글에 답글을 달지 않았다. 평가에는 좋고 나쁨이 없다.

댓글과 독자의 평가를 허투루 봐선 안 된다. 기존의 글쓰기와 달리 댓글에 대한 답글은 뉴미디어의 콘텐츠 창작의 일부다. 나는 댓글을 통한 실시간 소통이 뉴미디어가 가진 강점이자, 가장 흥미로운 부분이라고 생각한다. 많은 독자들은 내 답글이 본래 글보다 더 재밌다고 한다. 독자들의 정성 어린 평가는 고민거리를 던져주고 시선을 달리해 글을 볼 수 있는 동기를 부여한다. 이런 평가에 대한 답은 내가 각별히 신경을 쓰는 부분이기도 한다.

진정한 고수는 대중 속에 있고, 대중의 눈빛은 빛난다. 어떤 사람은 글의 부족함을 발견하는 데 능하고, 어떤 사람은 자신의 스토리를 공유하기를 좋아한다. 또 어떤 사람은 공감하면서 당신의 관점을 보완하기도 한다. 이런 평가들을 읽고 또 댓글을 주고받는 일은 큰 활력소이자 즐거움이다. 독자들과 친구가 되고, 가족이 되어 마음을 나누면 독자들은 소위 말하는 팬심이 생기고, 이들과 더욱 가깝게 소통하면서 이심전심이 되는 게 아닌가 싶다.

모두가 주옥같은 문구를 쓰고 싶다

널리 공유되는 좋은 글에는 기억에 남는 주옥같은 문구가 담겨 있다. 이런 구절이 없는 글은 깊은 인상을 남기거나, 공감을 얻기 힘들다. 옛말에 "술 향기가 좋으면 후미진 골목도 두렵지 않다"란 말이 있다. 그런데 이제는 이 말이 통하지 않는다. 술맛이 아무리 좋아도 후미진 골목은 무섭고 좋은 냄새가 가득하더라도 맡기가 쉽지 않기 때문이다. 글을 써서 인지도를 높이고,

자기의 영역을 확보해야 하며, 때때로 적절한 '닭고기 수프'도 필요하다.

많은 사람들이 '닭고기 수프'에 반감이 있다. 마치 '닭고기 수프'가 영양이 없는 것처럼 말이다. 대가들이 쓴 글을 자세히 살펴보면 '닭고기 수프' 성분이 많이 발견된다. 단지 당신 스스로 그냥 수프만 있다고 믿는 것이다. '닭고기 수프'는 홍보를 담당한다. 적합한 리듬감은 글 읽기 효율을 높이는 데 그만이다. 특히 SNS에 올리는 글의 흡입력을 높이려면 재료도 있고 재미도 있어야 한다. '닭고기 수프'의 느낌을 살리려면 순수한 닭고기 수프만으로는 안 된다. 사람들은 당신이 한 말은 잊어도 특별한 한 구절은 잊지 않을 테니 말이다. 그것이 바로 주옥같은 문구의 힘이다.

도대체 '주옥같은 문구'란 무엇인가? 그것은 하나의 브랜드 혹은 콘텐츠를 가장 충격적으로 표현하는 것이라고 생각한다. 주옥같은 문구는 독자들의 마음속 통점을 건드려서 "맞아, 바로 그거야!"라고 외치게 만든다. 이렇게 말하면 좀 추상적일 것이다. 한 미식 요리 사이트의 이름은 '샤추팡 下厨房*'이다. 매우 평범한 말 같지만, 주옥같은 한마디가 될 수 있다. 당신은 분명 맛있는 음식과 사랑만큼은 저버릴 수 없다는 것을 알고 있다. 이

* '손수 요리를 짓다' '집밥을 차리다' 정도로 번역할 수 있다.

말을 들으면서 마음속으로 '아'라는 소리가 나오지 않는가? 이 말은 브랜드의 포지션에 아주 잘 들어맞는다고 생각한다.

자동차 브랜드 뷰익의 사례를 보자. 뷰익의 주옥같은 홍보 문구는 "떠벌리지 마라. 저절로 알려진다"다. 여기서 말하는 것은 자동차이기도 하고 사람이기도 하다. 뷰익의 신형 모델 라크로스의 타깃인 사회 엘리트들에게 하는 말이다.

킹스톤은 메모리 제조업체다. 킹스톤이 내놓은 주옥같은 문구는 무엇일까? 아마 듣고 나면 잊지 못할 것이다. "기억은 영원히 존재한다." 굳이 다른 설명을 보태지 않아도 이 문장과 제품의 관계를 이해할 수 있을 것이다. 이 한 구절은 브랜드 가치의 내재적 함의를 끌어냈다.

주옥같은 문구는 모두가 원하는 바를 표현하는 것이다. 내재적 의미를 함축한 간단한 말 한마디는 독자에 대한 책임을 다하면서도 지금의 읽기 환경에도 매우 적합하다. 이제는 뉴스나 글 한 편을 읽는 시간이 점점 짧아지고 있다. 글을 스크롤하고, 위챗 모멘트를 스크롤한다. '슥' 하고 스치는 순간 과거가 된다. 그렇지 않은가? 일부 독자들은 굵게 강조한 부분만 보기도 한다. 한두 구절로 독자의 마음을 움직일 수 있는가가 관건이다.

주옥같은 문구는 독자 관심을 끄는 매우 좋은 방법이다. 한눈에 들어오는 짧은 문장에 독자는 공감하고, 흥미를 가지고, 관심을 기울인다. 그렇게 당신의 글에 집중하게 되는 것이다. 독자들이 무엇을 믿고 당신의 글을 보겠는가? 주옥같은 문구는 열쇠와 같다. 독자 마음의 빗장을 열어야 당신의 스토리도 이어질 수 있는 법이다.

미명은 웨이보와 SNS에서 유명했던 글 〈감성지수가 높은 사람이 대화를 잘한다〉 말미에 이렇게 적었다. "지능지수는 당신의 하한선을 결정하고, 감성지수는 상한선을 결정한다. 상대를 편하게 해주는 대화의 수준은 당신이 다다를 수 있는 높이를 결정한다." 이처럼 글 속에 담긴 주옥같은 한 문장은 독자에게 깊은 인상을 남긴다. 설사 글 전체의 내용을 잊더라도 이 한 문장만 기억한다면 독자는 당신이 수천 자를 통해 전하고자 했던 내용이 무엇인지 이해할 수 있을 것이다.

글의 확산력을 높이기 위한 노하우

SNS 계정에 가입했다면 이제 어떻게 꾸려나갈 셈인가? 바이두에서 사진 한 장을 퍼온 후 프로필 사진에 넣고, 간략히 자기소개를 한 후 "관심 가져주셔서 감사합니다"라고 말한다. 그리고? 또 무엇을 써야 할까?

소개

SNS에 가입했다면 당신이 누군지, 무엇을 하는지 소개해야 한다. 소개는 "어서 와서 같이 놀자. 관심 좀 가져줄래, 결코 실망시키지 않을 거야"라는 뜻을 보여주어야 한다. 내 계정의 소개란에는 "나는 스펜서입니다. 홍콩 최초로 1인 미디어를 시작했고, 금융계에서 다년간 경력을 쌓았습니다. 여기 팔로워 수가 100만에 달하는, 도시의 젊은이가 있습니다. 왜 이제야 왔나요?"라고 적혀 있다.

여기에는 세 가지 키워드가 담겨 있다. '홍콩', '금융', '팔로워 수가 100만에 달하는 도시의 젊은이'다. 왜 이 세 가지 키워드를 썼다고 생각하는가? 우선 사람들에게 좌표는 홍콩이고, 금융 종사자이며 계정의 포지션은 도시의 젊은이로, 이미 100만 명 가까운 사람들이 방문하고 있다는 것을 알려주기 위해서다.

이전에 '문화예술남'이라는 표현을 쓴 적이 있다. 자조적인 성격이 강한데, 이 계정은 문화예술을 사랑하는 생기발랄한 개인의 것이지, 영리를 목적으로 하는 기관의 계정이 아님을 알리고 싶어서였다. 독자들은 이 소개를 읽고 나면 작가가 능력도 있고 유머까지 겸비했다고 생각하며 관심을 가질 것이다.

포지션

독자가 당신의 계정에 관심을 보였다면 더 깊은 인상을 남겨 그의 시선을 잡아보자. 계정을 포스팅하고 팔로워 수가 늘어나면 개인의 포지션 역시 끊임없이 조정된다. 내가 썼던 답글은 다음과 같다.

- 이 계정에 관심을 가지신 걸 축하드립니다. 그건 당신이 소신이 있는 사람이란 걸 말해주니까요.
- 나는 스펜서입니다. 홍콩에서 금융계에 종사하면서 글을 씁니다. 여기는 개인의 공간입니다. 방문해주셔서 감사합니다. 당신이 우울하지 않고 재미있다면 말이에요.

답글

우리가 SNS에 글을 쓰는 계정을 편의점이라고 상상해보자. 당신이 편의점 주인이라면 손님이 들어오면 "어서 오세요"라고 먼저 해야 하지 않을까? '댓글에 주목하는 것'은 "어서 오세요"라고 말하는 것과 같다.

허차이터우和菜头의 계정인 '차오볜왕스槽边往事'에서 그의 답변을 보면 상당히 재밌다. 그는 새롭게 관심이 가는 친구가 있으면 이렇게 말한다. "댓글은 제가 선택해서 일부만 답을 합니다. 도배하지 말아주세요. 안 그럼 찾아가서 꼬집어줄 겁니다." 이 말은 친근감이 느껴지고 마치 오랜 친구와 농담을 주고받는 느낌이 든다. 이후에는 답글의 방식을 바꿔서 간단한 이모티콘을 사용했는데 그 역시 무척 재밌었다.

버튼 설정

고객이 당신의 가게에 들어선다. 당신은 분명 뭐라도 팔고 싶을 것이다. 손님이 물건을 살 기대를 안고 들어온 이상, 당신의 계정은 무엇을 팔 수 있을까? 이때 제품이 필요하다. 과거에 썼던 훌륭한 글들, 자기소개, 고객이 클릭하길 바라는 글을 잘 보이도록 배열하자. 최근 글쓰기 수업을 했다면 글쓰기 수업을 가장 좌측에 두고 그다음에는 '10만+'의 글을 배치해 나를 잘 모르는 사람도 쉽게 클릭하도록 한다. 새로운 손님이 진열대에서 그가 원하는 상품을 찾을 수 있기를 바라는 마음을 갖고 말이다.

시각적 스타일

모든 글은 시각적으로 일관된 스타일을 유지해야 한다. 첫째, 프로필 사진. 글을 볼 때 가장 먼저 눈에 들어오는 것은 사진이지 빽빽이 쓰여 있는 글이 아니다. 둘째, 인용어. 흔히 쓰는 인용어에는 "이것은 누구의 몇 번째 편에 쓰여 있던 문장이다"라고 적혀 있다. 독자에게 작가가 이미 많은 글을 썼다는 것을 알리고, 자신이 꽤 대단하고, 꾸준히 일했다는 것을 암시하는 것이다. 일부 공식 계정은 글의 서두를 이렇게 시작한다. "이 글의 총 글자 수는 얼마이고, 단 몇 분이면 읽을 수 있다." 즉, 이 글은 아주 짧은 시간에 많은 지식을 얻을 수 있으니 투자 대비 수익률이 꽤 높다는 것을 알리려는 것이다. 셋째, 본문. 단락의 배열과 문장구조에서 전개의 템포까지 디지털 읽기 환경에 알맞아야 한다. 예를 들어 단락을 더 자주 바꾸고, 문장을 짧게 써야 하며 익숙한 표현으로 생소한 단어에 대한 설명을 덧붙여야 한다. 더불어 지면에 실리는 글은 시작할 때 한 칸을 띄우지만 휴대폰 화면으로 볼 때는 이미 단락 구분이 되어 있으므로 굳이 빈칸을 두지 않고 바로 시작해도 무방하다.

QR코드 설정

글의 아랫부분에 QR코드를 설정해두는 것은 매우 중요하다.* 독자의 인내심을 과대평가하지 말자. QR코드는 독자가 클릭 한 번으로 당신의 계정으로 넘어와서 새로운 구독자가 될 수 있게 유도한다. 한 가지 조언하자면 QR코드의 스타일은 반드시 글의 전체적인 스타일과 통일되어야 한다. 당신의 특색을 드러낼 수 있는 디자인으로 깊은 인상을 남겨야 한다.

많은 사람들은 QR코드에 "이 글을 좋아한다면 친구들이나 모멘트에 공유해주세요"라는 말을 덧붙인다. 노골적이고, 간절

---

* 중국에서 위챗 계정 QR코드는 명함을 대신하여 광범위하게 사용하는 개인 홍보 수단이다. 위챗 사용자들은 온오프라인에서 QR코드를 교환하거나 남기곤 한다.

하지만 얼마나 많은 독자가 이런 말을 잘 듣고 공유해줄지는 알 수 없다. '공유를 부탁'하는 것보다 좀 더 괜찮은 방법은 공유한 독자에게 직접적인 혜택을 제공하는 것이다. 예를 들어 전자책을 증정한다거나, 커피를 한잔 대접할 수 있을 것이다. 혹은 글의 말미에 주옥같은 문구로 자극하는 방법도 있을 것이다. 구체적인 내용은 다음 장에서 살펴보자.

제9장

누구나
인기글을
쓸 수 있다

천재의 유일한 비밀은
자신만의 체계적인 방법으로 끊임없이 연습하여
자신의 한계를 뛰어넘는 것이다.

— 미국의 심리학자 안데르스 에릭슨K. Anders Ericsson

회원들은 종종 내게 말한다. "스펜서, 당신의 이론들은 정말 일리가 있습니다. 저 역시 실천해봤어요. 그런데 글을 쓰다 보면 말하는 것과 쓰는 것의 느낌은 완전히 다릅니다. 어느 것 하나 제대로 활용하지 못하는 것 같아요. 시작할 때의 영감, 주제 선택, 제목, 각도에서부터 본문, 구조, 결말에서 다시 포스팅하기까지 이 과정을 어떻게 하나하나 꾸려왔는지 너무 궁금합니다. 좀 더 자세히 설명해줄 수 있을까요?"

정말 좋은 질문이다. 이 질문에 어떻게 답해야 할까? 곰곰이 생각해본 결과, 내 인기글 한 편을 상세하게 파헤치며 답하기로 했다. 많은 1인 미디어 달인들과 비교해보면 그리 대단한 건 아니지만, 글을 쓸 때만큼은 나 역시 많은 시간을 투자해 다각도로 고민한다. 글 한 편을 쓰면서 했던 모든 생각과 심리적 변화를 공유할 테니 여러분도 그 과정을 함께 느껴보길 바란다.

사실 인기글을 쓰겠다고 생각하지 않아도 글을 쓰다 보면 더 많은 사람들이 인정하고 좋아하길 바란다. 인기글이라면 당연히 대중들이 읽는 방식에 부합해야 한다. 모든 사람은 독자인 동시에, 인기글을 쓸 수 있는 잠재적인 작가다. 글쓰기의 기초를 다졌다면 인기글을 쓸 수 있는 기술을 연구해야 한다. 그리고 수없이 연습한다면 분명 자신만의 스타일로 인기글을 쓸 수 있을 것이다.

인기글은 우연이란 성격을 가진다. 이슈를 좇아 글을 쓴다고 해서 반드시 인기글이 된다는 보장은 없다. 하지만 꾸준히 많이 보고, 많이 쓰고, 많이 준비한다면 인기글을 쓸 가능성은 커진다. 열 편보다 백 편을 썼을 때 인기글이 나올 확률이 높아지지 않겠는가.

어떻게 써야 할지 모르는 이유는 많이 읽지 않았기 때문이고 잘 쓰지 못하는 이유는 많이 쓰지 않았기 때문이다. 때론 기대했던 글이 예상만큼의 호응을 받지 못할 때가 있고, 생각지도 않았던 글이 폭발적인 반응을 낼 때도 있다. 나 역시 쓰는 족족 인기글이 된다는 보장은 없다. 하지만 옳은 방향으로 가다 보면 분명 더 큰 기회를 만나게 될 것이다.

인기글이란 무엇인가

우선 인기글에 대해 분명한 인식이 있어야 하고 정의를 내려야 한다. 많은 사람들은 인기글이란 실수로 타올랐다가 그 뒤론 사라지는 것이라고 알고 있다. 대부분의 유명 1인 미디어들도 인기글을 한 편씩 차곡차곡 써가며 조금씩 유명세를 쌓을 수 있었다. 그래서 당신이 쓴 것은 단순히 인기글이 아니라 거대한 인생의 기회가 될 수 있는 것이다.

인기글에 대한 정의는 각양각색이다. 나는 마음속으로 최고 인기글과 보통 인기글을 구분한다. 최고 인기글은 조회수가 100만 명을 초과하는 경우다. 〈일이 없다고 창업할 생각 마라〉, 〈당신과 일등석의 거리는 단지 경제적 능력의 차이만은 아니다〉 같은 글들이 그렇다. 조회수가 몇백만에 달하는 글은 포스팅 후 하루이틀 사이에 당신의 모멘트, 친구의 모멘트에 일제히 걸린다.

하루에 팔로워 수가 5만 명, 10만 명이 느는 경우가 최고 인기글이다. 나는 인기글이 되고 안 되고는 운명에 달렸다고 줄곧 생각했다. 비록 재능도 중요하지만 이런 일이 벌어지는 데는 상당한 우연이 동반된다. 뤄얼은 〈뤄이샤오, 멈춰줄래?〉, 펑제는 〈행복을 바라고, 격려를 바란다〉, 판위쑤는 〈나는 판위쑤다〉라는 단 한 편의 인기글을 쓴 이후 더 이상 인기글을 내놓지 못했다. 아직도 인기글만 써야겠다는 마음이 가득하다면 당장 이 책을 덮고 얼른 잠자리에 들어라. 나는 당신을 가르칠 만한 대단한 능력은 없으니까.

보통 인기글은 당신의 평소 조회수를 3배에서 5배가량 넘긴 글이다. 모든 계정은 콘텐츠 양과 팔로워 수가 모두 다르다. 평소 조회수가 100인 계정이 갑자기 1만이 되었다면 이건 인기글이 분명하다. 평상시 조회수가 1만이었는데, 10만+가 되었다면 이 역시 인기글이다. 반면 미명의 글이 '10만+'가 되지 않았다? 이건 비정상인 것이다.

최고 인기글이 되는 데는 우연이 필요하다면 보통 인기글은 보통 사람이 노력하고 정성을 다한다면 얻을 수 있는 결과물이다. 이어서 나는 이 보통 인기글을 쓰기 위해 어디서부터 손을 대고, 어떻게 디테일을 처리해야 할지에 대해 좀 더 자세하게 설명하고자 한다.

인기를 끌 만한 요소 찾기

인기글을 쓰고 싶다면 그럴 만한 요소를 찾아야 한다. 이런 요소는 두 가지다. 하나는 돌발적인 이슈이고, 하나는 영원한

'통점'이다. 돌발적인 이슈는 순간적이다. 이런 이슈를 찾기 위해서는 예리한 눈으로 주변을 살펴야 한다. 시효성이 있고 빠를수록 경쟁력은 올라간다. 따라서 독자의 관심을 면밀히 관찰해야 한다. 소위 말하는 이슈가 가짜일 때도 있다. 우리는 이를 감별할 수 있는 능력까지 갖춰야 한다. 이슈가 히트를 치기 위해서도 많은 노력이 필요하다. 배우를 예로 들어보자. 외모가 출중하고 잠재력이 있는 배우라도 스타덤에 오르기 위해선 감독의 안목과 좋은 시나리오, 그리고 훌륭한 연출이 뒷받침되어야 한다. 누군가 이미 이슈를 발견한 다음이라면 행동력이 필요하다. 영감이 떠오를 때까지 기다려서도, 미루어서도 안 된다. 두 줄 쓰고 밥을 먹고, 두 줄 쓰고 수다를 떤다면 이슈는 뜨거운 감자가 아닌 식은 감자가 되어버릴 것이다. 이슈가 나타나면 취재하는 데도 최적의 시간이 있다. 시간이 지나면 웹사이트는 온통 그와 관련된 일로 도배될 것이고 독자의 흥미는 떨어지고 만다.

1인 미디어 활동을 잘하는 사람인가를 판단하려면 이슈를 다루는 능력을 보면 된다. 예를 들어 2016년 배우 왕바오창의 이혼 사건이 터졌을 시기를 돌아보자. 당시 밤 12시 웨이보에 이 소식이 전해졌다. 한 친구는 12시에 엎드린 채 이슈 관련 글을 썼고, 새벽 3시가 되어서 다 쓴 뒤 비서에게 7시에 기사를 올리라는 부탁을 하고는 잠들었다. 다음 날 아침 그는 최초로 그 소식을 전할 수 있었다. 팔로워 수는 하루 만에 무려 3만 명이 늘었다. 그 뒤를 이은 글들은 비록 살이 붙여졌지만 최초가 가져다주는 달콤함은 맛볼 수 없었다. 이것이 시간 싸움이다.

이번에는 준비에 관련된 예시를 들어보겠다. 리우올림픽 당시 중국 여자 배구팀이 우승을 거머쥐었다. 링크드인 차이나 공식 계정은 단 1분 만에 이 소식을 전했고, 순간 나는 멍해졌다. 내가 링크드인의 담당자였기 때문이다. 이게 어떻게 된 일이란 말인가? 알고 보니 소식을 전한 직원은 이겼을 경우와 졌을 경우에 대한 두 가지 경우의 수를 고려하여 두 편의 글을 미리 써두었다고 했다. 이제 알겠는가, 뉴미디어인들의 부지런함을?

솔직히 말하자면 나는 이슈에 관한 글을 쓰는 데 반감이 있었다. 왠지 그런 글은 내 계정의 소신을 훼손하는 느낌이었고, 투기를 하는 것 같았기 때문이다. 하지만 지금은 생각이 다르다. 이슈를 빌어 더 많은 사람들이 나를 알아보고, 내 글의 가치가 널리 전해질 것이라는 생각에 동의한다.

개인적인 관점에서 우리는 인기글이 필요하다. 자신이 오랜 기간 축적해온 결과물이 인기글을 통해서 더 큰 가치—경제적 가치나 사회적 가치—를 이룰 수 있다. 인기글 자체 역시 개인 브랜드의 꽤 좋은 해석이 될 수 있다. 생각을 조금 달리하면 대중 역시 이슈를 필요로 한다. 새로운 것에 대한 갈증이 있고, 다른 관점의 글을 통해 자극을 얻고 싶은 욕망도 있다.

오늘날 1인 미디어는 우후죽순으로 늘어나고 계정의 형태도

다양해졌다. 이런 뉴미디어 시대에서 두각을 나타내고 관심을 끌려면 자신의 영향력을 확대해야 한다. 영향력이 커지면 나의 글을 보는 사람이 많아지고 글쓴이에 대한 관심 역시 동반 상승한다. 누군가는 당신을 보고, 듣기를 원한다. 뉴미디어에서는 당신의 지식과 생각이 더 널리, 빠르게 퍼져야만 당신의 가치를 발휘할 수 있다.

1인 미디어 본질은 자신을 초연결체로 만드는 것이다. 우리는 1인 미디어에서 자신이 직접 보고 들은 사건과 소식을 전하고 생각을 덧붙인다. 그 결과 뉴미디어의 연결 기능이 생겼다. 이용자들은 당신을 통해서 양질의 콘텐츠를 접하고 같은 채널의 파트너와 연결된다. 오늘날의 1인 미디어 콘텐츠의 퀄리티는 천차만별이다. 양질의, 거대한 영향력을 갖춘 1인 미디어에서 효과적으로 양질의 콘텐츠를 확산시키고 더 많은 사람에게 더 많은 가치를 가진 정보와 지식을 연결해주도록 노력해야만 무한한 가능성을 가진 미래를 만날 수 있다.

인기글이라는 주제로 다시 돌아오면 빨리 이슈를 잡아야 인기글이 될 수 있다. 그런데 이슈란 늘 있는 게 아니고 SNS 계정은 업데이트를 중단할 수 없다. 어떻게 해야 할까? 사람들의 통점은 영원하다. 통점을 건드리는 글이라면 인기글이 될 가능성이 높다.

가까운 지인이자 유명 1인 미디어 '날쌘 고양이'의 제작자인 친구는 비중 있는 행사를 진행한 적이 있었다. 행사의 제목은 '보통 사람이 빨리 성공하는 10가지 방법'이었다. 제목을 보면 한 단어, 한 단어가 통점을 콕콕 찌른다. '보통 사람', '빨리', '성공', '10가지 방법' 이런 제목은 주목을 받지 않기도 힘들다.

실제로 인기를 끌 만한 요소의 기층 논리는 사람과 사물에 대한 관찰력을 높이는 것이다. 기층 논리의 향상은 글쓰기에도 도움이 될 뿐만 아니라 학습이나 업무, 또 일상생활에도 큰 도움이 된다. 모든 것은 통하기 마련이다. 글의 외연은 삶이고, 인성이라는 점을 기억해야 한다.

어떤 것이 당신이 느끼기에 통점이라면 그 부분에 대한 글쓰기 연습을 꾸준히 하자. 그리고 글 한 편에 주목을 받을 만한 요소를 여러 개 넣어볼 수 있겠다. 예컨대 월급 3000위안과 3만 위안을 비교하는 글은 안정적인 삶과 피나는 노력 사이의 균형과 모순점을 보여주고 조직에 머무르느냐 뛰쳐나오느냐의 갈림길에 서 있는 이의 아픈 곳을 찌를 수 있다. 이런 점은 많은 사람이 공감하는 부분이다. 이처럼 흔히 볼 수 있는 통점은 모두 글의 소재가 될 수 있다. 한 가지, 모두의 아픈 곳을 건드리려면 그만큼의 내공이 필요하다. 지금까지 인기글의 인지 측면에서의 요소를 알아봤으니 이제 인기를 얻을 만한 요소를 찾는 구체적인 방법에 대해 얘기해보자.

태풍의 입구: 바람이 불면 그와 함께 위치에너지도 밀려온다

2016년 7월, 베이징·상하이·광저우의 100만 명이 참가한 '4시간 안에 베·상·광 떠나기'라는 이벤트는 사람들에게 깊은 인상을 남겼다. 이는 신스샹과 항반관자港班管家[*]가 공동 기획한 이벤트로 베이징·상하이·광저우라는 통점을 가지고 이 도시에 사는 사람들이 남고 싶으면서도 떠나고 싶은 내적 갈등을 표현했다. 신스샹의 통계에 따르면 이벤트 관련 글은 3시간 동안 조회수 100만을 돌파했고, 5200개의 댓글이 달리면서 팔로워 수가 10만이 늘었다. 이러한 흥행은 일반 행사에선 상상도 못할 결과였다.

세 시간 후 링크드인에서는 내게 〈당신이 베·상·광을 떠날 수 없는 이유〉라는 제목의 글을 부탁했다. 내 글은 이 행사의 주제를 반박하는 내용이었다. "베이징은 아마도 중국 내에서 가장 활력 넘치는 도시일 것이다"라며 서두를 열고, 베이징의 장점과 단점을 써 내려갔다. 이어서 상하이, 광저우로 범위를 확대하며 대도시의 양면성에 대해 낱낱이 서술했다. 그리고 글의 끝부분에 잠시 떠날 수 있을지는 몰라도 이미 오랜 시간 도시생활을 한 몸에는 도시의 향기가 짙게 배어 있다고 지적했다.

당일 저녁 발표한 이 글은 뜻밖에도 상당히 뜨거운 반응을

---

[*] 항공, 여행 정보를 제공하는 모바일 앱.

이끌었다. 진짜 비행기표를 끊은 사람은 소수였고, 그중에서도 정말로 '베·상·광'을 떠날 수 있는 사람은 아주 극소수였다. 이 글이 뜨거운 반응을 얻은 것은 태풍의 입구를 따르고 싶은 마음도 있어서일 것이다.

태풍의 입구가 되라: 바람을 모는 사람이 되자

물론 태풍의 입구를 쫓는 것은 상당히 피곤하고 쉽게 지치는 일이다. 또한 피동적인 선택이기도 하다. 태풍의 입구와 함께한다는 것, 간단히 말하자면 '바람과 함께'라고 할 수 있겠다. 이 말은 듣기에도 그다지 편안하지 않다. 우리는 무조건 피동적으로 따르기만 할 수 없다. 적절한 시기에 능동적으로 출격하여 태풍의 입구가 되어야 한다. 그러려면 주도적으로 바람을 모는 사람이 되어야 한다.

온라인에서는 신스샹이 제시한 마케팅 전략에 대해 갑론을박이 이어졌지만 효과의 측면에서 보자면 지지의 글이나 반박의 글 모두 마케팅 흥행에 도움이 되었다. 그들은 태풍의 입구를 만들었고 그들이 전체 행사의 최대 승리자다. 관심도와 상업적 가치 모두 큰 폭으로 끌어올렸다. 마케팅에 대한 비판마저도 그들이 모두의 통점을 제대로 짚었다는 것을 증명하는 셈이다.

1인 미디어에서 이슈를 건드려 바람을 타고 인기글을 내고 팔로워 수의 증가를 가져오는 것은 주목받을 수 있는 빠르고 쉬운 방법이다. 하지만 이런 방식이 롱런할 수 있을지에 대해선 의문이 남는다. 이 방식으로 자신의 능력치를 넘어서는 영향력을 갖게 된다면 주의력이 이렇게나 짧은 이 시대에는 몇 분 만에 잊혀도 이상할 리 없기 때문이다.

혹자는 자신은 이슈에 편승하지 않는다고 밝히며, 자신 자체가 이슈라고 말한다. 중국의 여배우 판빙빙范冰冰이 "나는 부자와 결혼하지 않을 것이다. 내가 바로 부자이니까"라고 말한 것과 마찬가지다. 참으로 패기 있는 발언이다. 이런 말을 하려면 진정한 용기가 필요하다. 이슈가 되는 것도 좋지만 모두 할 수 있는 말은 아니다. 태풍의 입구를 만드는 일은 어려울까? 솔직히 말하자면 쉽지 않은 일이다. 사람들이 나를 도마에 올리는 건 두렵지 않다. 나 역시 다시 이슈를 만들 수 있다. 나는 주류를 따르지 않는다. 내가 바로 주류다. 이 이야기를 하려면 신스샹의 이야기를 빼놓을 수가 없다. 신스샹은 '베·상·광' 말고도 '북스 온 더 그라운드'의 중국 버전을 진행한 적이 있는데 이 역시 위챗 모멘트를 뜨겁게 달구며 기업의 실력을 입증하는 계기가 되었다.

태풍의 입구를 찾는 것과 태풍의 입구가 되는 것, 하나는 쉽고, 하나는 어렵다. 전자는 대다수가 선택하는 길이다. 쉽다고 말하지만 사실 이도 상대적이다. 태풍의 입구를 쫓는 수많은 사람들 가운데 군계일학이 된다는 건 결코 쉽지 않다. 태풍의 입구가 되는 것이 입구를 좇는 것보다 난이도는 더 올라간다. 모 방은 쉽지만 창작은 어렵다. 그렇지만 어렵다고 물러설 순 없 다. 용감하게 급류에 맞서고 끊임없이 자신을 발전시킨다면 눈 앞에 온 기회를 잡아 그간에 쌓아온 내공을 만천하에 드러낼 수 있을 것이다.

정서적 에너지의 결집점 찾기

나는 〈사장과 부하 직원 관계의 최선은 서로 윈윈하는 것이 다〉라는 글을 쓴 적이 있다. 대부분 사람들의 인식 속에 사장 과 부하 직원은 착취하고 착취당하는 관계다. 틀린 말은 아니 다. 사람이 있는 곳이라면 그곳은 강호江湖니까. 하지만 이런 대 립을 깨뜨리며 편안한 관계를 만든다면 강력한 정서적 에너지 가 축적된다는 사실을 발견했다. 감정이 있으면 관점이 생긴다. 높은 에너지를 가진 감정은 강력한 관점을 갖는다. 이런 강력한 관점은 1인 미디어가 좋아하는 인기 끌 만한 요소다.

순방향은 감정을 해소하고, 역박향은 감정을 폭발시킨다

인기를 끌 만한 요소를 찾았다면 이제 글을 써도 좋다. 인기 글의 방향은 두 갈래로 나눌 수 있다. 하나는 순방향으로 갈등 을 해소하고, 다른 하나는 역방향으로 갈등을 폭발시키는 것이 다. 사장과 직원의 관계로 예를 들어보면 나는 순방향의 관점에서 글을 썼기 때문에 〈사장과 부하 직원 관계의 최선은 서로 윈윈하는 것이다〉라는 글을 썼다. 미멍 역시 이 주제로 글을 썼는데 그는 〈당신이 사장을 얼간이로 보듯 사장 역시 당신을 얼간이로 본다〉라는 역방향의 글을 썼다. 이 글은 전형적인 역방향의 글로 감정을 폭발시키는 글이다. 미멍은 독자가 공감할 부분을 글 곳곳에 숨겨둘 줄 아는 유능한 재주가 있다. 독자는 행간에서 분노를 느끼고 공감한다. 나도 종종 이런 방식을 활용하기도 한다. 〈억눌릴까 두렵다면서 무슨 직장생활을 하겠는가〉라는 글을 쓰면서 역방향으로 분노의 감정이 폭발하도록 유도했다. 하지만 내가 쓴 다수의 글은 순방향으로 감정을 해소하고자 한다. 각각 계정의 포지션은 다르다. 스타일도 당연히 다를 수밖에 없다. 당신이 어떤 선택을 하든 당신의 계정의 주조와 가치관을 봐야 한다. 정보 공유 성격의 계정일 경우 감정을 해소하도록 이끌고, 오락성을 띤 계정은 감정의 폭발을 유도하는 경향이 있다.

내 글은 조회수가 10만+가 되었지만 미멍의 글이 조회수가 더 높았다. 팬 층이 두터운 이유도 있지만 더 직접적인 원인은 역방향의 요소가 더 쉽게 관심을 끌기 때문이다. 오늘 사장에게 욕을 한바가지 얻어먹은 당신이라면 '사장은 얼간이'라는 제목이 훨씬 매력적이지 않겠는가.

글을 포스팅한다는 건 가치관을 포스팅하는 것과 같다. 가치관은 히트 요소를 처리할 때 어떤 역할을 할까? 가치관은 전체 글의 방향을 결정짓는다. 특히 직장과 관련된 글이라면 당신의 가치관으로 다른 사람에게 영향을 미치는 것이다. 글자는 그저 매개체일 뿐이다. 당신이 특정 작가 혹은 특정인의 SNS 계정을 좋아하는 이유는 당신이 그의 가치관을 인정하고, 세상을 바라보는 그의 방식에 동의하기 때문이다. 따라서 당신의 가치관이 글쓰기 방식을 결정한다는 사실을 기억해야 한다.

중도를 걷는 것은 평범한 것이다

뉴미디어 글쓰기, 특히 이슈에 관한 글을 쓸 때는 입장을 분명히 해야 한다. 아무도 반대하지 않는다는 것은 아무도 지지하지 않는다는 것을 의미한다. 글쓴이의 시각에 독자들이 각기 다른 목소리를 내는 건 아주 당연하다. 당신의 관점이 분명할수록 독자의 반응 역시 극명할 것이다. 반대가 무서워서 글을 쓰지 않는다면 그른 것도 옳다고 할 가능성이 있는 사람이다. 입장이 없을 순 없다. 중도의 관점은 평범한 것과 다르지 않다.

자신의 입장을 밝히면 같은 기치를 든 사람이 당신의 글을 공유할 가능성이 훨씬 높다. 그들이 당신의 관점에 동의한다면 당신은 그들의 대변인이 되어 그들의 마음의 소리를 드러내야 한다. 미명의 글을 퍼가는 사람이 모두 미명의 지지자는 아니다. 종종 비평을 위해 글을 퍼가는 경우도 있지만 이런 경우에도 글의 조회수가 올라가고 관심도도 함께 올라간다. 미명이 논쟁이 있을 만한 글을 올릴 때마다 그녀의 열혈 팬들은 다른 사람이 뭐라 하든 그녀를 옹호한다. 미명은 충성도 높은 팬들의 대변인이 되어 그들의 입장을 대표한다. 그래서 입장을 밝히는 것은 상당히 중요하고 이는 어떤 생각을 가진 사람들이 당신을 지지하게 될지를 결정한다.

글은 뚜렷한 기치가 있어야 한다고 말해왔다. 그 기치를 함께하는 사람들과의 분위기를 흐트러뜨리지 말아야 한다. 팀의 베이스 라인은 정치적으로 명확하다. 당신을 따르는 독자들과 다른 견해를 제시할 수는 있지만 어떤 부분에서는 적당한 수준에서 멈춰야 한다. 도덕적으로나 정서적으로 그 한계점을 건드려선 안 된다는 의미다. 다른 사람과 차별을 두기 위해 일부러 다른 견해를 내세워서도 안 된다. 독특한 관점은 인기에 영합하기 위해서나 다른 사람과 일부러 척을 지기 위해서 필요한 것이 아니다.

팬이 빨리 생길수록, 그들과 함께 기치를 세울수록 더 큰 영향력을 발휘할 수 있다. 우리는 일등에게만 관심을 가질 뿐 이등과 삼등에게는 관심을 두지 않는다. 올림픽에서도 금메달을 딴 선수만 기억하듯이 말이다. 일등이 아니면 실패자란 의미는 아니다. 다만 전달 효과의 관점에서 다른 사람이 당신을 기억하길 바란다면 자신의 능력을 넘어서는 것만으로 만족해선 안 되고 속도 역시 중요하다는 얘기다.

결론적으로 인기를 끌 만한 요소를 찾는 것은 부단한 훈련이 필요하다. 예리한 관찰력을 길러 일상의 사소함도 허투루 놓쳐선 안 된다. 많은 소재와 영감은 당신의 일상 속에 존재하며, 그것을 발굴해서 활용하기 위해서는 충분한 인풋이 있어야 한다. 그래야 아웃풋이 있다. 인기글을 쓰고 싶다면 우선 다른 사람의 인기글을 꼼꼼히 분석하며 읽어보자. 읽을 수 있어야 쓸 수 있다.

관점이 승패를 가른다

1인 미디어 글쓰기에서 제목은 입구이고 주제는 감정의 흐름이라고 할 수 있다. 우리는 대개 제목을 보고 흥미를 느끼면 글을 읽기 시작한다. 제목에 글 한 편의 영혼이 담긴 것이다. 글의 주제는 감정의 흐름이다. 독자는 글에서 나타나는 감정의 변화를 함께한다. 따라서 글을 읽기 전과 후에 독자의 감정이 그대로여선 안 된다.

이제 〈내 주변에 조직을 떠난 사람 가운데 후회하는 이는 하나도 없다〉라는 글을 파헤쳐볼까 한다. 왜 이런 관점을 선택했을까? 왜 이 제목을 결정했고, 또 어떤 구조로 썼을까? 기승전결은 어떻게 연결되었으며 어떤 예시를 들었는가. 어떤 주옥같은 문구가 있고, 어떤 기준으로 글을 배열했을까? 앞에서 언급했던 개념을 대입하며 단계마다 어떤 방식으로 미션을 완수했는지 함께 살펴보고 그 배후에 어떤 논리가 숨어 있는지 알려주고자 한다. 물론 내가 말하는 모든 것이 옳다고 단정 지을 순 없다. 다만 여러분에게 조금이나마 도움이 되길 바라는 마음이다.

2017년 5월의 어느 날, 나는 베란다에 앉아 담배를 피우고 있었다. 그러다 문득 3년 전인 2014년 5월, 사표를 던지고 홍콩으로 공부를 하러 떠났던 일이 떠올랐고 격세지감이 느껴졌다. 순식간에 조직을 떠난 지 3년이나 되었다니. 3년 동안 주변의 적지 않은 친구들도 안정된 직장을 포기하고 조직 밖의 세상을 끌어안았고 그 모습을 지켜보았다. 그래서인지 왠지 모르게 가슴이 부풀어 오르면서 속세에 찌들었지만 문화예술을 사랑하는 남자로서 '조직 떠나기'라는 주제로 글을 써야겠다고 마음먹었다.

앞에서 나는 네 가지의 영원한 통점에 대해 정리해보았다. 기억하고 있는가? 간략히 짚어보면 첫째, 사업적인 급진과 보수. 전형적인 예는 대도시와 소도시 간의 갈등과 밀고 당기기다. 둘째, 생활의 안정과 모험. 셋째, 지적 수준을 향상시켜 성장하고픈 바람. 넷째, 능력과 플랫폼 사이의 줄다리기와 보완. 이 네 가지를 고려했을 때 조직의 안팎이라는 주제는 결코 부족하지 않다는 결론에 이르렀다.

이 주제는 어떤 관점으로 접근해야 할까? 관점을 선택할 때는 마음속으로 한 가지를 기억해야 한다. "당신은 독자의 자아실현을 도울 수 있는가?" 중요한 일은 세 번은 말해야 한다. "당신은 독자의 자아실현을 도울 수 있는가?" "당신은 독자의 자아실현을 도울 수 있는가?" 명심해야 할 것은 독자의 자아실현을 위함이지, 자신의 자아실현을 위함이 아니란 점이다. 이는 완전히 다른 접근이고, 관점이 당신 글의 성패를 가를 수 있다. 인간의 공통적인 약점은 자신만 들여다본다는 것이다. 많은 사람들이 글을 쓸 때 자신의 감정과 느낌에만 충실한 채 독자의 감정과 그들이 감정을 이입할 수도 있다는 사실을 망각한다. 이는 아주 치명적인 실수다. 예컨대 무대에 서는 사람들은 자신의 경험에 대해 아주 진지한 태도로 열변을 토하고 심지어 뜨거운 눈물마저 흘린다. 그런데 정작 듣고 있는 관객들은 슬프기는커녕 무대 위 사람을 보며 당혹스럽기만 하다. 관객들은 속으로 '말은 참 잘하는군. 근데 그게 나와 무슨 상관이지?'라고 생각할지도 모른다. 다른 사람의 감정을 등한시하는 사람은 자아도취에 빠지기 십상이다. 반면 어떤 사람들이 털어놓는 경험담은 우리에게 감동을 주고 공감을 불러일으킨다. TV프로그램 치파슈어에 나온 황즈중은 우주 중심에서 사탄을 외치는 사람이라고 불린다. 그와 이야기를 나누면 마치 블랙홀에 빨려 들어가듯이 그에게로 빠져든다. 나는 그가 신기했고, 어떻게 그런 흡입력을 갖출 수 있었는지에 대해 연구해보았다. 한번은 치파슈어에서 만약 은하계에서 외계생물체의 알을 발견한다면 이 알을 보호할지 깨뜨릴지에 대해 토론을 한 적이 있었다. 다른 패널들이 알 자체에 대해 의견을 제시할 때 황즈중은 알을 부화시키냐 깨뜨리냐의 문제가 아닌 마음속의 호기심과 안전에 대해 열변을 토했다. 그가 이런 논점과 관점을 제시한 순간 그는 이긴 거나 다름없었다. 그는 모든 사람을 익숙한 관점과 상황 속으로 몰아넣었다. 그렇지 않은가? 실제로 사람들은 외계생물체의 알에 대해 큰 흥미가 없다. 황즈중은 이 생뚱맞은 주제를 모두에게 관련 있는 호기심과 안전이라는 주제로 돌린 것이다. 대단하지 않은가?

그는 최후 변론에서 이렇게 말했다

호기심이 없는 사람이라면 살아도 죽은 것이나 다름없습니다. 그 알이 지금 여기에 있다고 가정했지만 당신도 그것을 보진 못했습니다. 저는 봉황을 본 적도 없고, 용을 본 적도 없습니다. (그래서) 저는 그것(알)이 어떻게 부화하는지 모르고, 뭐가 나올지도 모릅니다. 그저 건드려보고 싶은 마음뿐입니다. '나는 전혀 알고 싶지 않다.' 지금 이렇게 생각하고 계십니까? 누군가는 이렇게 말하겠지요. 그 알이 당신에게 중요하지 않기 때문이라고 말입니다. 그럼 제게는 어떤 것이 중요할까요? 내일 지각하지 않는 것, 제시간에 과제를 제출하는 것이 중요합니다. 저는 평온한 삶을 원합니다. 이번 달 목표 실적도 이루고 싶습니다. 저는 이런 것에만 관심이 있습니다. 이 세상에 용이 있고 없고, 봉황이 있고 없고는 저와 상관없고, 그걸 맞추는 시험이 있다면 보지 않을 것입니다. 당신은 이 모습을 성숙하다고 말하겠지만 저는 죽은 것이라고 말합니다.

당신이 알을 깨뜨리면 안전해집니다. 아주 굳건한 안전감을 느낄 수 있습니다. 의외의 일은 없을 것입니다. 기복도 없을 것이고 부화시키려 하지 않을 것입니다. 최선은 철밥통을 찾는 것입니다. 지금은 비록 알을 깨뜨리려는 사람들도 어린 시절에는 부화시키길 원했을 것입니다. 하지만 사람은 훈련이 가능하고, 어린아이라면 충분한 연습 시간을 줄 수 있습니다. 그럼 그 아이도 더 이상 부화시키자고 주장하지 않고 깨뜨리는 사람이 될 수 있습니다. 나는 봉황이 어떻게 우는지, 용이 어떻게 우는지 모릅니다. 저는 다 모릅니다.

하지만 알을 깨뜨린 순간 무슨 소리를 듣게 될지는 알고 있습니다. 아무 소리도 듣지 못합니다. 그것이 바로 안전이란 소리입니다.

그의 발언이 끝난 순간 현장 반응은 가히 폭발적이었다. 황즈중은 토론거리를 보는 시각 자체를 바꾸고, 이 화제를 통해 어린 시절부터 마음속에 숨겨두었던 생각을 표현하도록 관중들을 도운 것이다. 우리는 그의 말에 극히 공감했다. 그는 진정으로 우리를 위한 목소리를 내준 것이다. 이때 관중들은 마음속으로 '당신의 말은 참 훌륭하군, 나도 그런 느낌이었어. 당신은 내가 하고 싶은 말을 대신해서 해줬어'라고 말했을 것이다.

어떤 강연자는 자신만 감동하고, 또 어떤 강연자는 관객석에 울림을 전할 수 있는 것일까? 상반된 효과를 가져오는 이 두 상황의 심리적 본질은 무엇일까? 훌륭한 강연자는 강연 내용을 관중들이 자신의 얘기라 생각하게 만든다.

글쓰기도 마찬가지다. 글쓰기 과정에서는 글쓴이는 빠져나와야 한다. 독자의 관점에서 생각하고 스스로에게 지속적으로 질문해야 한다. '내 글이 독자들 스스로 자아실현이 가능하도록 돕고 있는가?' 그럼 구체적으로 어떻게 도와야 하는 것일까?

독자가 생각을 표현하도록 돕자

독자는 조직을 떠나고자 마음먹었는데 주변에서는 만류한다고 가정해보자. 그럼 독자는 자신의 속마음을 설명하고 싶겠지만 안타깝게도 논리적으로 설득하기가 쉽지 않다. 그럴 때 내가 대신하여 이성적이고 객관적으로 조직을 떠나려는 이유와 조직을 떠난 이후 얻을 수 있는 것에 대해 글로 표현해주면 어떨까? 이런 글은 포스팅하자마자 독자들의 마음의 소리를 밖으로 끄집어내며 의기투합할 수 있다. 그 뒤에는 무슨 일이 일어날까? 글솜씨나 논리에 크게 문제만 없다면 독자는 이 글을 잘 보관했다가 가장 가깝거나 그를 설득하려는 친구들에게 보여줄 수 있을 것이다.

독자가 자신의 이미지를 만들게 하자

사람은 누구나 글을 읽으며 동질감을 찾고자 한다. 〈뤄융하오, 당신에게 다시 십 년의 시간을 주겠소〉라는 글이 많은 공감을 얻을 수 있었던 이유는 무엇일까? 아마도 나이가 든 뤄융하오를 사랑하는 독자들에게 동질감을 줬기 때문일 것이다.

독자가 비교하도록 돕자, 설사 허세더라도

2017년 내 글쓰기 수업이 온라인에서 첫선을 보였을 때 뜻밖에도 굉장한 반응이 있었다. 구독자들의 뜨거운 열정과 과분한 반응이 당황스러우면서도 내심 행복했던 나는 〈처음 내놓은 것이 100만이 팔렸다〉라는 제목의 글을 썼다. 실제로 당시 내 기분은 하늘 위를 나는 듯했고, 다소 들뜨기도 했다. 그래서 허세에 관한 글을 쓰고 싶단 생각이 들었다.

내 계정의 구독자들과 첫 온라인 수업 회원들은 지식유료화 콘텐츠와 관련된 블랙스완급 사건에 '연루'된 것에 대해 자부심을 느꼈다. 나는 그들이 위챗 모멘트에서 친구 추천을 하고,

굉장한 수업이라는 칭찬과 함께 운이 좋아야 들어갈 수 있다는 둥, 겨우 등록을 했다는 둥의 글을 올린 것을 볼 수 있었다. 이렇게 우리는 유쾌한 '허세'를 부려보았다.

글은 본래 도움이 되어야 한다

우리의 일상과 밀접하게 관련된 정보 글, 그동안의 인식을 뒤집거나 실용적인 제안을 하는 글은 쉽게 확산된다. 〈이 요리는 주문하지 마! 레스토랑 사장이 알려주지 않은 세 가지 요리 비결〉, 〈오이의 이 기능! 일찌감치 알았다면 매일 한 개씩 먹었을 텐데〉 같은 글이 우리 부모님의 모멘트를 도배하고 있는 이유다.

제목이 자극적이고, 확인되지 않은 정보를 담고 있기도 하지만 이런 글의 유행은 자신의 글이 친구나 가족에게 도움이 될 만한 글인지 생각하게 만드는 계기를 마련해준다.

다시 글의 분석 과정으로 돌아가자. 조직을 떠난 사람들은 화려하지만 어쩔 수 없는 외부 세상과 결투를 벌이고 있다. 그런 와중에 "안정적인 조직을 떠난 걸 후회하는가?"란 질문은 계속된다. 누군가 물었을 수도 있고, 자다 일어나 스스로에게 묻기도 한다. 만약 잘살고 있다면 나는 자신감 있게 고개를 들고 늦은 밤 번화한 도심 한복판을 걸으며 감격에 찬 목소리로 난 후회하지 않는다고 말할 것이다. 반면 조직 밖의 삶이 좋지만은 않다고 생각하는 사람이 꼭 실패한 건 아니다. 다만 한시적으로 좋지 않을 뿐이다. 그렇지 않은가?

한 가지 알아둘 것은 위챗 모멘트에 올리거나 퍼가는 글 대부분은 대단해 보이길 바라는 마음에 대단한 사람처럼 꾸미는 경우가 많다. 정말 그럴지 잘 생각해보자. 어느 누가 위챗 모멘트에서 자신을 루저라고 말하겠는가.

물론 그렇지 않은 사람도 있다. 최근 유행하는 의기소침하고, 부정적인 에너지를 의미하는 '상차*' 문화가 그렇다. '희 차'는 유행하지 않았지만 '상 차'는 유행했다. '상' 문화가 유행을 한 이유는 남달랐기 때문이다. 결국 '상'을 드러내는 사람들도 자신의 독특하고 독립적인 스타일을 보여주고자 하는 것이므로 본질적으로 허세와 다르지 않다. 따라서 내가 쓴 글의 목적은 일부 조직을 떠난 사람들의 정서적 공감을 불러일으키고 조직에 들어가지 않은 사람들의 자부심을 표현하는 것이다. 내 글의 관점은 이렇게 정해졌다.

─────

제목에 따라 하늘과 땅 차이

이제는 글의 제목이 과연 스스로에게 울림을 주는지에 대해

---

* 상실감喪과 차茶를 조합한 음료 팝업 스토어의 이름. 블랙유머 문화의 대표적인 예다.

서 생각해보자. 내가 본래 쓰려고 했던 제목은 〈조직을 떠난 후 3년〉이나 〈조직을 떠난 사람, 지금은 어떻게 살고 있는가?〉였다. 좀 더 과장된 제목으로 〈나는 조직을 떠난 후 수입이 100배 늘었다〉도 후보 가운데 하나였다. 이 제목들은 어떤가? 나름 호기심을 불러일으키지만 화제를 모으기에는 부족했다.

마지막으로 내가 선택한 제목은 〈내 주변에 조직을 떠난 사람 가운데 후회하는 이는 하나도 없다〉였다. 독자들은 이 제목을 보고 마음속에 두 층의 물결이 밀려들었을 것이다. '조직을 떠났는데 왜 후회하지 않지?'가 첫 번째 호기심을 자극했을 것이다. 곧 더 큰 호기심을 자극하는 두 번째 물결이 일 것이다. '정말? 조직을 떠나도 후회가 없다고? 그럴 리가. 난 믿지 않겠어'라는 마음으로 그들은 이 글을 클릭했다.

조직을 주제로 한 두 편의 글을 예로 들어보겠다. 이 글들은 두 가지 부분에서 미흡한 점이 있는 예시다. 첫 번째 글의 제목은 〈그만둘 용기도 없이 안정적인 삶을 무시하지 마라〉다. 이 글은 회사 생활을 하고자 하는 사람들에게 매우 좋은 글이 될 것으로 보인다. 그런데 독자가 느낄 감정은 고려해보았는가? 독자의 직장 생활이 순탄하지 않아도 그만둘 수 없다면 그를 인정할 용기가 없다. 대부분의 사람들은 자신의 잘못을 인정하지 못할 것이다. 그가 설사 이 조직을 무시했더라도 자신의 문제를 인정하긴 쉽지 않을 것이다. 이미 성공적으로 조직을 떠난 사람이라면 이 접근은 효과적인 공감대를 형성할 수 없다. 마지막으로 직장 업무에 만족하는 독자의 입장에서는 퇴직이라는 주제 자체에 관심조차 없을 것이다. 만약 〈직장생활이 힘들다면 대부분은 당신이 부족한 까닭이다〉 같은 제목으로 바꾼다면 최소한 직장 생활에 호감이 있는 독자에게만큼은 어느 정도 관심도 끌 수 있다. 두 번째 글의 제목은 〈직장은 천당이 아니지만 무덤도 아니다〉다. 천당과 무덤을 비교했지만 제목에서 자신의 입장이 명확히 전달되지 않는다. 관점 자체가 중도적이라 독자는 이 글을 쓴 작가를 객관적이고 이성적인 사람으로 닭고기 수프를 주는 글로 생각할 것이다. 하지만 닭고기 수프는 평범하다. 독자에게 남다른 시선을 제공할 수 없기 때문에 많은 사람의 주목을 끄는 데는 무리가 있다.

앞서 스토리텔링에 대해 이야기할 때 언급했던 '씨앗이론'을 기억하는가? 글을 시작하면 독자에게 호기심이란 씨앗을 뿌려야 한다. 이 씨앗은 독자 마음속에 자라는 수수께끼와 같다. 수수께끼의 답을 빨리 줘선 안 된다. 그러면 글은 금세 매력을 잃고 만다. 많은 사람들이 미드에 열광하는 이유가 무엇인가? 한 회가 끝나기 전 사건이 벌어지고, 별안간 드라마 한 편이 끝나버린다. 이때 호기심의 씨앗이 생기고 사람들은 다음 회를 오매불망 기다리는 패턴이다.

정상급 글은 어떤 글일까? 독자들은 그런 글을 단숨에 읽고,

참지 못하고 읽는다. 단숨에 읽는다는 것은 다채롭고 재미있어서 멈출 수가 없다는 것을 의미한다. 재미에 빠져 다 읽어버리고 나면 큰 공허함과 긴 기다림이 남는다. 마치 사랑에 빠진 것과 같다. 뼛속 깊은 사랑을 할 때는 어느 노랫말처럼 하룻밤 사이에 머리가 새어버리기도 한다. 하지만 동시에 함께 있을 때면 세상이 멈춘 듯하다. 이런 극한의 모순과 극한의 감정이 바로 우리의 마음속 악마다. 우리는 이 마음속 악마를 잘 다뤄야 한다.

———

시작부터 마음을 빼앗아야 한다

좋다. 주제를 정하고, 접근하는 관점과 제목까지 정했다. 이 몇 가지를 했다면 글을 쓰기 전에도 이 글의 조회수가 그리 참혹하지는 않을 것이라고 예상할 수 있다. 이어서 해야 할 일은 본문을 잘 쓰는 것이다. 이는 글의 구조와 연관된다. 우선 글의 시작부터 이야기해보자.

SNS 계정의 글이라면 가장 어렵고도 리스크가 있는 부분이 시작과 끝이다. 머리말이 별로라면 독자는 더 이상 읽지 않는다. 또 맺음말이 훌륭하지 않으면 독자는 공유하지 않는다. 중간 부분은 조금 여유를 부려도 될 법하다.

2017년 유명했던 〈나는 판위쑤다〉* 라는 글의 첫 구절을 기억하는가?

내 삶은 너무 비통해서 끝까지 읽을 수 없는 책이다. 운명은 나를 지극히도 졸렬하게 엮어놓았다.

이 구절은 독자의 마음속에 불을 지폈을 것이다. 이런 입체적인 표현은 '운명이 왜 그녀를 그렇게 만들었을까?'라는 궁금증을 던지고 교묘한 어휘는 판위쑤의 고통스러운 삶을 느낄 수 있도록 한다. 글의 훌륭한 시작은 독자의 눈을 사로잡고 읽고 싶은 마음을 간절하게 한다. 글의 시작은 제목과 마찬가지로 독자의 시선을 사로잡고 마음속에 씨앗을 뿌려야 한다. 구체적으로 말하자면 아래와 같은 네 가지 효과를 낼 수 있어야 한다.

입체적인 표현

스토리텔링으로 입체감을 살려야 한다. 미명이 머리말에 "내게는 사촌 오빠가 있는데", "내 친구는" 혹은 "내 인턴은"과 같이 시작하는 이유가 바로 여기에 있다.

---

* 후베이성 농민공 판위쑤范雨素의 자전적 수필. 힘겹게 살아온 자신의 일생을 그리며 중국 사회의 모순을 꼬집어 큰 관심을 받았다.

감정 이입

당신의 스토리가 말하고자 하는 상황은 독자에게 익숙한 환경이어야 한다. 그래야만 독자가 자신의 감정을 이입할 수 있다.

감정 표현

스토리가 다른 사람 혹은 자신의 예를 들어서 간접적이든 직접적이든 하나의 관점과 입장, 감정을 전해야 한다.

복선 깔기

의문점, 반전, 궁금증 등의 요소를 곳곳에 깔아두는 것은 다음 단락을 시작하기 위한 초석이다.

이 글의 시작 부분을 함께 보자.

> 지난 2년 동안 내 주변에는 조직을 떠나며 철밥통을 포기한 사람이 점점 많아졌다. 판덩은 우스갯소리라며 말하길, 과거에는 자신이 CCTV 앵커라고 말하면 꽤 능력 있다는 평가를 들었는데, 요즘은 CCTV 앵커를 그만두고 나왔다고 하면 진정한 능력자라고 인정받는다는 것이었다.
> 나보다 나이가 많은 한 선배는 지방에서 문화국장을 했다. 그러던 어느 날 그 자리를 그만두고 한 펀드회사의 총경리*가 되어

영화 프로젝트를 맡았다. 반평생을 고생해서 한 회사의 프로젝트를 쥐락펴락할 수 있는 자리까지 오른 것이었다. 대체 이 세상은 어떻게 된 것일까?

여기까지가 글의 첫 부분이다. 첫 부분은 한 구절만으로도 폭발력을 가질 수 있다. 또 흡입력 있는 한 구절도 좋다. 나는 두 번째를 택한다. 첫 구절에서 일단 현상을 설명한다. 독자의 머릿속에 점점 더 많은 사람들이 회사를 떠나는 그림을 그리게 하고 비교적 적은 분량으로 두 가지 사례를 든다. 첫 번째는 전 CCTV 앵커 판덩의 예를 들어서 다소 거리감이 느껴지도록 하고 두 번째는 지인의 예를 들어서 좀 더 현실적인 느낌이 들도록 했다. 두 가지 사례를 통해 독자가 감정을 이입하여 구체적으로 생각하고 연상하게끔 만들며 '현재 내 주변에 점차 많은 사람들이 회사를 떠나고 있다'는 현상을 밝힌 것이다. 그리고 복선을 깐다. "이 세계는 어떻게 된 거지?"라는 의문을 던지며 독자의 호기심을 자극했다.

이런 시작이 최고라고 할 수는 없지만 적어도 기술상의 문제는 없다. 서두의 예시는 너무 무거워도 지나치게 길어도 안 된다. 그리고 예를 든 이유를 독자에게 명확히 설명해야 한다. 많

---

* 중국 기업에서 최고 의사 결정권을 가진 사람.

은 사람들이 자주 저지르는 실수 중 하나가 관점을 드러내기도 전에 시작부터 디테일만 묘사하는 경우다. 이런 식의 전개는 독자를 조급하게 만들 수밖에 없다.

만능 프레임의 활용

서두를 마무리했다면 이제 본문을 써야 한다. 여기에는 두 가지 부분이 포함되어야 한다. 하나는 글의 프레임에 맞춰 본문을 배열해야 한다. 두 번째는 내용에 생기를 녹여내야 한다. 어떤 부류는 글을 쓰기에 앞서 개요를 건너뛰기도 한다. 생각나는 대로 쓰고 나면 논리가 하나도 맞지 않는다. 막 연습을 시작할 때라면 우선 개요를 짜는 연습을 한 후에 다시 구상을 하거나 마인드맵을 그릴 수도 있다. 특히 활용도가 높은 '만능 프레임'을 추천한다. 바로 배워서 바로 써먹을 수 있는 방법이다. '관점을 밝히고-현상을 설명하고-분석하고-결론을 내리는 것'이다. 글의 큰 틀을 잡는 것은 물론 세부 논점에도 활용할 수 있다. 아래는 내 글의 두 번째 부분이다.

> 더군다나 내 주변에서 조직을 떠난 사람들은 조직 생활이 힘들기보다 오히려 꽤 괜찮은 생활을 하고 있었다. 나랏일을 한다는

것은 평탄하고 영예로운 일 아니던가. 하지만 그들은 만족하지 못했다. 그들에게는 더 큰 야심이 있었다.

고향 친구 한 명은 작년 닝보에서의 공무원을 그만두고 상하이에 있는 대형 부동산 회사의 비서로 들어갔다. 나로선 그의 선택이 뜻밖이었다. 그는 꽤 괜찮은 직급에 올라 그에 걸맞은 대우를 받고 있었던 만큼 그것들을 포기하는 비용 역시 만만치 않았을 것이다. 연말 식사 자리에서 그에게 물었다. "어떻게 옮길 생각을 한 건가?" 친구는 웃으며 말했다. "네가 가는 길을 따라가는 거지. 네가 우리의 선봉자잖아. 〈조직 안팎의 갑과 을〉이라는 인기글도 썼지 않은가."

나는 농담하지 말라며, 그만두기에는 너무 많은 걸 포기해야 하니 나라면 그만두지 않았을 거라고 말했다. 친구는 술을 한 잔 마신 후 진지한 표정으로 긴 한숨을 내쉬었다. "나도 알아. 그만두지 않는다면 하루하루는 괜찮게 지낼 수 있겠지. 힘들지도 않고 말이야. 그런데 나는 내 능력이 어디까지인지 확인해보고 싶어. 만약 내가 잘살고 있다면 내 노력이 헛되지 않은 거겠지. 설사 잘 못 지낸다고 하더라도."

친구는 잠시 멈췄다가 다시 말을 이었다.

"운명을 받아들여야겠지. 내 능력이 생각했던 것만큼 되지 않는다는 것을 알게 된다면 차라리 편안하고 성실하게 안정된 생활을 할 수 있을 것 같아. 더 이상 헛된 꿈은 꾸지 않고 말이지."

"그래서 이렇게 큰 도박을 한다고? 질 수도 있는데?" 내가 물었다.

그는 웃으며 말했다. "도박은 무슨. 아직 난 미혼이고, 잃을 게 그리 많지 않아. 적어도 굶어죽을 일은 없을 테니까."

회사를 떠난 많은 사람들은 용기가 있거나 아니면 인생이란 한 판의 게임에 불과하단 사실을 알고 있는 것이다.

그래서 그들은 후회하지 않는다.

두 번째 부분은 여기서 끝난다. 만능 프레임의 네 가지 요소를 어떻게 글 속에 녹여냈는지 분석해보도록 하자.

―――

관점 드러내기

"더군다나 내 주변에서 조직을 떠난 사람들은 조직 생활이 힘들기보다 오히려 꽤 괜찮은 생활을 하고 있었다. 나랏일을 한다는 것은 평탄하고 영예로운 일 아니던가. 하지만 그들은 만족하지 못했다. 그들에게는 더 큰 야심이 있었기 때문이다."

현상 말하기: 독자를 글 속으로 '끌어들일' 수 있어야 한다

논점을 말할 때마다 현상에 대한 묘사를 통해 친숙한 느낌을 주며 마치 자신에게 일어난 일처럼 느끼도록 해야 한다. 이것이 바로 독자를 글 속으로 '끌어들이는' 것이다. 제일 좋은 결과는 독자가 이 상황을 마주하고 글과 독자 사이에 연관성을 맺으며 가치관의 갈등까지도 포함하는 경우다. 이것이 바로 앞에 말했던 마음속 악마다.

TV프로그램이나 영화를 볼 때면 작품 속 인물들 사이에 갈등이 일어나야 스토리가 이어진다는 걸 알 것이다. 작품마다 갈등의 크기나 빈도의 차이만 있을 뿐이다. 모두가 행복하기만 한 스토리라면 스크린에 굳이 옮기지 않아도 된다. 글쓰기도 마찬가지다. 가치관이 충돌해야 갈등이 생긴다. 이렇게 당신의 글은 독자의 생각을 유도하고, 독자는 다른 이들과 당신의 글을 공유해야만 인기글이 될 가능성이 커진다.

여기서 내가 얘기한 고향 친구가 공무원을 그만둔 사례는 독자가 공감할 내용을 대화 형식으로 전할 수 있었다. 이어서 분석을 해보자. 현상만을 말할 수는 없으니 말이다.

분석 1: 상황 속에서 벌어진 사건을 분석하여 자신의 관점 끌어내기

위에서 상황을 나열한 이유는 나의 관점을 논증하기 위해서다. 조직을 떠난 많은 사람들은 용기가 있거나 혹은 인생이 한 판 게임에 불과하다는 사실을 명백히 알아서일 것이다. 만약 돌발적으로 이런 관점을 던진다면 독자를 설득하기는커녕 오히려 당황시킬 수도 있다. 아무런 근거가 없는 말은 지적당하기 십상이다. 독자를 이해시키지 못하면 글은 문제를 일으킨다!

분석 2: 독자의 공감을 얻어라

분석은 반드시 분명한 입장과 감정을 표현해야 한다는 점을 기억하자. 예를 들어 "회사를 떠난 많은 사람들은 용기가 있거나 인생이란 한판 게임에 불과하단 사실을 알고 있는 것이다"라는 말 가운데 마지막 "인생이란 한판 게임에 불과하다"라는 구절이 바로 주옥같은 구절이다. 이치를 설명한 후에 한마디로 결론짓는 것이다.

결론 내기

단계적인 분석을 거쳤다면 이제 결론을 내야 한다.

마지막에 "그래서 그들은 후회하지 않는다"는 명확한 태도를 밝혀야 한다. 앞에서 했던 모든 준비는 결론을 위한 것이었다. 결론은 최대한 정성 들여 한마디로 정리한다. 독자는 전체 내용을 잊더라도 이 한마디만 기억한다면 당신이 거침없이 써 내려간 수천 자가 무엇을 위해서였는지 이해할 수 있다. 글의 결론뿐만 아니라 예시를 들 때 역시 정리가 필요하다. 매력적인 구절로 정리한다면 더할 나위 없을 것이다.

두 번째 부분이 끝났다면 나는 이미 회사를 떠난 사람들이 후회하지 않는 원인에 대해 설명했다. 이어서 또 다른 사례를 들어야 할까? 그럼 너무 번잡스럽지 않을까? 더구나 이 주제는 '후회하지 않는다'는 말 자체만으로도 논쟁의 소지가 있기 때문에 일부는 다소 불편하게 느낄 수도 있다. 회사를 그만두면 좋기만 할까? 그럼 조직에 남은 사람들은 모두 바보인가? 이런 생각을 하면서 말이다.

내 직감과 경험으로 말하자면, 이런 논쟁의 소지가 있는 주제를 선택했을 땐 반드시 원만하게 마무리해서 다소 뜻밖이면서도 일리가 있는 느낌을 주는 게 중요하다. 그래서 나는 세 번째 부분에 다음과 같이 썼다.

물론 나는 조직을 그만두고 시장에 나가서 경쟁을 하라고 부추기는 게 아니다. 내 주변에 공무원인 친구들은 IQ도, EQ도 높다. 나는 그 친구들이 조직을 떠난다면 지금보다 더 잘 지낼 것을 안다. 분명 기업의 고위직이나 능력 있는 창업자가 될 수 있고 금전적인 부분에서 더 자유로워질 것이라고 생각한다. 하지만 친구들은 조직에 남아서 보수적인 길을 걷기로 결심했다.

친구들의 선택이 틀렸다고 말할 수 있을까? 그럴 수 있다. 그렇지만 알 수 없는 길을 택한 것에 대해선 함부로 단정 지을 수 없다. 또한 성공의 가늠자가 꼭 금전적인 부분이 아닐 수도 있다.

후스胡適*는 인간의 최대 고통은 자신의 능력이 그 야심을 채울 수 없는 것이라고 말했다. 반면 가오샤오쑹高曉松**은 인간은 모두 자신을 과대평가한다고 말했다.

때론 보수적인 선택이 영민한 판단이 아닐 수도 있다. 더불어 그 친구들이 조직에 남는다는 결정을 했지만 충분한 능력을 갖췄다는 사실에는 의심의 여지가 없다.

내가 가장 견디기 어려운 것은 어리석고 게을러서 자기 일도 제대로 하지 않는 자들이 비가 와도 눈이 와도 끄떡없이 철밥통을 손에 든 채 조직에 불만을 토로하고, 자신의 야심에 걸맞지 않는다는 볼멘소리를 하는 모습이다.

그런 사람은 조직을 나가고 싶으면 나가라고 해도 나가지 않을 것이다. 그들은 외부 세상을 향한 진정한 열정이 없고, 사실 현재에도 큰 불만이 없기 때문이다. 조직 생활도 별로인 이들은 아마 조직 밖으로 나간다면 한 달도 채 못 되어서 루저가 될 공산이 매우 크다.

글을 읽은 당신은 내가 말하고자 하는 관점이 진정한 인재는 사실 조직 안과 밖에서 모두 훌륭히 잘 해낼 수 있다는 것이고,

* 중국 현대 작가이자 학자.
** 중국의 영화감독이자 제작자.

다만 내가 견디기 힘든 것은 어리석고 게을러서 자기 일조차 못하는 자들이 운 좋게 철밥통을 들고서 조직을 원망하고, 자신의 야심에 걸맞지 않는다고 투덜대는 것이라는 걸 이해했는가?

이 논쟁의 소지가 있는 주제를 완곡하게 말했고, 내가 싫어하는 것을 다른 사람도 싫어할까에 대한 고민도 함께 내비쳤다. 이런 표현 방법은 글을 더 풍부하고 입체적으로 느끼도록 만든다. 다시 살펴보면 세 번째 부분에서 전체적으로 '관점 드러내기-현상 말하기-분석하기-결론 내리기'라는 프레임을 활용했음을 알 수 있다. 여기까지 나는 조직 안과 밖의 상황을 모두 이야기하며 나의 관점을 명확히 밝혔다. 그렇다면 마무리가 보이는가? 아니다, 아니다, 절대 아니다! 훌륭한 글을 써서 인기를 얻고 싶다면 주제를 좀 더 격상시켜서 최고 수준으로 끌어올려야 한다. 그래서 네 번째 부분이 필요하다.

좀 더 깊이 얘기해보자면 조직 안과 밖의 구별은 협의적인 사업 단위 혹은 공무원이 조직 안이고, 기업 단위 혹은 프리랜서가 조직 밖이라고 구분할 수 있다. 이런 구분은 너무 표면적이고 편파적이다.

나는 조직의 안과 밖의 유일한 구분점은 이 플랫폼에서 당신의 능력과 잠재력을 발휘할 수 있는지 여부에 달려 있다고 생각한다. 조직 밖이라고 리스크가 없을까? 당연히 있다. 시장의 경쟁은 어떤가? 상당히 치열하다. 그렇지만 최근의 중국은 인터넷이 가져다준 새로운 '개혁 개방'의 물결을 타고 있다고 생각한다.

현재 IT 업종은 우수한 인재들에게 상상력 있는 가치를 전달하고 있다. 전통적인 비즈니스는 개인의 발언권이 상당히 약하다. 조직과 회사는 채널과 유통자원을 점거하면서 브랜드 파워를 키운다. 이런 구조에서 개인은 조직과 회사에 의지해야만 기득권의 이익을 얻을 수 있다. 그러나 온라인 기반 업종은 모든 중간화를 깨뜨리고 개인의 가치를 직접적으로 확대시켰다. 그래서 우수한 사람들은 인터넷이 가져다준 보너스를 더 쉽게 누리며 이 시대의 총아로 떠오를 수 있었다.

조직 안이 임금 상승의 선형 모델이라면 조직 밖은 주식과 같은 지수 모델이다. '조직'이라는 말은 이미 기존 생활의 보장에서 혁신에 대한 속박으로 변했고, 리스크는 사실 더 크다. 조직 밖의 상상력은 무궁무진하고 조직 내에 남을 경우의 비용은 더 높다. 그래서 똑똑한 사람들은 '발로 하는 투표Voting by Foot*'에 나서게 될 것이다.

이 부분에서 나는 한 차원 더 끌어올려서 조직의 안과 밖의 경계를 모호하게 만들고 협의적인 관점에서 정의 내리지 않고

* 더 나은 곳으로 옮겨 가는 적극적 의사표시를 가리키는 말.

거시적인 국면까지 확대시켰다. 나는 조직 안과 밖의 유일한 기준은 자신의 능력과 잠재력을 십분 발휘할 수 있는 곳인지 여부라고 생각한다. 이렇게 인식을 끌어올려야 독자들에게 더 큰 수확과 의미를 전할 수 있다.

문장 다듬기

앞서 글의 골격에 해당하는 프레임의 구조에 대해 말했다. 다음으로 피와 살, 즉 글의 문장에 대해 얘기해보겠다. 프레임은 공부하여 익힐 수 있지만 글의 스타일은 오랜 시간 다듬어야 한다. 나는 적어도 글자의 밀도, 입체감, 감정, 이 세 부분에는 노력이 필요하다고 생각한다. 글을 쓰는 한, 한 글자 한 글자를 정성들여 써야 한다.

글의 밀도: 복잡하지 않고 간단명료하게

글자의 밀도는 알맞아야 한다. 간단히 말해서 복잡하지 않고, 절제되어야 하며 사례를 열거할 때 적정선에서 멈춰야 한다. 절대 생각나는 대로 적어선 안 된다. 분산해서 쓰려면 사례를 병렬하고 점진적 단계를 갖춰야 한다. 누군가 "나는 글을 쓸 때면 자제할 수가 없는데, 그럼 어떻게 해야 하는가?"라고 묻는다면 초고를 쓸 때 일단 모두 써보자. 그러고 나서 지워나가는 것이다. 만약 시작부터 뭘 써야 할지 확신할 수 없다면 생각나는 대로 쓰자. 단, 이번에 쓰지 못한 사례를 다음에 활용할 수 있을지는 미지수다.

입체감: 구체적이고 생생하게

디테일한 부분은 반드시 구체적이어야 한다. 디테일이 구체적이어야 입체감이 살아난다. 중국계 미국인 작가 옌거링Geling Yan은 이 방면의 고수다. 그녀의 작품 《진링의 13소녀The Flowers of War》《육범언식陸犯焉識*》등이 스크린으로 옮겨졌다. 왜 그녀의 작품은 감독들에게 사랑받는 것일까? 내 생각에 작품이 입체적이기 때문이다. 디테일한 묘사가 정말 빼어나다. 그녀가 〈직업으로 글쓰기〉라는 강연을 한 적이 있다. 해외에서 훈련받은 글쓰기 방법을 20분 정도 설명한 강연이다. 관심 있는 독자라면 찾아봐도 좋겠다. 큰 수확이 있을 거라고 확신한다.

감정: 관점은 사랑인지 미움인지 분명해야 한다

글은 감정을 내포하고 있어야 한다. 즉, 관점이 분명해야 한다. 독자가 어떤 느낌을 받았으면 하는가? 분노인가, 화해인가?

---

* 장이머우 감독의 영화 〈5일의 마중〉 원작 소설.

독자가 당신의 감정을 느끼고 당신의 글과 함께 감정의 변화를 느낄 수 있어야 한다. 글을 쓸 때 이에 대응하는 감정이 있어야만 독자에게 감정을 전달할 수 있다. 만약 어떤 일에 아무런 열정도 느끼지 못한 채 글을 쓴다면 독자 역시 아무런 느낌도 받을 수 없다. 즉, 마음에서 나와 마음으로 전달되어야 한다.

공유할 수 있도록 자극해야 한다

"똑똑한 사람들은 '발로 하는 투표'에 나서게 될 것이다"라고 마무리를 한 후 대부분은 업로드를 준비할 것이다. 그러나 이것만으로는 부족하다. 절반이나 드리블해서 왔는데 오프사이드가 되면 근거리 슛의 기회를 잃고 만다.

여기까지 읽은 독자는 내가 쓴 글이 일리가 있다고 생각할 것이다. 그러고는 일리가 있으니 공유해야겠다고 생각할까? 아니면 감정이 움직여서 공유를 할까? 독자들이 당신의 글을 공유하는 그 순간은 감정에 따른 것이지, 이성적인 판단에 따른 것이 아니라는 점을 명심해야 한다. 그렇다면 어떻게 최후의 일격을 가해야 할까? 나는 마지막 부분에 영화 〈쇼생크 탈출〉에서 나온 명대사를 인용해 이렇게 적었다.

"어떤 새들은 영원히 가둬둘 수 없다. 그 새들의 깃털 하나하나에서 자유의 광채가 빛나기 때문이다.(You know some birds are not meant to be caged, their feathers are just too bright.)"

어떤 사람들은 극한의 삶을 살 운명이어서 평생 자기 능력의 한계에 부딪치며 살아간다. 그들은 하루하루 자신을 위해 사느라 바빠서 후회할 시간조차 없다.

이런 마무리라면 독자들이 공유하기를 누를 만하다. 여기서 또 하나 조언하자면 나는 보통 글의 마지막 구절은 독자에게 맡긴다. 이것이 바로 고객 중심의 생각이다. 독자가 이 글이 좋은 글이라고 생각한다면 망설임 없이 공유할 것이다. 이때 독자도 평가하는 말을 붙여야 할 텐데 그의 머릿속에 남은 것은 아마도 마지막 구절일 가능성이 크다. 방금 전에 당신이 전한 말이니 얼마나 훌륭한가.

인기글에는 공통적인 원칙이 있다. 결론 부분에 매력적인 문구가 있다는 것이다. 그런 문구가 없으면 어떻게 해야 할까? 자신의 창고를 열어야 한다. 다른 사람들의 명언을 잘 기억했다가 나의 글에서 인용할 수 있게 준비해야 한다. 아무리 솜씨 좋은 주부라도 쌀이 없으면 밥을 지을 수 없듯이 평소에 명언을 모아두지 않는다면 이런 글쓰기는 어려울 수밖에 없다. 작은 노트에 기록을 해두자. 노트의 기록이 한 구절씩 쌓이면 시간이 지나서 아주 큰 역할을 할 것이다. 이렇게 해야 더 큰 공감을 얻을 수 있다는 걸 반드시 기억하자. 옛말에 좋은 기억력도 낡은 펜만은 못하다고 했다. 평소에 쌓아둔 것들은 훗날 당신의 필력에 힘을 실어줄 것이다.

좋다. 이 정도라면 이제 거의 다 쓴 것이다.

포스팅 시간 정하기

이제 다 끝났다고 생각하면 오산이다. 클릭만 하면 포스팅이 될까? 아니다. 포스팅 최적의 시간을 찾아 최고의 기회를 잡아야 한다. 텐센트의 공식 발표를 보면 구독량이 절정인 시간대는 오전 7~9시, 정오 12시에서 오후 2시, 저녁 6시에서 8시, 그리고 저녁 10시 이후였다. 내가 느낀 가장 핫한 시간대는 오전 10~12시와 저녁 8~10시다.

오전 10~12시는 오전 업무를 마치고 점심을 먹으러 가기 전으로 잠시 짬을 내서 웹서핑을 하고 친구들과 공유하는 시간이다. 이 절정의 시간대는 점심을 먹은 후 공유할 수 있는 정보를 더 많이 찾을 수 있고 상응하는 피드백(정오 12시부터 오후 2시까지 피드백이 가장 좋음)을 할 수 있었다. 저녁 8~10시는 퇴근길, 저녁을 먹은 후, 잠자리에 들기 전의 한가한 시간이다. 그리고 단말기마다 피드백의 활성화도는 달랐다.

한 주 동안 공유가 가장 많이 이뤄진 날은 수요일이었다. 글의 성격에 따라서 포스팅 시간도 달랐다. 예를 들어 자기계발 성격의 글은 아침 8시에 포스팅하는 게 좋다. 간단히 아침을 때 우고 대중교통을 이용하는 직장인들은 이른 아침 닭고기 수프 같은 좋은 글귀를 읽고 힘찬 하루를 시작하는 게 삶의 낙이다.

그런데 만약 당신의 글이 유머의 성격을 띠고 있다면 저녁 7~8시에 포스팅하는 게 가장 적절하다. 그 시간대는 대도시 시민들이 잠시나마 여유를 느낄 때로, SNS를 보며 흥미로운 콘텐츠를 서로 공유한다. 그만큼 당신이 포스팅한 글의 구독 수를 늘릴 수 있는 기회이기도 하다. 만약 당신의 글이 감정을 건드리는 내용이라면 저녁 10시 이후가 좋다. 불야성 속에 잠 못 드는 사람들은 아프거나 생체리듬이 깨져서 뒤척이는 경우가 많다. 그럴 때 그들의 마음을 달래는 글을 쓴다면 그들은 당신의 글을 소장하고 공유할 것이다.

타깃이 정해졌다면 적합한 콘텐츠를 보낸다. 독자들의 읽기 습관을 잘 파악했다면 공유하는 횟수도 자연스럽게 늘어날 것이다. 만약 잘 들어맞지 않는다면 자신의 모멘트를 잘 살펴보자. 당신의 모멘트 친구들이 어떤 시간대에 글을 공유하는지 중점적으로 본다면 결론을 얻을 수 있다.

종합해보면 좋은 글은 단숨에 써야 한다. 제목이 참신하고, 사람들의 심리를 꿰뚫어야만 조회수를 높일 수 있다. 작가만의 개성으로 글을 시작하여 독자의 관심을 끌고 공감대를 형성해야만 계속 보고 싶은 욕망이 생긴다. 주제가 뚜렷하고, 이슈와 연결고리가 있으면서 자신만의 독특한 관점을 가지고 있어야 만 독자들이 글을 통해 깨달음을 얻을 수 있다.

눈에 띄는 제목과 흡입력 있는 서두, 독자의 시선을 사로잡을 콘텐츠와 호소력 있는 결말, 인기글이 되려면 어느 것 하나도 빠트릴 수 없이 다 중요하다.

시간을 벌어야
세상을 얻을 수 있다

40대가 되니 직장을 찾는 일도 쉽지 않다. 실리콘 밸리에서는 구직을 위해 마흔의 나이에 성형수술을 해서 조금이라도 젊은 외모로 채용 가능성을 높이려는 일도 있었다. 내 주변의 서른 전후 젊은이들에게도 중년의 위기가 나타나기 시작했다.

통계에 따르면 직장인들은 5년차가 지나면 이직의 절정기를 맞는다. 일부 사람들은 더 좋은 자리를 찾기 위해서지만 대개의 사람들은 지금의 처우나 기회에 불만을 갖고 있기 때문이다. 나는 줄곧 젊은이들이 막막해하는 것은 걱정할 일이 아니라고 말해왔다. 청년 작가 리우통 역시 막막하지 않은 청춘은 없다고 말했다. 그럴까? 젊은 사람들은 자신의 상황을 개선하는 데 많은 시간을 할애한다. 하지만 서른의 나이가 지나서까지도 막막한 청춘이고 마흔이 되어도 자신의 선택에 확신이 없다면 그건 정말로 무서운 일이다.

소수의 사람들은 나이가 들수록 수입이 많아지고, 삶은 안정된다. 반면 더 많은 사람들은 나이가 들었는데도 막막하고 힘든 상황이 좀처럼 개선되질 않는다. 다만 그들 대다수가 성숙한 마인드로 이런 감정을 억누르고 몸에 익혀 결국 불만족스러운 자신과 악수를 하며 화해하는 것이다. 하지만 굳이 그럴 필요가 있을까?

다른 사람과 같아졌을 때라면 이미 늦었다

늙기 전에 자신에게 투자해야 한다. 절대 쉽게 실망해서도 쉽게 절망해서도 안 된다. 내 사무실을 방문한 손님들은 생기 넘치는 직원들을 보며 부러워한다. 직원들 대부분이 90년대생이기 때문이다. 우리 직원뿐만 아니라 다른 회사의 90년대생 직원을 보면 대부분이 이전 세대보다 활력이 넘친다. 그들은 인기 있는 과일차와 영어 공부를 좋아하고 미드를 즐긴다. 나이를 뛰어넘는 필사적인 정신력을 갖고 있다. 그들은 프론트로딩Front-loading(초기 이행)*의 힘을 확신한다. 사회생활을 시작한 몇 년간의 황금 기간이 자기 투자의 최적기라고 생각하는 것이다.

당신은 능력에 맞는 연봉을 받고 처우도 좋으며 향후 발전가능성도 있는 직장을 찾고 싶을 것이다. 또 야근을 할 때 당신을 위해 수입산 블루베리 차나 체리 차를 대접할 줄 아는 훌륭한

---

* 협정 기간 초기에 의무를 상대적으로 더 무겁게 이행하는 관행.

성품의 사장을 만나고 싶을 것이다. 지금 다니고 있는 회사가 쿨하다면 최선을 다해 다른 사람이 하기 전에 서둘러 이 세상을 바꿔야 한다. 만약 불행하게도 힘든 노동을 요구하는 무능력한 사장이 당신을 노려보고 있다고 하더라도 절대 절망하지 말아야 한다.

삐뚤어진 마음으로 출근해서 화장실만 들락거리고 야근할 때는 졸기만 한다면 운이 바뀔 가능성은 없다. 처지가 좋지 않다면 멈추지 말고 조금 천천히 걸으며 체력을 회복해야 한다.

자신의 걸음이 느리고 많은 힘을 들여야 한다는 것을 알아야 조금이라도 빨리 걸을 수 있고 꾸준히 걸을 수 있다. 하늘에는 무수한 새들이 날아간다. 사람들은 그 가운데 가장 어리석은 한 마리만 기억한다. 왜냐면 그 새가 가장 빨리 날았기 때문이다. 땅 위의 한 무리의 거북이들 가운데 사람들은 가장 느린 거북이만 기억한다. 바로 토끼를 이겼기 때문이다. 빠르고 느리고, 영리하고 어리석고는 모두 상대적인 개념이다. 다른 사람들과 같아졌을 때는 이미 늦은 것이다.

전문성을 키워라

'프론트로딩'에 대한 설명은 끝났다. 그럼 어떻게 해야 할까? 어떤 방향으로 행동해야 할까? 바로 세 글자, 전문성이다. 이는 결코 쓸데없는 말이 아니다.

내 위챗에는 최근 초대형 팔로워가 생겼다. 튀부화脫不花 선생
이다. 다소 낯선 이름일 수 있지만 직위를 말한다면 놀랄 것이
다. 그녀는 중국의 지식콘텐츠 기반 플랫폼 '뤄지쓰웨이罗辑思维'
의 공동창립자이자 CEO다. 그 밖에도 더 놀랄 것이 있다.

튀부화 선생의 부모는 17세의 튀부화 선생을 유학 보낼 계획
이었다. 1990년대에 해외에 나가 세상을 본다는 건 흔치 않은
기회였다. 그런데 튀부화 선생이 보고 싶은 세상은 외국의 달빛
이 아니라 치열한 직장이었다. 19세의 나이에 사장이 되어 기
업 컨설팅 분야에 뛰어들었고, 십여 년의 경력을 쌓은 뒤 컨설
팅 업계에서 확고부동한 위치에 올랐다. 놀랍지 않은가? 프론
트로딩의 전형이 아닌가? 이후 뤄전위 선생의 삼고초려 아닌
십고초려 덕분에 튀부화 선생이 뤄지쓰웨이의 CEO가 될 수 있
었고, 2017년 중국의 유명 인터넷 스타인 파피장에게 투자한
성공 스토리가 탄생할 수 있었다.

외부에서 이런 투자에 환호할 때 당사자인 튀부화 선생은 이
렇게 말했다.

"이것은 치욕입니다. 당신이 가장 급선무의 일에 정성을 쏟아
붓지 않았다는 걸 설명하는 것이니까요."

튀부화 선생은 맹목적으로 트렌드를 따르는 것을 반대한다.
이는 그녀의 인생관과 일치한다. 시장의 흐름을 따라 다량을 복
제하여 수요를 맞추는 염가의 제품은 한 계절만 지나면 잊히기

십상이다. 소수의 수공예자들은 오랫동안 독자적인 길을 걸으며 세상에 놀라움을 선사한다.

이는 고행의 길이고 천성과 필사적인 싸움을 벌여야 하는 일이다. 예를 들어 일본의 한 스시 장인의 수제자가 되려면 첫 번째 미션인 달걀 부치기를 배우는 데만 반년이 걸린다고 한다. 어떤 분야의 경지에 도달한 사람을 대가라고 하지 않는다. '신'이라 불린다.

왜 다수의 배우나 가수 들이 인기를 얻고 나면 좋은 작품이 아닌 예능 프로그램에 얼굴을 비추는 것일까? 돈이 빨리 들어오기 때문이다. 그들은 확실히 고생하는 과정을 프론트로딩이라고 여긴다. 하지만 얼마 되지 않아 달콤함을 맛보고 밥그릇을 놓아버리는 것이다. 이것은 모욕이다. 건망증 있는 물고기 떼가 7초 만에 기억을 잃고 조류에 휩쓸리는 모습과 다르지 않다. 꾸준히 전문성을 발휘하려면 조류를 좌지우지할 수 있어야 한다. 다른 사람이 태풍의 입구에 서 있는 것에 환호하고 놀랄 때 자신은 업계의 통점에 주목해야 한다. 그래야 기회인지, 우려인지를 분별해낼 수 있다. 세월을 참고 견디며 전문성을 유지해나가야 한다.

일찍 출발해 달려가라

이 글의 시작은 상당히 '우울'하다. 여기까지 읽으면 더 '우울'해질 것이다. 뤄부화 선생은 상위 1%에 드는 엘리트다. 그럼 나머지 99%의 사람이 업계 최고의 자리에 오를 수 있을까? 그럴 수 없다면 이렇게 필사적으로 살아야 하는 이유는 무엇일까?

큰돈만을 위해서는 아니다. 모든 성공에는 어느 정도 운이 적용한다. 노력한다고 해서 꼭 인연이 닿는 것은 아니다. 우연찮게 개똥 밟듯 성과를 얻을 수도 있고, 진짜 개똥을 밟을지도 모를 일이다.

팬시Fancy는 내 뉴미디어 회사의 첫 직원이다. 처음 업무를 시작했을 무렵에는 회사 규모가 작아서 나는 글을 쓰고 팬시는 비즈니스와 다른 일들을 도맡았다. 그녀는 대학에서 수석이었을 뿐 아니라 18살부터 상하이와 베이징의 글로벌 기업에서 두루 경력을 쌓았다. 이후 내가 사업을 확장하면서 나와 함께 선전으로 와서 창업을 했다.

팬시는 인생을 살면서 반드시 최선을 다해 이뤄야 할 세 가지가 있다고 했다. 이길 수 있는 싸움을 생각하고, 다 읽은 책을 생각하고, 잠을 잘 자는 사람이 되는 것이었다. 또래들끼리는 펜타스톰*에서 한 패를 이뤄 게임을 하기도 한다. 팬시는 이미 여러 분야의 스타와 인맥을 쌓고 인정을 받아 한 단계 높은 소셜 그룹의 일원이 되었다. 이 모든 것은 그녀가 일반 사람들도

---

* 멀티 플레이어 온라인 게임.

할 수 있는 노력을 기울인 덕분이다.

프론트로딩, 이것은 실패 비용을 낮춰준다. 만약 회사가 오늘 파산한다면 내일 누군가가 그녀에게 도움의 손길을 뻗을 것이고 이런 직원이라면 언젠가는 나와 함께 재기할 수 있을 것이다.

자신만의 색깔을 가진 사람은 낯선 도시에서 미친 듯이 오르는 집세와 터무니없는 물가를 걱정할 필요가 없다. 미지의 환경에서 구직 시장이 혼란스러울지라도 걱정할 필요가 없다. 잠시 일자리를 잃어도 선배들이 끌어줄 테니 말이다.

일찍 출발해 달려가는 사람의 넘어지는 모습은 그리 흉하지 않다. 논쟁을 몰고 왔던 작가 장아이링의 말, "유명세도 일찍 타야 한다"는 지금 보니 빨리 성공하라고 등을 떠미는 게 아니라 사람들은 결국 나이라는 맹수에게 쫓겨 정신없이 달아나니까, 시간을 벌어야만 세상을 얻을 수 있다는 의미가 아닐까 싶다.